浮日

吴然 —— 著

天津出版传媒集团

百花文艺出版社

图书在版编目（ＣＩＰ）数据

浮日 / 吴然著. -- 天津：百花文艺出版社,
2023.5
ISBN 978-7-5306-8533-4

Ⅰ.①浮… Ⅱ.①吴… Ⅲ.①长篇小说–中国–当代
Ⅳ.①I247.5

中国国家版本馆 CIP 数据核字(2023)第 059762 号

浮日
Fu Ri

吴然 著

出 版 人：薛印胜	选题策划：汪惠仁
编辑统筹：徐福伟	责任编辑：邱钦雨
美术编辑：郭亚红	封面设计：MM 末末美书

出版发行：百花文艺出版社
地址：天津市和平区西康路 35 号　　邮编：300051
电话传真：+86-22-23332651（发行部）
　　　　　+86-22-23332656（总编室）
　　　　　+86-22-23332478（邮购部）
网址：http://www.baihuawenyi.com
印刷：天津新华印务有限公司
开本：900 毫米×1300 毫米　　1/32
字数：179 千字
印张：8.25
版次：2023 年 5 月第 1 版
印次：2023 年 5 月第 1 次印刷
定价：45.00元

如有印装质量问题,请与天津新华印务有限公司联系调换
地址：天津东丽开发区五经路 23 号
电话:(022)58160306　邮编:300300

目 录

1

·第三篇·

兰时音徽

第一篇　今兹美禾

夜渡

　　时兹禾纵身跃入曹山湖汊湾水面之前的一刹那，赶巧一般，冷漠漆黑的夜空忽然划过一道闪电，极亮，瞬间如同白昼，旋即一声炸雷凌空响起，震耳欲聋，瓢泼大雨几乎同时落下。

　　奔跑到湖边的时兹禾累得气喘吁吁，心脏好像就要从嗓子眼跳出来了。他丝毫不敢歇息，潜意识告诉自己，不论如何，只要此刻迅速从两侧被茂密的芦苇丛包围着的岸边石砌台子上跳下，将身体没入水中，八成就可以脱离险境，而身后那些夹杂在晃动的手提灯笼光亮中的人喊犬吠——那些追赶他的人或许从此就与他无关了。

　　犬吠声自不必说，疾徐高低，汪汪吼着，在旷野中掀起一阵阵悠扬的回声。奇特的是，一声狗叫引得附近若干狗的呼应，此起彼伏，类似凌晨时分村庄里鸡鸣的情形。

　　追赶者吼叫的内容都差不多，时兹禾听得十分真切——

　　"小×养的，你给我站住！"

　　"你个六叶子货，逮住你看我不搂脸搔死你？"

"再跑,掉湖里淹死你个斜撇子!"

"小×养的"是脏话,急眼时骂人往往脱口而出。"六叶子货"的凶恶程度远超前者——人肺有五叶,据说驴肺有六叶,以此骂人暗含的意思不言而喻。"搋死你"就是"扇嘴巴子打死你","搋"的地域性与动作性很强。拼命奔跑的时兹禾无论如何也想不明白什么样的愤怒能让追赶者如此叫骂。

尽管雷声隆隆,但时兹禾还是听到了一声枪响。雷声沉闷,枪声清脆,仔细辨听,能够觉察出两者的区别。后者就像淘气的男孩子在旷野中燃放了一只炮仗,只是原本应该有回响,却被后续的雷声所掩盖。

"对你讲别开枪,要抓活的嘛!"

"朝天打的。再不吓唬一下,人就跑没影了。"

时兹禾完全搞不清楚扑面而来的水花究竟是由自己身体溅起,还是大雨拍击湖面所致,毕竟石台子距水面一人多高,入水时他的双手和头部都感到了很强的冲击力。时兹禾顾不了这些,趁自己还未触及湖底的淤泥,急速地猛蹬双腿,两手也开始用力划动。

说来奇特,刚刚还累加着的风声、雨声、雷声以及人狗的唤叫之声戛然而止。时兹禾耳边只剩下水下特有的那种闷响,嗡嗡的,很像拨动钢锯后发出的声音。以往他在游泳池潜水时也能听到这种声音,只不过此时多了一些嘈杂的成分。时兹禾的物理学科成绩相当突出,不亚于国文科的成绩排名。他知道这是水作为声波的传递媒介造成的效果,毕竟鱼在游动,水草也随着流波摇曳。

擅长潜泳的时兹禾,以自己的最大极限憋气,如同摆尾的鱼儿般滑动前行,打算拼尽全力将岸边远远地甩在身后。憋气快要到极限的时候,时兹禾揣测,这会儿雨夜中茂盛的芦苇荡八成已经遮挡住追赶者的视野,便悄悄地仰脸露出水面,狠狠吸了一口气,然后回头望去——果然,不仅湖面,就连他入水的石台子那个方向都是黑天墨地。哩哩啦啦的雨点让他有些吃惊，天气变化之快如狗脸亲戚，刚才不期而至的骤雨原来只是来去匆匆的过客。

时兹禾仍不踏实，踩水的当口侧耳倾听，身后隐约飘来的犬吠声已经变得断断续续。

时兹禾终于松了一口气，趁势脱去半中半洋的校裤和衬衣，搭在脖子上，而他脚上的胶底松紧口布鞋早已不知去向，多半在跳水时已经滑落。光脚反而便于蹬腿，时兹禾索性采用标准蛙泳姿势缓慢地向对岸游去。

小城蚌山北接淮河，南临曹山湖，这里的男孩子大都熟识水性。淮河水流湍急，夏秋时节常泛洪水，河水混浊且有旋涡。个别胆子大的愣头青偶尔贴着淮河岸边扑腾，以示不凡，但也仅限于在水中停留片刻，哪个不怕被激流卷到下游？所以，在淮河边只是偶尔张扬一下，更多时候孩子们还是乐于结伴在微波荡漾的曹山湖戏水玩耍。

时兹禾从小就对哑铃形状的曹山湖了如指掌——沿湖畔绕行去对岸，十三四里路，步行至少小半天工夫。骑脚踏车比步行稍快，但土路多有坑洼之处，时不时会颠簸。遇到深坑或者雨后形成的积水，还要下来推车行走。半大小子最担心的还是黄昏时分看不清路面情形，稍不留神，车轮猛然颠一下，硌到裆下要害，疼得无以复加。常有路边田里干活儿的大娘看到，连忙惊呼："我的个孩儿哟，硌卵子喽，快下车，原地跳一跳！"

时兹禾是从一处近两米高的石台上跃入水中的，那个地方像在哑铃的手柄位置，两岸间距离最近。石台没有芦苇遮挡，晴天站在那里可以影影绰绰看到对岸的情形。所以，一直游，约莫两三里，便可抵达岸边，那里正是蚌山边缘。

时兹禾受过正规游泳训练，在蚌山绝对属于凤毛麟角。

别看有津浦铁路相连，半天即可打个往返，蚌山还是远远比不

3

了南京。这里市民多为小商贩和打零工者，收入微薄，度日艰难，寅吃卯粮是生活常态。孩子念书大都只到高小（小学五、六年级）。少数家庭勒紧裤带可以供男孩子念初中。高中生在蚌山寥寥无几。

时兹禾的父亲时昭明在蚌山算是另类有钱人，非官非商无背景，却有特殊技能，高薪收入使自家丰衣足食且有结余，日子过得自然好过寻常百姓。

时兹禾从初中到高中念的都是崇正教会学校，这让多少做父母的羡慕不已。

民国十年（1921年），天主教会开始在蚌山买地建教堂，居然一下子买了七八亩地。蚌山人讲：巴掌大的地方就可以盖个土地庙，盖个"洋"庙需要那么大地界？还真是，地买多了，天主教会不仅盖了一座被称为教堂的洋庙，还修建了教会操办的医院和学校。

洋人眼光高，又有钱，崇正教会学校果然建得与众不同——不仅校舍宽敞，设备一流，还按照欧洲标准建了一座游泳池。许多蚌山人不理解，戏水用得着修个像澡堂子一般大的池子吗？曹山湖不就是现成的嘛！谁也没想到人家将游泳纳入体育学科教学。这与普通国中以及散漫在社会上的男孩子分明不同——他们通常只能在小河沟或者曹山湖岸边浅水处凫水嬉戏，狗刨式居多。这些孩子熟识水性的标志就是沉不了淹不死而已。

"蝶蛙仰爬"指的是四种正规泳姿：蝶泳、蛙泳、仰泳和爬泳。没有经过专门训练，寻常人几乎不可能全盘掌握。对时兹禾来说，除了蝶泳动作略显生涩，其他泳姿都没问题，尤以蛙泳见长。无论在"崇正"甚或整个蚌山，时兹禾的游泳技能绝对属于上乘，除了天分，主要得益于他的游泳教练布鲁托。

布鲁托是洋人，高鼻梁，身高将近一米九，金黄色的头发卷曲着。他的主业是隔壁圣心堂的传教士，同时兼任教会学校的英文老师和体育老师，其双重身份包裹在两套行头之中：黑色教袍和浅色西装。这种肩挑两担的情形在"崇正"唯此一例。外人对布鲁托这种既当神父又做老师的特殊复合身份十分不解,传教与传播科学完全不搭界,甚至相悖。其实,教会学校只是由教会资助,并不讲经。

时兹禾是布鲁托教学的受益者,但他也对这位洋人老师扮演的角色存有疑惑:其一,布鲁托明明是意大利人,怎么会担任英文老师?时兹禾听学校学过英语的老师说,布鲁托的英语讲得很奇怪,舌头卷不起来,时不时发个小舌音,一弹一弹的。这多少有点像教国文的老师讲一口浓重的蚌山方言,给人以九不搭八的感觉。时兹禾猜测,学校请布鲁托教英语,多半出于以貌取人,看他是洋鬼子罢了。其二,为什么神职人员布鲁托经常炫耀自己参加过欧洲游泳锦标赛?时兹禾怎么也无法将神父与运动员联系起来。

在一般人的想象中,神父身穿黑色教袍,一脸肃穆,迈着方步走路,慢慢悠悠的。但布鲁托给时兹禾及其同学们留下的印象截然不同,这个在欧锦赛中拿过成绩的洋人帅哥在泳池中翩若惊鸿,宛若游龙,尤其蝶泳姿态上下起伏,流动舒展,每次游完都会趴在泳池边,得意扬扬地冲着观看的学生们狂呼:"瞧,伦巴第的浪里白条在此!"毫无持重稳健的样子。

布鲁托是欧洲白人,偏巧《水浒》中的江州水军头领张顺"生得白如雪练,水性精熟",江湖上有"浪里白条"美誉,这洋人竟以其绰号"浪里白条"自诩,何以了得?布鲁托肯定是游泳高手,他的爱徒时兹禾也非同寻常,两三里水路游起来根本不算个事。

时兹禾在崇正教会学校的标准泳池中曾经创造过连续游五十个来回的纪录。那可是五千米的距离,这在崇正和整个蚌山都是破天荒的。

那一天,布鲁托所教的游泳课检测学生体能,任由参加者发挥,距离无上限要求。谁都知晓,人的体能一旦达到极限,表情与身体表现便失去常态,肌肉扭曲导致面部痉挛,还伴随着动作失调。此时的泳者仅剩下机械的动作，仿佛落叶在风的吹拂下摇曳。好看之点往往在此——说好看并不准确，而是场面给人以强烈的刺激感。

受泳道限制，检测分组进行，每组十人。时兹禾被分在实力最强的最后一组。差不多也就游了十个来回，参加体能检测的学生陆续爬出泳池，纷纷累得瘫倒在地。游程超过两千米时，泳池里就剩下时兹禾一人。从学校两层高的教学楼向下看去，游泳池的场面很像瓦罐里斗架的蛐蛐，败者已被取出，唯有赢家独自昂头"嘀嘀"鸣叫。观看人以女生居多，欢呼声清脆尖细，传得很远。这声音甚至引来了校监格雷克先生。

时兹禾一直觉得父亲时昭明寡言少语，除了对母亲讲话面带笑容，在孩子们跟前总是板着面孔。那个周末，在得知儿子取得这样的成绩后，时昭明先是惊讶不已，接着就兴奋地反复追问："我的个乖乖，游了十华里？十华里吗？"

家人都深感意外，经常以是苏北人而自豪的时昭明居然用的是平时他自己不屑的蚌山口音。

那天，若不是布鲁托用一只手的食指抵着另一手的手心，冲着水面不断做着表示停止的手势，时兹禾觉得自己再游几个来回应该没有问题。

时兹禾顺着泳池扶梯爬上来的时候，布鲁托大声喊道："Oh my god! You are the king of swimming!"兴奋不已的布鲁托张嘴说的是英语，却暴露出意大利人发音时的特点，"k""g"不分，明晃晃地将"king"说成了"ging"。他不由分说，一把抱住"泳王"，结果弄得衣冠楚楚的自己满身水渍。

时值民国三十六年（1947年），蚌山教育局和教会学校都有明文规定，男生游泳需穿连体泳衣，时兹禾上来时自然浑身淌着水。为这件事，布鲁托事后还受到格雷科校监的责怪，认为众目睽睽之下这么做有失体面。

可是,时兹禾此时在曹山湖游得十分吃力。

一开始,时兹禾在潜泳时由于想着赶紧脱离险境,有一种因为紧张而产生的爆发力在支撑着自己,并没有觉得体能与以往有什么不同。问题出现在时兹禾的恐惧和担心消失之后,他好像一下子失去了精神依托,浑身肌肉瞬间松垮下来。接着,不知什么缘由,每次划水,他的双臂都沉重得仿佛挂着秤砣。与此同时,他的腿部动作也失去了往日"一蹬、二夹、三收"的韵律,像个蛤蟆似的,双腿总也夹不拢,却不停地向两侧用力蹬踹。更要命的是,时兹禾每每换气并不顺畅,吸气总是跟不上呼气的需要。

"呼吸节奏不对头,动作就会变形。动作一旦变形,速度就上不去,还容易呛水。"这是布鲁托告诉时兹禾的游泳诀窍。

时兹禾猜想,他此时游泳吃力多半与他跳进曹山湖之前拼命奔跑有关。

曹山桥无桥,而是人口众多的大村镇。蚌山周遭许多村镇都以桥为名——张桥、徐桥、崔家桥……河湖港汊多的地方,人居之处自然有桥,或者曾经有桥。曹山桥挨着曹山湖和曹山,站在几百米高的曹山山顶眺望,曹山桥好像就坐落在湖边,然而实际上走起来至少还有一两里地。

时兹禾一口气从镇子里跑到湖边,已然上气不接下气。对时兹禾来说,不跑不照——蚌山人说的不照就是不行的意思,豫东人和鲁西人则说成不中。最要命的是,后面一众追赶者手里都拿着枪,万一让人家逮住,说不定会丢掉性命。

曹山桥虽然与蚌山城区仅仅隔着曹山湖,但两地民风相去甚远。

或许是津浦线与沪宁线相连的缘故,风尚易于通过铁路传播,蚌山人养成了凡事都好与上海攀比与仿效的习气。哪怕穷得揭不开锅,这里的男人出门,皮鞋总是擦得锃亮,鞋跟钉着铁钉,走起来咔咔作响;而女人逛街或串亲戚,无论胖瘦,则一律旗袍裹身。男人相见互称先生,男人遇到女人则一律唤对方大姐,客客气气的,场面上总是撑着,空气中仿佛氤氲着靡靡之风。

蚌山人私底下也经常互相嘲讽:"嘻嘻,家里头屌蛋精光,要饭还要戴眼镜——穷讲究。"不管怎么讲,在蚌山,以和为贵是人们普遍遵循的处世之道。

曹山桥人以彪悍强横著称,一言不合,立马撸臂挽袖,拳脚相加。每月初五、十五的集市上,常常看得到干嘴仗的场景,伴随而来的则是"看我不把你的腿打断",或者"撕巴了把你下油锅"这样的叫喊声。

此刻的时兹禾反倒希望追赶者是曹山桥的村夫莽汉,假如追上了自己,大不了因为误会,遭受一顿暴打。但时兹禾真真切切看到,那些人手握长枪短炮,定然是保安队的兵丁。

跑得精疲力竭肯定是一个方面,只不过时兹禾还另有隐忧,自己体能下降会不会与这段时间发生的事情有所关联?

虚岁二十的时兹禾还是童男之身——这不是说他在发育过程中没有非分之念以及自我抚慰的动作,而是说此前他在肉体上绝无接触女人的体验。时兹禾还不能确定自己经历的一切算不算已经破身失贞。这段时间,凌晨梦醒之前,他总会在一阵强烈的快感之后倏然醒来,然后发现内裤上的秽物。

时兹禾是念书人,书读得多,所知则多,也容易想入非非。人在非常时期很奇怪,常会脑筋转圈似的联想到平素八竿子打不着的事情。时兹禾想到了《西游记》第三十二回"平顶山功曹传信,莲花洞木母逢灾"中写到的内容:"唐僧乃金蝉长老临凡。十世修行的好人,一点元阳未泄。"

时兹禾念高小时初读《西游记》，完全被孙悟空七十二变的神奇故事迷住，白虎岭尸魔白骨精巧变村姑的鬼魅摄魂、猪八戒因贪恋女色被菩萨吊在树上的趣味横生，这些上天入地的情节令他魂不守舍，不忍卒读。时兹禾第一次发现，原来阅读时人的感觉无法自控，竟被故事牵着走，凡是看不懂的段落或术语一概略过，为的是尽快获知唐僧师徒四人西天取经的最终结局。

及至初中再读，时兹禾则更愿意探究细枝末节。

一次课间休息，时兹禾因崴脚不便去教室外面透气玩耍，扶着桌椅趔趄着来到国文老师跟前，指着《西游记》书中所写，怯怯地问道："老师，什么是元阳？"

任课的年轻女老师名叫王美丽，人长得不算漂亮。说起来，冬天骑脚踏车上班，长睫毛、大眼睛的王美丽用围巾蒙住口鼻挡寒，看上去眉清目秀，姿色夺人，偏偏吃了颧骨高、嘴唇厚的亏。

王美丽原来叫王彩凤，不知通过什么路子说通了蚌山教育局的人，几年前去北平进修过一年师范。回蚌山后，她不仅改了名，装束也时髦起来，梳着外卷披肩发，原本一口蚌山方言变成国语当道，尽管她在讲课与讲话时尽力"撇腔"，但时常还会蹦出一两句蚌山话。

王美丽老师一开始以为时兹禾的解惑之需与听课相关，便笑脸相迎，一边用国语说着"好的好的"，一边看着时兹禾所指内容。看罢，王美丽顿时拉下脸来，立时用浓重的蚌山话说道："你这熊孩子，不学好，瞎想什么？"

惹得几个在一旁凑热闹的同学一阵哄笑。

时兹禾意念中的核心并非十世修行，以他一直以来冲动的特质和浪漫的情怀衡量，他理所当然喜欢路见不平拔刀相助的孙悟空，怎么可能将不食人间烟火的唐僧视为人生标尺？只是联想到布鲁托的那些说辞——诸如赛前要禁欲、赛时要放松之类的运动要则，他不禁有些惶惶然。

时兹禾何曾料到自己会在这种状况下经历狂奔数里地并接着横渡曹山湖呢?

胡思乱想中,时兹禾感觉自己渐渐接近岸边。

同样是曹山湖,靠近蚌山的岸边,偶尔歪歪斜斜矗立几棵芦苇,形同稀稀拉拉的山羊胡子,远不如湖对岸曹山桥那边茂盛。稀疏的芦苇自然遮挡不住蚌山郊外零星的灯光,越是漆黑的夜晚,灯光越是显得明亮,虽然它呈现出来的只是颗颗光点。

湖面右前方的那些光点密集的地方就是蚌山有钱人扎堆居住的烟墩子街区。时兹禾的家就在那里。

崇正的学生平素住校,周末方可回家。高中毕业班会考刚刚结束,时兹禾已经无课可上,便在家中等待发榜。届时会有省立大学来人挑选新生。依照往年情形,外省也会有大学来人选生,只是学校与省份不像省立大学那般固定。

时兹禾今天下午从家里前去学校看会考成绩发榜。虽说会考之前遇到的几件事情干扰和影响了他的心情,但时兹禾估计自己的成绩依旧不错。出乎时兹禾意料的是,他的成绩居然名列榜首。看到成绩排名的那一刻,时兹禾有些冲动。他知道父母(尤其是母亲)更想早些获知会考结果,但他抑制不住赶往曹山桥的念头……

时兹禾拼尽全力抬头换气时,恍恍惚惚发现有一束光亮在晃动,好像就在岸边,还不时朝自己这边照来。时兹禾猜想,岸边有人手持手电筒在查看湖面,说不定那人已经看到了自己的身影。可是,时兹禾委实疲惫不堪,他觉得自己像泄了气的皮球,无论如何都鼓不起劲抵达近在咫尺的岸边了。他想举起右手挥动,让岸边的人发现自己,没料想一口水呛了嗓子……

遂愿

烟墩子最初是蚌山近郊的一处荒地,并无本名,芜蔓的荒草和杂乱低矮的树丛中散落着孤零零的坟茔。依据辈辈传说,为防范蒙元残兵滋扰,明初洪武年间这里修建过一座烽火台,从此没有人居住房。天道眷顾,这里毕竟地处朱姓皇家故里周边地带,距应天府也就是后来的南京,不过一天马程,盗匪兵家何来胆量到此犯事?所以此地百年间从未出现过刀光剑影,烽火台渐渐成了摆设,未及明末就巢毁卵破,从此撂荒。

蚌山开埠以来依凭淮河水路走货,物品先积存在岸边,然后中转至各方。民国十几年,英国人开办的南洋公司在蚌山建立卷烟厂,销路大好。仿效者紧随其后,一时间众多卷烟厂纷纷兴建。周遭县乡便开始扩大烟草种植,以供应原料。大量烟草运来后需择干燥之处存放,然而潮湿的淮河岸边并不合适。烟叶在分送各个卷烟厂之前,这片荒地便成为中转和过渡的集散地。

起初运货人只是将烟叶堆积摆放,形成垛状。为防雨天淋湿,后来又有了库房以及人居的简易棚屋,有条件的还建起了砖瓦房屋。此地无名,蚌山人常以"东边那片场子"指代,撂荒时无所谓,成为烟草中转站后总这么叫多感不便。

说不清楚蚌山哪位有点文墨的人想起历史上的烽火台——与黄河以北的叫法不同,江淮一带习惯上把烽火台称作烟墩。如今烟叶堆积成垛,貌似墩子,虽然此烟墩非彼烟墩,但都唤作烟墩倒也将两个意思通通含纳进来。"子"乃当地习惯性口语后缀词,张嘴即来。

烟墩子由此得名。

从烟墩子到太平街南段——那一带大大小小十几家卷烟厂栉比相邻,拉人力板车运送烟叶,年轻力壮的小跑用不了一个小时,上岁数的拉车也就半个多时辰,也算方便。

烟墩子有了住家烟火并逐渐形成街区是后来的事情,说起来这与时兹禾的父亲时昭明多少有些关系。

时昭明原是上海一家英国人开办的卷烟厂的普通技工,给负责烟丝配方的洋人高级技师打下手。

以往国人吸旱烟并不讲究,烟叶采摘晾干,打捆发酵后再晾干,几番重复,待烟叶泛黄,将其揉碎或切丝即可装进玉质烟锅吸用,口感只有"软""硬"之分。

卷烟技术诞生后,两相比较,旱烟吸起来远不及卷烟那般柔顺,这一切都取决于烟丝配方。干这行,无论多么霸气厉害的老板,在负责烟丝配方的技师面前,语气与态度也总是谦和许多,后者的重要性可想而知。

打下手的职责异常分明:跑腿打杂,遵嘱听喝,顺带做些力所能及的辅助事务。譬如,擦拭天平秤,搬运配料箱,去休息间给洋人技师端一杯热咖啡,按洋人技师所嘱,随时提供各种物件与原材料,甚至工作最忙的时候洋人尿急来不及如厕,还要找个罐子帮着接尿,然后出去倒掉。可做之事没有边际,但作为重要规则,配料的关键环节不能看,更不能插手。

洋人卷烟厂大多数工艺都在机器上完成,唯有烟丝配料例外。诸如白酒、蜂蜜、香精、麦芽粉甚至食盐等添加成分渗入烟丝的比例,调兑完成的烟丝在容器中糖化发酵的时间。这些环节要求甚高,"差之毫厘,谬以千里",香烟品质维系于此。

有一次,洋人技师正往烟丝里添入配料,时昭明不经意间探头瞄了一眼,被洋人发现,立即遭到辱骂。洋人叽里呱啦地说了许多英文脏话。幸亏时昭明听不懂,只看着洋人恼羞成怒的样子,猜想骂人的话到底有多难听。毕竟在烟厂混了七八年,时昭明懂规矩:打下手的只能点头称是和忍辱负重。这不能全怪洋人技师保守,毕竟厂家也有严格规定。

不像苏南人常给人留下机灵活泛的印象,厂子里没人把苏北来的"傻大个"时昭明当回事。很多人都认为时昭明是"乡唔恁",土气而笨拙,用不着提防。他们固执地以为,这种土了吧唧的乡巴佬,即使悉数相告,或者手把手教一遍,他也未见得记得住。握锄把子的手怎么可能精细地掌握小勺和天平?

所谓空子就是在这样的前提下形成的。谁也没有料到,这个名叫时昭明的苏北人机敏聪慧、悟性极高,硬是凭借日积月累的观察与潜滋暗藏的记忆,逐渐掌握了烟丝配比的窍门。正所谓寻常看不见,偶尔露峥嵘,也该当时昭明有朝一日出人头地。

有一天,收发室给配料间打来电话,说有一封伦敦来的加急电报。洋人技师手中有活离不开,便叮嘱时昭明去取。时昭明不敢耽搁,一路小跑取来电报,恭恭敬敬递到洋人技师手中,然后垂手立于一旁,等候下一步吩咐。

时昭明眼看着洋人技师表情的变化:先是一愣,以为看错了内容,继而惊讶,瞪圆了双眼,接着掩面号啕大哭起来。原来洋人技师的父亲突发急症病亡。毕竟死者为大,同为英国人,老板惺惺相惜,不得不同意技师赶回英吉利奔丧。

卷烟机隆隆作响,生产须臾不可中断。幸亏厂子里另一位洋人对烟丝配料略通一二,洋老板便将其调来接手。偏偏头一晚那洋人外出找寻快活,玩到半宿又去消夜,吃了不洁食物,上吐下泻住进金神父路的广慈医院。

洋人老板急得团团转,声音中已然带有哭腔,不知如何是好。

时昭明想到苏北老家说的"三急":贼上墙,火上房,小孩趴在井沿上。生产环节断了烟丝配料,急迫程度远甚于"三急"。时昭明便颤颤巍巍地向老板表示让他试试。

一个打下手的想干复杂的技术活,老板哪里肯信,正想断然拒绝,赶巧卷烟车间那边跑来人急着催料。那人心急火燎地说,再不给料,就要全面停产了。兹事体大,洋人老板迫于无奈,只得安排几个洋人主管现场监工,让时昭明上手试试。

时昭明向洋老板鞠躬致谢,不慌不忙地系上工作围裙,戴上手套,将放大镜置于一旁,然后按照规矩,先搞些测试需要的烟丝数量,分好秤后,一板一眼地操作起来。

眼看着时昭明像变魔术一样,行云流水般完成了烟丝配料的所有环节,卷烟车间派来等料的人始终站在一旁,接过配制好的烟丝拿去卷制,几人试吸后纷纷赞不绝口。

洋人老板兴奋得像孩子一样,竟然原地直蹦高,然后拍了拍时昭明的肩膀,伸出大拇哥,不停地说着"good"。

接下来的事情就顺理成章了,洋老板撤除了两个现场监工,又找来一人给时昭明打下手。时昭明就算正式上岗了。

两个洋人的意外遭遇让时昭明有了冒头的机会。该着的事情拦都拦不住,果真应了"命里有时终须有,命里无时莫强求"的老话。洋老板也是明理之人,知道应该给时昭明一个名头,便一纸告示贴在厂子门口,时昭明自此成为正式技师。

虽说时昭明当的只是普通技师,与洋人高级技师在级别上相差许多,但能够直接在生产线上操作,已是不同凡响。英国人卷烟厂里唯一的中国人技师,这个身份让时昭明在业界声名鹊起,风光一时无两。

人怕出名猪怕壮,时昭明干出了名堂,上海同行中就有本土老板开始打他的主意。同行之间挖墙脚,标准说法就是"撬行"。撬行这种事情在传统手艺人中并不多见,师傅留一手就是避免教会徒弟饿死师傅,结果自然是手艺人在业内互不相通、自生自灭。卷烟厂当属现代工业企业,没有此类避讳,只是"撬"的手段并不高明,无非就是加钱。

洋人卷烟厂投资规模大、起点高、技术上有实力,本土老板历来望尘莫及。后者的烟厂小本经营,请不起高端技术人才——说白了,就是请不起洋人技师。

这些在上海滩闯荡的本土企业老板,靠着吃苦耐劳和精打细算,一路走来并不容易。他们多方打听,总算弄清楚了时昭明每月的实际收入,便在此标准上增加百分之十。干烟草的人凡事都喜欢以香烟为准头加以衡量,增加的钱数至少可以多买一条铁听香烟。撬行者心想,国人技师嘛,钱上多一点点必定欢欢喜喜跳槽而来。而且这种事还得瞒着老板娘,不然家里面絮絮叨叨总说些"心疼得不得了"一类的话。

谁也想不到时昭明自小读过私塾,懂得"树大招风风撼树,人为名高名丧人"的道理,对这些外在诱惑压根不予理睬。"一条铁听香烟算什么?两条三条也不去的呀!"时昭明暗自想,"玩蛋去,老子该干什么还干什么!"

不挨骂了,受尊重了,荷包比以前鼓了,地位更高了,偷着乐都来不及。你还想咋样?这是时昭明不为所动的根本原因。

老话讲,不怕贼偷,就怕贼惦记。上海卷烟界那几个本土老板早已心知肚明,惦记也白费劲,撬行这事也就搁置一旁。

好事不出门,坏事传千里。时昭明不受诱惑,坚守原岗之事真还说不清楚是好是坏,关键看对谁而言。身在几百公里之外的蚌山有人闻讯后暗自窃喜,觉得机不可失,便打起时昭明的主意。

按说,蚌山与上海无可比拟,偏巧卷烟生产有相似之处,无关城市大小。也是英国人闻知周遭县乡产的烟叶质量甚好,便首先在蚌山建厂,于是搅动得蚌山本土商人纷纷躁动不安起来。一时间,十来个人加上一两台卷烟机的小厂一下子涌冒而出,算起来十多家不止。

这些小作坊般的卷烟厂多属投机取巧与跟风起哄之流,有的小厂甚至从烟行买来烟叶,手工切丝,再从商店购得盘纸和香精,用手推子卷制烟支,几乎与手工制作的烟无异,成不了什么气候。

有个心气极高的蚌山老板打心眼里看不起这些人,这么干能有多大出息?此人出手不凡,一下子进了十几台卷烟机,盖了一间中型烤烟房,常年雇佣工和旺季招募的临时工拢共近两百号人,撕烟、切丝、卷制、包装,全流程作业都很正规,完全摽着英国人所办卷烟厂的标准,大有对着干的意思。

这人就是蚌山天来卷烟厂的老板肖财旺。

肖财旺是明白人,知道出资办厂不是闹着玩,除了实力、设备、胆识与谋略,还要有人才。在码头扛大包要有把子力气,开当铺押物赚差价要有心眼子,去濠州黄泥铺做土匪要有股子胆量,干卷烟厂的没有懂得烟丝配制的人才,那就是裤裆里拉胡琴——扯蛋(淡)。肖财旺不像上海那些老板,一根筋就晓得给钱。他仅仅使出一招,便让时昭明怦然心动。

骨瘦如柴的肖财旺历来精明过人。拾煤核、贩私烟,在津浦铁路沿线票车上卖盐水花生,干什么他都没有失过手。这些"小玩闹"都不起眼,可是干得多了,总会有些积累,但谁都不知道真正让肖财旺发大财的是什么买卖。

肖财旺是一夜暴富的。有人说肖财旺把钱借给了一个银行家,那人在上海"圈地"时资金出现缺口,说不清楚肖财旺究竟是出于"仗义"还是凭借"眼光",总之,他毫不犹豫地搭上了全部身家。

如同赌场上押对了宝,肖财旺摇身一变成为蚌山赫赫有名的富豪。大笔钱款进账的时候,正巧赶上英国人在蚌山开办卷烟厂,肖财旺嗅到了有利可图的气息。他以往常常将这句话挂在嘴边:"棉裤套皮裤,必定有缘故,不是棉裤薄,就是皮裤没有毛。"洋人愿意干的事情都是琢磨了许久的,漂洋过海把钱投到这里,人家傻吗?于是,肖财旺投资的蚌山天来卷烟厂应运而生。

或许因为那个银行家利用手中人脉帮忙的缘故，肖财旺很快打探到时昭明在韬朋路八埭头的住处，二话没说，搭乘一晚上火车来到上海，七弯八拐托人找到时昭明。

　　"到我那里去吧，请你做厂子里的技术总监！"肖老板一张嘴口气就不小。

　　时昭明当时就蒙了。

　　卷烟厂架构差不多，从技师到技术总监，中间差了好多层。时昭明在洋人工厂做事，能混到技师这份上，机缘与巧合起到很大作用，相当于捡了洋落。厂子明文规定，技术总监由洋人担任，时昭明想都不敢想。此事若真，不啻天上掉下个大馅饼，这可是时昭明人生一次至关重要的跃升。

　　"请"是生意场的客套说法。人家时昭明在上海凭本事吃饭，日子过得称心如意，尽享灯红酒绿的都市繁华，凭什么把人家"请"到不如上海一个旯旮大的蚌山？加钱是肯定的，这只是一方面，还有职位的价值。后者一经换算，也有钱的成分。说到底，蚌山天来卷烟厂打算出血本"撬"人。

　　苏州沧浪亭上的对联说"清风明月本无价，可惜只卖四万钱"，天下哪儿有那种好事？文人玩清高罢了。

　　这是外界的说法。时昭明也认可这种说法。其实并不完全如此。

　　肖财旺有钱，也有情怀。虽然人长得尖嘴猴腮，但心术并不歪。蚌山的看相人常说，两腮无肉，坏到骨头。这话用在肖财旺身上并不精准。

　　肖财旺说："英人烟厂像螃蟹，在蚌山横行！凭什么？欺负我蚌山没人？我不服气！"

　　时昭明说："咱也有技术，不怕！"

　　肖财旺说："给你高薪，在厂子里最高。但可能没有英人烟厂洋鬼子的高。"

时昭明说:"你有心,我有力,自己给自己干活不受气!"

两人对话一点不像讨价还价,反倒像互相捧场与加油。

一拍即合是有条件的,肖财旺给的这个馅饼足够诱人,时昭明骨子里不愿给洋人干活。时昭明受够了洋人在技术上对他藏着掖着的气,尤其他在打下手时没少挨骂——后来他才知道洋人那些骂人话的含义,译成中国话一听,那种腌臜难听程度连上海弄堂里的泼妇都骂不出口。这也是时昭明最终答应肖财旺的重要原因。

肖财旺万万没有想到,时昭明居然不是一人吃饱全家不饿的单身汉。

早两年,手头有了点积蓄的时昭明交友不慎,跟着几个不务正业的小开去上海十里洋场"白相"。年轻人易冲动,看着霓虹闪烁中的女人个个粉妆玉琢,红飞翠舞,婀娜多姿,便心荡神摇,每每情不自禁,去的次数渐渐就多了。他哪里晓得欢场之水的深浅。乐舞伴随美酒,在男女之事上还是"雏"的时昭明一时间春兴勃发,在没把持住自己的情况下睡了一个舞女。

哪承想这舞女虽以伴舞为生,但在卖艺与赔笑的背后隐藏着某种坚持,无论风流倜傥的纨绔子弟,还是出手阔绰的贾柘粟陈,给钱也好,许愿也罢,舞女始终当面开口笑,背后不思量,过往从未失身。

也怪年轻的时昭明英姿勃勃,踩着舞步时还自作多情地嘘寒问暖,让感觉受宠的舞女不免生出一丝爱意,不由自主地将身体渐渐贴近他的胸膛,完全不像一开始那样用胳膊架撑着保持距离。

几段舞曲下来,耳鬓厮磨的体验让时昭明与舞女的情与欲渐渐升腾,跳舞之后两人接着又去酒吧喝酒,酒助心劲,心借酒力,心照不宣的两人当晚就在微醺紊乱之中顺势做了一对。

生米煮成熟饭,花肉熬成清汤,舞女的眼泪与哀求便接踵而来。

女人流泪,酒鬼开会,不醉人才见了鬼呢。人家舞女啥也没说,却是一见面眼圈就红,跟着就是眼泪一把鼻涕一把,完全是软玉温香式的"逼宫"。

没有人生经验的男人在这种境况下通常禁不住几个来回,大都很快就范,更何况像时昭明这种对上海滩欢场一无所知的"雏丁",哪里有招架之力?经常"白相"的老手遇到此种情形,想的都是如何尽快抽身,通常的做法就是玩消失或者花钱打点。怜香惜玉的时昭明想的则是人家虽在欢场谋生,却也是处子之身。何况这女人手如柔荑、肤如凝脂带给他的强烈感受久久不能消退。

时昭明仅仅犹豫了几日,终于下决心将舞女娶来做了妻子。

肖财旺用人心切,既然"请"字当头,就意味着"连理枝""并蒂莲""鸳鸯鸟"同迁整移,代价定然大于"请"一个单身汉。肖财旺一咬牙一跺脚,在厂子附近巷子里给时昭明买了一套住房。房子看上去不起眼,普通平房而已,但宽宽绰绰两大间,还外带一个厅房。

那时节在蚌山中心街区拥有如此住房,当令许多人艳羡不已。再说,时昭明新婚不久,夫妻生活尚在欢娱阶段,没有子嗣拖累,卧房硬是多出一间。

时昭明的女人并不简单,做舞女时挂牌艺名叫翠西,带点时兴的洋味,有不懂汉语的洋人来玩,听到翠西,感觉新奇,便问:"Tracy?"舞女便点点头,有时也直接回答:"Yes, I am Tracy!"而本名赵翠娥的她则是土生土长的浦东乡下人。

同样是女人,未出过门的村姑与在欢场讨生活的舞女有着天壤之别。人靠衣服马靠鞍,若仅从衣着上看,村姑定然比舞女土气。但衣着打扮只是外表,说明不了什么。重要的是,舞女懂得察言观色,阅人多了,自然能看出人的想法与需求不同。当舞女见过世面,而浦东乡下出身又使她在防备吃亏方面具备算计的能力。

"宁要浦西床,勿要浦东房。依晓得伐?"女人语气嗲嗲的,听得人心头痒痒的,可娇滴滴的语调背后却分明话中带话,"蚌山连浦东都不好比的呀!"

时昭明是聪明人,听出了女人的潜台词。上海人比较的口吻,从来都是"苏北怎么好与上海比的呀",蚌山当然更不在话下。赵翠娥是有分寸的,人家仅仅将蚌山与浦东相比,而浦东在上海人眼中不过就是土气十足的乡下而已。

说起来,时昭明内心的纠结远比蚌山能不能与浦东相比复杂。

最初,时昭明打算独自先去蚌山趟个路子,待门清路熟站稳脚跟,回头再迎接家眷。但他委实放不下赵翠娥。终究是做过舞女的人,虽已嫁做人妇,但婀娜之姿依旧,胸围丰满,腰身却盈盈一握,明显的凹凸有致,尤其旗袍上身,行走步态仍然仪态万方。

时昭明担心的是,万一女人在外界引诱下轻浮之气显露,引来蜂蝶招惹,那就得不偿失。更让时昭明难舍的,是赵翠娥的妩媚风情与缠绵娇嗔。每每入夜相拥而卧,卸妆后的女人长发遮面,浑身散发着香胰子气味,且总会在时昭明不安分时顺从地扭动着腰肢,他就会在翠销香减的温柔乡中酥掉半边身子。

好在赵翠娥从未明确拒绝跟随时昭明同去蚌山,这已经很给时昭明面子。人家只是暗示,那边的条件怎么着也应该好于上海,若能好出许多则更佳。细想,从大都市到小地方,置换当中蕴藏着含金量的重新配比。人往高处走,水往低处流,若逆之,则需设法弥补,天经地义的事情。再说了,成家以后,过日子都是内人当家,女人想得远一些,实际一些,似乎说得过去。

其实,时昭明最大的心结是父母一直不肯接受赵翠娥。

在时家长辈看来,娶舞女做老婆简直有辱门风——依照苏北老家的婚俗,新郎官在娶亲之前甚至不能与新娘子照面,更遑论有亲昵之举。这个儿媳妇可倒好,过门之前,张三搂,李四抱,天天扎在男人堆中。如此这般，居然要给时家做长房儿媳妇？背后遭人戳脊梁，父母的老脸往哪里搁？所以时昭明的父亲时康仁一口回绝，丝毫没有商量的余地。

所以，甭管时昭明娶赵翠娥在上海办了什么样的合法手续，甚至还在《申报》上刊登了结婚启事，但只要缺少苏北老家明媒正娶的流程，族人不能认可，家谱不予记载，祠堂没有牌位，这样的婚姻在苏北老家都不作数，领一百次结婚证也不好使。

说起来，原本男大当婚的正常事体，在时家已经彻底拧巴了。早先，父母三番五次催促时昭明回家成亲，托媒人说过几个姑娘，高矮胖瘦都有，女方条件个个不错，要么是大家闺秀，要么家境殷实。可时昭明在上海"白相"惯了，心已野，哪里甘心回苏北老家成亲？于是，他想尽办法与父母兜圈子，能推则推，能拖则拖，婚事便耽搁下来。

如今情形反转，人已睡了，证已领了，不管怎么说，这就是木已成舟，时昭明反倒希望很快得到父母认可。父母却执意不肯。

走遍大江南北，丑媳妇见公婆都是天经地义的事情。已经堂而皇之地向外人自称时太太的赵翠娥，却还没见过时公婆的面，这让时昭明情何以堪？

时昭明本想接父母来上海，当面向双亲解释并借此给赵翠娥提供"表现"的机会。以赵翠娥在舞场上练就的与各色人等交往的本领，"拿下"父母的概率很高，事情或许还有缓和的可能。无奈时昭明在上海的住处格外逼仄，把父母接来在一个屋檐下共同生活一段时间的想法无从实现。按照时昭明在上海目前的薪资水准，一时半会定然买不起更大的房子，即使租房也是一笔不小的费用，自然也解决不了这个问题。不能不说，这也是时昭明愿意舍弃上海而去蚌山的原因之一。

筑巢

懂行情的人都知道,靠积攒薪金在蚌山置地买房,不等到谢顶或者头发花白,根本没有可能。即便时昭明在蚌山算是高薪阶层,拿的钱比寻常人高出许多,短时间内要在太平街那样的风水宝地置办像模像样的房产也不现实。

穿城而过的津浦铁路两边都是简易窝棚。老猫房上睡,一辈传一辈,这样的窝棚许多人家一住就是一辈子。孩子大了住不下,顶多再搭个窝棚。蚌山人讲话,盖房买地,谢天谢地。盖房是一个家庭顶破天的大事,不说倾家荡产,差不多也得倾其所有,终究破费的不是小数目。

权衡再三,时昭明一不做二不休,干脆利索地卖掉肖财旺老板刚刚给自己置办的房产,又添补了一些过往积蓄,然后一口气在烟墩子买下七八户人家的简陋住房——说是住房,其实几近窝棚。时昭明雇人用了不到一天便将这些窝棚一并推倒,又用半年时间重建了一套高档大宅。

不是一路人,不进一家门,这两口子的默契程度无人能及。时昭明是苏北"乡唔怎"中百里挑一的人尖子,赵翠娥的特殊经历则决定了她的算计能力。建房这种大事由时昭明定夺,而建房期间的临时栖息地则由赵翠娥一锤定音——夫妇俩暂住在天来卷烟厂马路对面的一家普通旅社,一住就是半年。

照理说,这完全不关肖财旺的事——房子我给过了,工资给的是全厂最高。可是时昭明天天下班后直接过马路进旅社,由不得你肖财旺老板视而不见。

果不其然,在额外支出与影响生产孰重孰轻之间,肖财旺选择了前者。他大笔一挥,住店费用全给报了账。临到了算总账,时昭明建大宅的预算费用居然还有结余。

万般皆好差一好：烟墩子的位置略偏了些。到什么山头唱什么曲，这点距离在上海根本不是个事。从十六铺码头到韬朋路八埭头的单程距离，相当于天来卷烟厂到烟墩子打个来回。可在蚌山，一听说烟墩子，人人都认为是个偏远的去处。时昭明自我宽慰：上班不必步行，搭黄包车既体面又舒适。

怎么说时昭明也在上海见过大世面。那边的厂子就是洋人开办的，他跟着洋人高级技师屁股后面，因公因私去过英租界法租界许多地方，洋行、咖啡屋、酒吧的内饰，巴洛克、哥特、洛可可风格的外形，时昭明可是见过不少。所以，时昭明在房屋设计和建造时格外用心。

两层楼的新房门脸采用巴洛克风格，拱顶圆柱，檐口弯曲，十分打眼。蚌山铁路两侧房屋虽然简陋破败，但商业街青年路和二马路那一带却有小上海之美名，临街建筑也很洋气，两侧均为欧陆样式，豪华、气派，可那些建筑毕竟是商厦。真正的住家建成这样的，在蚌山寥寥无几。

时昭明一石二鸟的目的实现了一半。浦东女人赵翠娥已然心满意足，无可抱怨。倘若她继续跟着自己在上海厮混，还不是住在韬朋路八埭头逼仄的房子里，顶多换租个稍大点的房子，哪里住得上这种大宅？时昭明特别企盼第二个目的也能够如愿实现。万一自家父母有朝一日打算缓和父子关系，主动从苏北老家来到蚌山，看到新宅后一定也会发出"乖乖隆地咚"的感慨。

新房落成的当天晌午放鞭炮以示庆贺，看热闹的人围得水泄不通。对着房子漂亮外观指指点点的人们啧啧赞叹声不断，眼神和语气中带着赞叹与羡慕。肖财旺也坐着黄包车赶来祝贺，以前他知道时昭明在烟墩子建房，但从没想到房子能建成这样，惊讶得睁大双眼，啥话也没有说出来，只是拍了拍时昭明的肩头，意味深长地点了点头。这情景还让蚌山小报《淮水商报》在报缝登了标题新闻——

《烟墩子一新宅落成，引来市民围观》。

赵翠娥心里乐开了花。她知道这种住房在上海也许算不得什么，徐家汇、静安寺那一带整条街排列的都是这样的洋房，但搁在蚌山，那就相当于上海贝当路法式别墅的层级与水准。想当年在上海，每次途经那些地方，赵翠娥都情不自禁地用艳羡的目光观望那些宅邸，猜想着里面的人都过着何等富足的生活。

赵翠娥庆幸自己两次押宝都没有失算，一次是贸然与时昭明上床继而嫁给他，再一次是跟随他来到蚌山。说起来两次押宝的风险都蛮大，万一时昭明是个公子哥，把自己弄到手之后将自己抛弃，那自己不就像永安百货公司的过气商品，只能甩卖了事？而来蚌山这件事，赵翠娥娘家人说了一句至理名言："过日子哪能像在大世界坐滑梯，从高处一下子到了低处？"

《淮水商报》的标题新闻和好事者的口口相传造成了从风而靡的效果，有些人觉得时昭明不愧来自上海，眼光独到，观念超前，便学着他的样子，纷纷来烟墩子建房落户。物以类聚，人以群分，民国二十年（1931年）前后，这里的街区渐渐有了规模，新兴富裕人家入住烟墩子竟然成为时尚。

成家三年有余，早已不算新郎新娘的时昭明夫妇搬进了新房。人逢喜事精神爽，从蜗居到豪宅，时昭明看屋里什么都感觉新鲜可心，除了电灯电话留声机这些新潮物件，摆在客厅物品架上的蚌山玉雕——龙顶五环炉都令他倍觉亲切。

赵翠娥唯一不满足的，就是嫌本地玉雕土气，絮絮叨叨说了好几次要换成上海影星宣景琳的美人照。上海人赵翠娥恋着上海，念想与喜好多与上海相关，这很正常。来蚌山前一年，正赶上上海滩四大女明星张织云、杨耐梅、王汉伦和宣景琳横空出世，一时间追星者如云。赵翠娥唯独垂青宣景琳。论漂亮，宣景琳当然不及张织云；论妖媚，杨耐梅似乎也在宣景琳之上。时昭明心知肚明其中原委。宣景琳拍电影时还是妓女,挣钱出名就是为了赎身。舞女出身的赵翠娥多少有些物伤其类的感觉。时昭明是明白人,老婆的这点心思无论如何都不能说破。

时昭明说:"可以把宣景琳的美人照放在玉雕旁边,龙顶五环炉好看,美人照也好看,两美共处,何其之美!"

赵翠娥哑然失笑道:"瞎搞什么的啦?人家宣景琳是民国十五年(1935年)选出来的上海大明星,旁边摆一尊土气十足的蚌山玉雕算什么呀?"

时昭明嘿嘿笑道:"哪个明星不喜欢金银玉器?"

这种"抬杠"让时昭明觉得生活甜美,充满乐趣。他最喜欢赵翠娥"哼"的一声转身离去的背影,那扭动的腰肢好像又重现出她当年做舞女的韵味。时昭明自己都搞不清楚什么原因,他对巫云楚雨的兴致再度高涨,每天下班回家一见到赵翠娥,两眼就放光,于是便企盼夜幕早些降临,好与老婆共度春宵。他乐此不疲地带着赵翠娥在楼上楼下的几间屋子里任意折腾。

以前在八棣头小屋子里,翻个身,竹笆床都会在略微晃悠中吱吱作响。刚开始凭借男女之事的新鲜头撑着,似乎没什么影响。日子久了,床的嘎吱声伴随着动作幅度形成响动节奏,不败兴才怪。而如今宽敞的地界给时昭明提供了大展身手的机会,蚕缠龙转,翻蝶飞凫,偃盖松,临坛竹,他不知如何折腾才好,其劲头与精力甚至超过与赵翠娥初尝禁果之时,以至于赵翠娥在即时应和且娇喘连连后也会偶尔表示嗔怪:"神经病呀,不觉得累吗?"

早出晚归的时昭明与操持家务的赵翠娥这才真正拉开过日子的帷幕。果然,一年后,长子时兹禾降生。一旦开怀,时昭明夫妇索性就一鼓作气没再歇息。接下来几年,时昭明的耕耘劳作让赵翠娥又给时兹禾添了弟弟时兹苗和妹妹时兹婕。

不像发呆时看到的所有事物都那么完整与美好，日月水火，山石田土，一旦欢蹦乱跳地进入真实的生活，一切就变得十分琐碎，锅碗瓢盆，吃喝拉撒，即使夫妻之间的欢娱也会随着日复一日的重复而失去往日的激情，两口子互相吸引的情欲渐渐就演变成互相依赖的亲情。时昭明夫妇也不例外。依赖的亲情成分多了，两人又怀念起情欲勃勃的往昔时光。和时昭明喜欢年轻时的赵翠娥一样，赵翠娥也喜欢年轻时的时昭明。

时昭明是男人，视觉很容易被女人外表的东西所吸引，无非就是丰胸细腰，粉黛娥眉之类，而赵翠娥的这些特征都十分明显。以至于两人成亲后，时昭明才发现赵翠娥鼻翼两侧竟然零零散散长了一些雀斑。这让他多少有些纳闷：自己与她跳舞甚至第一次与她肌肤相亲时怎么没有看到？那可不仅仅是近在咫尺，分明脸贴脸身挨身呀！他记得赵翠娥脸颊光洁如玉，衬托着一双黑葡萄似的眼睛，忽闪忽闪的，格外醒目。

当然，后来时昭明也承认，那天醉醺醺的他拥搂着赵翠娥，步履蹒跚地从酒吧来到他在八棣头的狭小住处，还未来得及向赵翠娥解释何以住在这等简陋之地，四目相望，彼此已然情到浓时。

顾不得阁楼上木地板咯咯作响，两人手忙脚乱地正待并作一处，赵翠娥居然分出神来，拽了一下床头的灯绳——"咔嗒"一声，屋里瞬间漆黑。时昭明愣了一下，伸手又去拽灯绳，口中念道："勿关灯哟，看着多好！"屋内又重回明亮。哪承想赵翠娥又伸手拉了一下灯绳，执意将电灯关上，嗲嗲地说着："不嘛不嘛！"

实际上时昭明是摸黑完成了人生第一次与异性的亲密体验，哪里有目睹对方容貌细节的可能？

"我以前真的没见过你脸上的这些雀点点呀？怎么会呢？"不解风情的时昭明居然在结婚后的某一次欢爱之后直截了当地问了这个问题，那个时候他恰好与赵翠娥脸对脸。

赵翠娥抬手拧了一把时昭明的耳朵，娇嗔着答道："讨厌的啦！哪个姑娘不擦粉？卸妆了都会有雀斑的呀！"

这句话给时昭明留下了很深的印象，从不得其解到念念不忘，像作了病似的，以至于后来在上海的厂子里每每见到年轻女工，尤其是脸上涂脂抹粉后显得白净的年轻女子，时昭明都忍不住要悄悄打量一番，看看能否发现粉妆遮盖下的雀斑，直到有一次被人察觉遭到痛骂，方才罢休——

"看什么看？有老婆的人，瞎看什么，不正经的东西！"

赵翠娥则不同。她觉得时昭明年轻时身上彰显着一种不管不顾的果断做派，坚毅勇猛却又刚柔兼备，委实充满男人魅力。嫁给时昭明之前，赵翠娥也不是没有向别的男人暗示过自己的心愿。没有哪个舞女愿意久干这个营生，都想在前来舞厅"白相"的男人中寻个靠得住的把自己嫁了。

赵翠娥相中的男人，看上去大都人五人六：或者文质彬彬，或者浓眉大眼，也不乏身材伟岸的健硕汉子。但可惜的是，那些家伙无一不是与她逗逗闷子，戏耍一番罢了。有的还趁机拧一下她的脸蛋，或者假装不小心触碰一下她那高耸的胸脯——不过是借机揩油罢了。

说来也是，"白相"时挑选哪个女人似乎没人特别在意，合意了多消磨一会时间，不合意打个响榧说声"拜拜"——走就是了，而谈婚论嫁时谁肯将舞女娶回家年复一年地过日子呢？只有时昭明很快付诸行动。

赵翠娥记得很清楚，两人苟且之后没几天的一个晚上，时昭明急匆匆地闯进舞厅，走到一排坐在长条椅上等待客人邀请的舞女跟前，径直拉住赵翠娥的手便往外走，那个劲头带着不容分说的味道，边走边说："回去了，不做了！明天打证去！"

时昭明的举动引得一众舞女侧目相望，眼光中流露出各种神情，羡慕的，嫉妒的，也有疑惑不解的。

作为当事人，赵翠娥的感受当然与众不同。她先是大喜过望，接着喜极而泣。她抽泣着被时昭明拉着手从舞厅往外走的时候，简直无法相信眼前发生的一切是真的。也正因如此，赵翠娥对时昭明也心存感激。这也是她后来心甘情愿追随丈夫来到小城蚌山的重要原因。赵翠娥无论如何也想不到，拖家带口之后，时昭明先前那股子干练豪爽之气荡然无存，常常犹豫不定，首鼠两端，也因此会做出一些令她不解的事情。

赵翠娥仔细回想，她和丈夫时昭明最早的分歧缘于为时兹禾起名。

孩子呱呱坠地后，躺在月婆床上的赵翠娥马上想到给儿子起个名字。她脑海中首先闪现的是根生或者金龙，浦东那边许多男孩子都这么叫，她记得位于迈尔西爱路的利喊车行有个修车工就叫宁根生。

有一次，赵翠娥顺路搭乘一个舞客的菲亚特小轿车去舞厅上班。车主是舞厅常客，喜欢与赵翠娥搭舞，本想趁机在美女跟前显摆一下，没想到车子中途出了点小故障。车可以继续行驶，但是不停地嘣嘣直响，是那种很沉闷的声音，好像有些人吃了黄豆不易消化连续不断地放屁一样，惹得路人纷纷侧目观望。车主脸上挂不住，只好把车开到利喊车行修理。舞客进店就大声唤着"根生，根生啊"，表现出老顾客与这里很熟稔的样子。

赵翠娥觉得"根生"叫起来蛮好听的，给她留下深刻印象。赵翠娥继而想，若再时髦一些，叫比德也不是不可以。上海滩各色洋人，英国人、法国人、意大利人以及白俄罗斯人都有拖家带口的，许多男孩子都叫彼得。以国人习俗看，比德与彼得同音不同字，包含着和别人一比道德高下的意思。而在某些时髦的场合，还可以故意与洋名读音混淆，唤作"屁特儿"。

赵翠娥把自己的想法告诉了时昭明。

时昭明知道自己老婆非同寻常,论眼头和见地,在蚌山,莫说小街窄巷里终日洗洗涮涮的家庭妇女,就是烟墩子街区那些养尊处优的朱门贵妇,都没法与她相提并论。赵翠娥也就是出身贫寒且时运不济而做了舞女,倘若她家境殷实,念过学堂,一准是个人物——偶尔光顾一下舞厅,施展舞技,亮亮身材,然后端着一杯红酒徜徉在一干西装革履的男人身边,间或说几句洋泾浜英语,说不定会成为小报追逐的社交名媛。

时昭明私下常常如此遐想,并不意味着他对这桩婚事有了悔意。他觉得,结了婚的男人偶尔想入非非也不见得是件坏事,总比蠢蠢欲动做些出格的粉艳之事强出许多。即使这些"假定"没有意义,他也不得不承认,做舞女还是为赵翠娥提供了见多识广的条件。

其实,时昭明认真思量过,赵翠娥是上海人——浦东也是上海,只有浦西人才会斤斤计较与浦东的区别——自己也算在上海闯荡过江湖,给孩子起名总得有点时髦色彩,至少不能像老家人那样起那种土气而沉重的名字。

说实话,赵翠娥想到的几个名字都蛮不错,要么土而不俗,要么洋而不拽。只是时昭明有些纠结,名字不光是用来呼唤的,也是家族血脉承载的符号。姓自不必说,还有辈分标志的选字,自己名中的"昭"字即如此。根生或金龙之类的名字固然很好,既祥瑞也上口,可就是悖逆了家族习惯。再说,时家现状特殊,父子两代还僵持着,长孙之名若恭请祖父来起,老人家一高兴,没准摒弃前嫌,还可以缓和关系。所以,时昭明对赵翠娥的想法不置可否,却趁机试探着给父亲写信表明了意思。

自从因为娶赵翠娥而与家里闹翻,时昭明很久没有跟父亲联系了。这件事的责任不能全归在时昭明身上,刚结婚那阵子,时昭明不知写过多少封信以求得父亲谅解,却都是泥牛入海无消息。老爷子根本不予理睬,那架势大有断绝父子来往的意思。

没承想这一次父亲竟然很快回信，仅寥寥数言，却字字珠玑："吾儿来信悉。以时家辈分论，吾孙行兹。《吕氏春秋》曰：'今兹美禾，来兹美麦。'名禾为妥。"

"兹"含有年之意，此乃家族辈分选字，时昭明很早便知。繁衍至今，时家行"兹"者渐多，时昭明记忆中，所起之名无非就是财富运达、金玉满堂、光耀千秋之类，多为祈望发财或者吉祥平安的意思。时昭明没想到的是，父亲能以"禾"续接"兹"而名，这显然高出一筹。禾为苗，栽种之初生长为苗，成熟之时则会收获麦子或稻米，预示着希望。

更为重要的是，所取之名典出《吕氏春秋》，显然十分讲究。时昭明顿时欣欣然。

那厢赵翠娥还想当然地以为丈夫会同意自己的想法，满心欢喜地抱着襁褓中的孩子一会唤根生，一时叫金龙，抱着孩子嬉戏时也会偶尔亲昵地蹦出一声——"小屁特儿"。

初为人父，时昭明的喜悦自不必说，他殷勤地忙前忙后，精心伺候，同时又装着忙碌的样子，没有空暇回应赵翠娥的要求。

孩子满月前一天，赵翠娥把时昭明唤到床前，说："该上户口了，你是当家的，给孩子定个名字吧！"

赵翠娥头胎生的儿子，多少有些自负，底气显得很足。她没有说给孩子取个名字，而说的是定个名字，那意思分明就是让时昭明在她起初取的三个名字中选一个。

时昭明先是猛拍了一下脑门，做出恍然大悟的样子，然后假模假式在屋里转一圈，像是寻找什么，最后摸摸索索从衣兜里掏出父亲的来信，双手拿着递给赵翠娥，然后两手向下一摆，头略歪到一侧，表示自己也无可奈何。

赵翠娥一看，登时感到就像当头被浇了一瓢凉水，瞬间凉了半截。

不过，当时的赵翠娥虽然心存不满，但又不好发作，孩子毕竟是时家长孙。久未联系的老爷子突然发话了，莫说自己是儿媳，即便是儿子也只能默默接受。再说，赵翠娥知道自己在时家大家族中的角色尚不明朗，凡事并不便于张扬。为了给自己找个台阶下，赵翠娥悻悻地回应了一句："噢哟，时兹禾，拗口死了，不好叫的啦！那平时吾尼（我们）干脆叫乳名好啦，毛头，就叫小毛头好啦！"

赵翠娥很久以后才反应过来：时昭明若不写信，老爷子怎么会知道孩子出生这件事？写信向老爷子报喜也应该，可起码也得等到给孩子起名以后吧！这件事后来成为时昭明夫妇绕不过去的坎，一旦龃龉相对，赵翠娥总会拿出来与时昭明磨牙咬舌一番。

烟墩子街区，大户人家居多，高墙深院，朱门紧闭，平时邻里间难以照面，与蚌山多数家庭不同，赵翠娥身边没有公婆脸色的威慑，又没有乡俗民规无形的约束，自然少了许多禁忌，加上时昭明身上原本具备的朝气与日俱减，时间一长，凡事看着不顺眼，赵翠娥便会与时昭明发生口角。

天祐

冬去春来，时光荏苒，曹山桥的麦子不知收割了多少茬，甚至消停了许久的淮河都发了一次大水。大水一来，人们纷纷逃难。水退灾消，离家的人再回来继续过日子。把人生看开的缘由常常并非遇到挫折，而是日子无趣的重复。所有关山难过的心魔，在时间的虚耗中，都会渐渐变得微不足道，包括家长里短引发的是非曲直。当然，首先想明白的往往是老一辈。

与生俱来的隔辈情总算唤来了时昭明的父母。

连续半个月阴雨，屋里屋外湿乎乎的。黄包车有遮棚，上下班并无大碍，只是时昭明每次上车或下车的当口都要小心翼翼，免得稍不注意衣服就被打湿,裹在身上一整天都不舒服。

三五天阴雨连绵不会影响什么,如此之久天不放晴,保不准哪里就会出现问题。

天来卷烟厂库存的烟叶因为没有及时烘干而受潮,卷烟在检验时没能过关,搞得身为技术总监的时昭明郁郁寡欢。几十件品牌与档次不同的香烟直接被送到焚化场销毁,看得人们个个心疼。

老板肖财旺只是皱了皱眉头,并没有说什么,但时昭明自觉脸上挂不住。谁都知道这件事情的纰漏出在哪里:为什么没有应对连阴雨情形的预备方案?时昭明知道这事怨不得别人,主动扣除自己的月奖以儆效尤吧。原本周末回家应该挂着微笑,但此时时昭明进家门时脸色阴沉着。

察言观色是赵翠娥当年在舞厅练就的能力,别看平时她在时昭明面前飞扬跋扈,但若真的遇事,反而会一反常态地柔顺娇媚。赵翠娥估计丈夫在厂子里遇到了麻烦,赶紧催促三个孩子匆匆吃罢面条去楼上歇息。

孩子们面面相觑,不敢言语,照做罢了。然后赵翠娥再进厨房,动作麻利地做了几个下酒菜——卤干子、炸花生米、酱牛肉以及豆芽炒徽子,又从柜中摸出一瓶濉溪老窖。摆放停当后,赵翠娥二话不说,一把将时昭明按在凳子上,斟满两只酒杯,一杯自己端起,另一杯递给时昭明,用蚌山话豪气十足地说:"这么好的日子,瞎想什么的该?喝酒!"

赵翠娥一仰脖,兀自先干了。

时昭明心绪不佳,稍稍迟疑了一下。但他转念想到妻子这般忙碌,自己无论如何不能做那种灶老爷不吃果子却拿糖的事情,也就一饮而尽。

于是,夫妇俩就开始碰杯喝酒。空空荡荡的一楼就剩下夫妇两人吃着,喝着,说着,生生拖到夜半时分。

是夜,细雨落地的沙沙声响个不停地传进屋里,虽然连阴雨让人郁闷,但浑身散发着香胰子气味的赵翠娥却以缱绻缠绵的肌肤之亲,把原本心烦意乱且更无心温存的时昭明挑弄得兴致高涨,以至于几叠鸳衾红浪皱。

颠鸾倒凤之后得到释放的时昭明忽然意识到,自从有了三闺女时兹婕,自己曾经每每入夜便龙腾虎跃的状态逐日减弱,以至于隔三岔五的例行之事常常都会因为倦怠而被忘却,而赵翠娥正好相反,时时飞来眉眼,今晚算否主动索欢?莫非民间所说女人三十如狼四十如虎的情形正在老婆身上显现?

时昭明转念一想,老婆刚才所为并非如此。她分明是感觉到自己心绪不畅,心疼体贴方才以“酒”“色”相待,对自己加以宽慰。他越想越觉得自己能娶到这样的老婆是三生有幸,想必前世烧了高香。可惜的是,父母迄今还带着根深蒂固的成见,既没有让儿子儿媳回老家省亲,也从未打算来蚌山探望儿孙。

时昭明睡得十分踏实,真的是“人生自是有情痴,此恨不关风与月”,若不是窗外树上喜鹊叽喳的叫声,他恐怕还在梦境之中与周公做伴。时昭明一看墙上的挂钟,竟已是晌午时分,便伸了一下懒腰,起身下床。时昭明恍然悟到,喜鹊枝头叫,出门晴天报。难道下了半个月的雨停了?

时昭明推门走到烟墩子街上,发现果然雨过天晴。成群的喜鹊叽叽喳喳叫着落在街头的香樟树上,树梢柔软之处竟被喜鹊踩得上下晃动,一幅“欲啄怕人惊,喜语晴光里”的景象。

这可是吉兆。

时昭明狠狠吸了一口略显潮湿却很清新的空气,觉得心旷神怡。春光柔和不刺眼,时昭明用手遮住眼眉,眯着眼睛看了一下,觉得昨日郁闷的心情完全消失。

突然一阵铃声从身后传来,吓了时昭明一跳。身穿制服的邮差骑着绿色脚踏车猛然停到他的身边。

时昭明接到的是苏北老家昨日拍来的电报。或许因为下雨,电报迟滞一天才送达他的手中。电报说,父母今日午时抵达蚌山。喜出望外的时昭明不敢相信自己的眼睛,反复看了几遍,这才确认。

时昭明抬手看了一下手表,时间已经临近,赶紧要来黄包车匆匆赶到汽车站。还没来得及从黄包车上下来的时昭明,一眼看到父母刚刚从一辆长脑袋的道奇客车上慢慢地走了下来。

时昭明差点没认出父母的模样。

他十五六岁离开苏北老家时还是个半大小子。父亲那时身体健朗挺拔,走路虎虎生风,威严中透着霸气。时昭明打小淘气,没少挨父亲揍,从骨子里惧怕父亲。时昭明记得很清楚,父亲揍他很讲究,用半拃宽的竹板打手板或者打屁股。念书不好打手板,淘气则打屁股。父亲从不打他耳光,且常常把"打人不打脸,骂人不揭短"挂在嘴边。时昭明与祖父感情甚笃,四五岁时祖父还健在,祖父曾经摸着时昭明的脑袋,说他长大了一定会像他父亲那样成为耕田的一把好手。时昭明长大了才明白,祖父实际上是在夸奖父亲能干。

眼前的父亲满头白发,步履蹒跚,而母亲则佝偻着身躯。时昭明刹那间潸然泪下。

时昭明引领父母进家门之前刻意停顿了一下,哪承想父亲根本没有对儿子煞费苦心建造的巴洛克式住宅发出"乖乖隆地咚"的感慨,甚至都没有抬头环顾一下。倒是母亲带着惊奇的目光东张西望,却也没有说什么。这多少让时昭明有些失望。

做祖父的没来得及坐下歇口气,也没顾得上回应时昭明不停的"爹爹妈妈"的呼唤,径直走到一溜站在厅房沙发侧后方的三个孙辈跟前。

时兹禾是长孙,个子比最小的妹妹时兹婕高出一头,而时兹禾的弟弟时兹苗则比哥哥矮半个头。祖父摸了摸时兹禾的头,又分别摸了摸小孙子和小孙女的脸，颤颤巍巍地说了一声"乖乖"，然后转过身来，正好面对怯怯地立于一旁的赵翠娥。

"俺爸，俺妈。"低头垂眉的赵翠娥小声地唤道。她的双手不停地搓着自己的衣角，显出不安的样子。

二老默默地点点头，算是回应。

时昭明的母亲微笑着打量初次见面的儿媳妇赵翠娥。女人的视角永远不同于男人，还没来得及挑剔的时候，婆婆能否相中儿媳妇，头一眼肯定和长相分不开。

俊俏大约是儿媳妇给时昭明母亲留下的第一印象，尽管赵翠娥早已没有当初那般婀娜多姿的身材与楚楚可人的面容，可是与一般家庭主妇相比，仍然风韵犹存。老爷子始终没有直视赵翠娥。究竟是公公碍于身份不便直视儿媳，还是古板的老辈人根本不屑于直视舞女出身的赵翠娥，时昭明硬是没有分辨出来。

但不管怎么说，时昭明还是鼻子一酸，眼泪差点落下来。

时昭明心里明白，久未谋面的父母拖着渐渐老去的身躯，不辞辛劳地乘坐长途客车来到蚌山家中，见了孙辈，也与赵翠娥照了面，她这儿媳妇的身份就算得到了认可。两位老人肯来蚌山家中，多半还不是冲着人家给时家生了三个孙辈？要不然，这父子之间恐怕就彻底恩断义绝了。所以，赵翠娥没有功劳也有苦劳。古时皇后无后，偏妃生养，很多情况下后者不是也可以扶正的吗？况且，赵翠娥明明就是在上海滩与自己打了证的合法妻子呀！

让时昭明心动感怀的不止于此，赵翠娥在公婆面前的神情恭恭敬敬，双手垂在身体两侧，略略躬身，完全没有平常朝自己展露的那种颐指气使的样子，更令他想不到的是，她称呼公婆竟用的是蚌山口吻——"俺爸""俺妈"，而不是浦东乡下惯常称呼的"牙爸"和"姆妈"。眼瞅着当年那个让多少男人垂涎欲滴的上海滩舞女，如今成了腰身渐渐变粗、细纹悄悄爬上额头的蚌山家庭主妇赵翠娥，时昭明不禁感慨:生活怎会这般造化弄人?

碧瓦朱甍,子孙绕膝,身为长子的时昭明想象着父母应该换一个地方享受天伦之乐了。这里与老家固然山水相异,但长子与长孙守在身边,终究血浓于水,其乐融融,有何不可?

其实,时昭明一直琢磨,据家谱记载,时家源于殷商时邑。天晓得哪一代先祖因何缘故落户于苏北——那里虽然水丰田沃,但毕竟偏安于一隅,摆脱不了农家靠天吃饭的命运,更不比城市开化文明。苏北困窘的乡间尚可世世代代养育时家后人,蚌山怎么不可以呢?

一直以来,时昭明总以为自己年少时不知深浅,好高骛远,意气当头之时做了叛离故土和父母的人,成为老家时姓第一位外出谋生者,歉疚与惭愧之意无时不萦绕心头。好在现如今自己闯出一方天地,吃穿不愁,生活富足安逸,总算有了些许心安理得的理由。每日从卷烟厂下班归家,时昭明便向父母请安,嘘寒问暖。他觉得这种菽水承欢的日子多半就要如此这般地过下去了。

一日晚饭时分,时昭明斗胆问父亲:"俺爸,您来蚌山这么久了,晚饭都是您独自喝酒,今天能让做儿子的陪您喝个酒吗?"

没待父亲张口,母亲先说道:"这还用讲吗?你都三十好几的人,已经是三个孩子的爹,又不是当年的毛孩子,陪你爸喝酒并不为过。你爸高兴还来不及呢!"

正在念初小的时兹禾疑惑不解,向爷爷问道:"俺爸不能陪俺爷爷喝酒,哪个讲的?"

听到长孙时兹禾如此问话,爷爷兀自先笑了。老人冲着时兹禾说:"我的乖乖,我和你爸能不能喝酒,得由你奶奶说了算。她说能喝,我们爷俩就可以喝!"

时家的饭桌上立时充满三代人的欢声笑语。时昭明忽然觉得恍然隔世,生活就像断了片的电影,之前的记忆与眼前的情形有些对接不上。他第一次与父亲同桌对饮,发现父亲并不像他记忆中的那样古板严苛，原来也有通融的余地，好不惬意。三杯酒下肚，父亲的话语渐渐多了起来，说的多是时昭明小时候的趣事，听得三个孩子哈哈直笑，赵翠娥也抿嘴偷偷乐着。

"你们爸爸小时候胆子大，不听话。下河摸鱼差点被淹死，还有一次爬到人家房顶揭瓦找鸟蛋，踩塌了屋顶。他怕我揍他，在外面躲了两天才回来。你们爸爸是个天不怕地不怕的孩子，唯有一项，就是害怕去祠堂和祖坟。"

父亲的讲述让时昭明想起往事。

时家祠堂门外石牌上刻有"建于康熙四十五年"的字样，时昭明知道这是很久很久之前的某一年，却从来搞不清楚迄今究竟过去了多少年，而祖坟修建于何时他更无从知晓。

如果没有大人陪伴，时昭明小时候不敢去这两个地方。他总觉得祠堂里面与祖坟四周弥漫着一股阴幽悚然的肃杀之气。时昭明最为担心的是祖宗牌位与祖坟墓碑后面会突然走出长发飘飘的白衣人来。

有一年大寒节气，七八岁的时昭明白天随族人参加祭奠祭扫，晚上睡觉居然梦见面容模糊不清的白衣人，当时就被惊醒。时昭明猜想，大约父亲在这两个场所的做派给自己留下了深刻印象——每次父亲都双手合十，三叩九拜，神态虔诚，口中念叨的总是企盼先祖保佑后人的话，口气极为真切，仿佛祖先就在他跟前一样。

时兹禾问："俺爸怕什么？"

爷爷时康仁说："你爸怕鬼哟！"

时兹禾问："真的有鬼吗？"

时昭明嘿嘿一笑，急忙打岔道："爷爷说笑呢！"

时昭明万万没有想到的是，晚饭结束之前，父亲最后说了一句话，丝毫没有说笑的意思——

"一直想找个机会告诉你们，我和你妈，对啦，我的三个小乖乖哟,我和你奶奶打算回老家啦!"

时昭明恍然大悟,父亲在这样的场合以这种方式说出自己小时候的趣事,不经意地将话题扯到老家祠堂与祖坟——那个总是让父母(尤其是父亲)忘却不掉也无法割舍的地方,原来在蚌山住了数月之久的父母已经准备返回故里了。

时康仁在老家有土地,有宅子,是那种算不得财主却能够养活自己的富裕农人。时昭明离开老家时,他的两个弟弟尚在垂髫之年,小弟弟还穿着开裆裤。时昭明离家计划蓄谋已久,出门那天,挎着包袱的他本想拉拉两个弟弟的手,毕竟手足之情甚笃,但害怕弟弟走漏风声,便打消了这个念头。

父亲来蚌山后告诉他,大弟弟已经娶妻生子另立门户,小弟弟则成为家中干农活的顶梁柱。"左手握苗右手分,分苗留心莫伤根。食指中指掐根部,入土依次朝前伸",这个当年时昭明怎么也记不住的插秧口诀,却被小弟弟熟练掌握。依稀别乡十数年,两个弟弟还能认出他这个当哥哥的模样吗?每每想到这些,时昭明的眼睛都会湿润。

时康仁有自己的想法。时昭明是家中长子,本是时家未来掌门人,却安家于异地他乡,虽说有了后人,也恐怕如若柳絮随风摇曳着飘至远方,再难以回到故土发芽生长。很多事情命里注定,人强扭不得。

时康仁是时姓家族辈分较高的年长者与主事者,生息蕃庶,前后相属等诸多事项要另作安排,不仅牵涉自家,也关乎族人。人老了,青壮年时的倔强刚烈劲头与争强好胜意识也在减弱。时康仁联想到苏北老家的河汊渡口,突然意识到,做父亲的原来就如同站在船尾的摇橹人,儿子则似那渡河者,船行至对岸,儿子总是要下船的。

此行见到孙子孙女,认了儿媳,看到长子时昭明在蚌山混得有头有脸,衣食无虞,安车蒲轮,妻贤子孝,时康仁积郁多年的心结得以释解,心愿得以了遂,再无牵挂。临行前,时康仁哆哆嗦嗦地交给儿子时昭明一册封面些许磨损且泛黄的线装书,说:"孤悬外乡,不可忘本。你去哪里,我且管不了,先祖也无预知,更无力隔代管束,但你来自何方,这册族谱清晰记载。"

时昭明闻之不禁有些怅然若失。养老育幼,乃男人双重天职。谁料想年轻时血气方刚,凭借意气之勇,探究人生的步履比别人多迈出一些,无意间拉远了与故乡的距离,及至老成练达之年意欲补偿,方觉鞭长莫及。

小城之人视界不宽,心胸有时偏狭。明面上时昭明拿着高薪,住着洋房,上下班坐黄包车,貌似风光,但他作为外埠人在蚌山没有根基,缺乏班荆道故的友人,难免招致小人嫉妒。

时昭明时常耳闻,天来卷烟厂有些吃不着葡萄嫌葡萄酸的人,背地里乐于拿他取笑打岔,以示蔑视。他们常说的话题无外乎就是《水浒》中的"鼓上蚤"时迁——意思很明显,你时昭明再怎么材优干济,不也就是贼盗的后代?

说起来,平常日子里给人添堵的哪里有惊天动地的大事? 一日三餐之后你能听到的尽是些狗屁倒灶的琐碎事。时昭明在洋人手下受过气,承受力蛮强,对于那些街头巷尾嚼舌头的话从不放在心上,烟厂里的这些闲言碎语顶多让他烦心而已。加上肖财旺老板指望时昭明出好活,赚大钱,平时对他多有护佑,倒无大碍。

时家历来忌讳这个话题。殊不知苏北老家时姓这一支在明末清初就是四里八乡远近闻名的大户人家。据族谱记载,依照"父祖曾高天烈太远鼻"祖辈之序前推,在鼻祖之前一代的那位先祖经商发财后,按朝廷官制时规,拿出若许银两,捐得一从五品官差,与盐课提举司提举相应,却并无实权,属员外郎一类的闲职。

时家先人捐官本不为济世抱负或者另有他图，单单为个好名头。乡野百姓对员外郎总会有所忌惮，面对威严的官服，岂敢随意造次！当面不敢，背后也胆怯，传言者也担心万一传到时员外耳中，恐怕吃不了兜着走。果然，时家所受诸如"鼓上蚤""偷鸡贼"之类闲言碎语侵扰少了许多。

因捐纳而获爵加衔终究不比科举为官来得体面，时家后人再无效法。这位康熙年代的时员外成为时家史上的特例。不过，一直以来，时家更看重以祖制排辈为后人取名，这既与"赵钱孙李"一般大姓排序相同，也暗含着"广而告之"的意思——谁告诉你时迁是时姓后裔？

穷乡僻壤的黄冠草服哪里搞得明白话本戏台上的故事与生活中的是是非非有何种关系，你那里讲的有鼻子有眼，喜怒哀乐与恩怨情仇跟人世间的家长里短与男欢女爱无甚差别，万一有了些许勾连，总会有人拿来作为饭后茶余的谈资，一文钱不花，还能宣泄情绪。所以，时家家谱不仅可以子孙代代传袭，还可以佐证真伪。时迁在族谱中属于哪一辈？那纯粹是苏北老乡施耐庵的杜撰，老百姓讲话——愣小子劈腿练功，扯蛋（淡）！

忽然一日，赶上礼拜天休息，时昭明翻箱倒柜取出父亲时康仁临走时留下的族谱，先是自己草草翻阅一番，然后便唤来时兹禾。

族谱为线装书，厚度若砖，纸页泛黄粗糙。占篇幅多半的是"一修"至"八修"说明。修乃指修谱。"一修"为建谱之始，而后诸次修谱则为续谱说明。其中记载皆为时家男丁娶妻某氏生几子几女。时昭明的父亲时康仁恰好赶上"八修"末尾，以十八世时尔昌次子身份载入，此时正值清光绪三十三年（1907年）。

时昭明舔了舔手指，翻至其中一页，指着书中词文对时兹禾说："玩心不可过重，得空将这段词文背下。"

三岁看大，七岁看老，这句老话在时昭明身上并不灵验。

时昭明年轻时心思活泛,头脑灵光,不安于家乡陈规陋习束缚,尤其厌恶旧学,族人和乡亲都视他为异类。也许受邻村在上海做小买卖的人影响,在与父母百般争辩后,时昭明毅然决然地跑到上海讨寻新的生活,搞得父子关系几近破裂。在上海时单身一人,时昭明没觉着有什么不妥。除了在卷烟厂做事,时昭明的生活就是撒开欢地玩。

及至自己在蚌山做了父亲,时昭明才发现漂泊异乡与在族人聚集的苏北老家完全不同。

老家虽为乡下,穷富有别,然而无论远近亲疏,却多是时姓人家。平时各家独自生活,逢遇婚丧嫁娶之类的重要事件,则由长辈或长者牵头,召集族人共同商议以确定如何操办。清明及大寒时节上坟,各顾各家只是前奏,最终环节是族人聚集,祭拜共同的先祖。这些规则渐渐成为时家习俗,年复一年,鲜有变化。

时昭明在蚌山最大的困惑是,大事要务无规矩与路径可寻。邻里与同事貌似口音相同,遇大事也会口口相告,虽不算正式商议,也有征询怎样操办为妥之意,可终究习俗各不相同,且记忆中的规则又得不到印证,很难寻得相同之道。

对时昭明来说,孩子接二连三地出生,如何育导成为问题。蚌山毕竟不像上海,没有许多时尚学校可供选择,时昭明便自作主张,按照幼时父亲对自己的要求,偶尔叮嘱时兹禾下学空闲时诵念四书五经,相当于补习国文。

日渐之习,非一日养成。伴随着时兹禾从牙牙学语到舞勺之年一天天长大,时昭明分明感到自己的心态在按辔徐行之中悄然变化,明明刚及不惑之年,却越来越自觉锐气逐日衰退,莫名其妙地开始喜欢回忆在苏北老家的旧日时光。

时昭明的自觉,在赵翠娥那里就是目睹。她看着丈夫如此这般,很是不以为然。时兹禾出生之前,时昭明从未这样过。

看到时昭明拿出家谱让儿子背诵，赵翠娥立马气不打一处来，说："老古董的啦！你没看见报上讲的，人家南昌那边都提倡新生活运动，革除旧弊？蚌山有条件的家庭哪个不是花钱让孩子学洋文，将来有机会去上海找事情做？你喜欢陈糠烂谷就算啦，不要整天让孩子也跟着摆弄，老气横秋的。这样下去，莫说上海，将来毛头在蚌山也不好混的呀！"赵翠娥话中藏着火气。

刚刚念高小的时兹禾每日下学回烟墩子，必经老城的小巷小街，常常看到门户不闭的鄙舍陋屋里上演着鸡飞狗跳的吵架戏码，男人吼叫，女人跳脚，小孩子则惊恐不安地站立一旁。

与别人家孩子不同，时兹禾认为自家父母拌嘴别有一番景致，没有什么好害怕的，因为父亲从不暴跳如雷，只是偶尔喏喏地回一下嘴，声音小得几乎听不见，像是自言自语。父母"吵架"的场面看上去蛮有趣，像是茶壶对着茶杯——母亲一只手叉腰，另一只手指点着父亲，时兹禾觉得那姿态很像摆在八仙桌上的茶壶。时兹禾觉得有时自己做好某件事情，会让父母（尤其让母亲）转怒为喜，他为此反倒很有成就感。

时兹禾不急不慌地喝了一杯水，润润嗓子，然后照着父亲所指诗文念道："家传有章，荣华尔康，昭兹来许，锦绣辉煌。"

时兹禾自小聪慧，好奇心强，父亲所嘱篇目，有时随意看看，居然过目不忘，每每记忆牢固，尤以《诗经》为熟。

时兹禾以为又是《诗经》中未读篇章，顺嘴念诵几次，发现其中"昭兹来许"似曾相识。小孩子虽然不解其意，但很容易按照念诵腔调想起该诗句曾经出在何处。他猛然想起，《诗经·下武》篇中写道："昭兹来许，绳其祖武。于万斯年，受天之祜。"

"俺爸，怎么这里也有'昭兹来许'？"

"哦哦——"时昭明并不清楚儿子说的是什么。

"俺爸，你让我背诵的这段有'昭兹来许'，《下武》那篇里也有

'昭兹来许'。"

"我的乖乖，我不晓得你讲的下午还是上午，我只晓得'昭兹来许'可是咱们时家这一支的排辈顺序。你爷爷说，祖上修谱共取十六字，都有来历，四字成组，押韵合辙。十六字循环使用，家谱记载，几百年未曾中断。我的祖父叫时尔昌，你的爷爷叫时康仁。你爸我是'昭'字辈。你和二毛还有小妹就是'兹'字辈。等你有了下一代，就应该是'来'字辈。"时昭明耐着性子给似懂非懂的儿子讲道。

赵翠娥插话道："毛头这么小，你给他讲什么下一代的该？"

时兹禾冲着赵翠娥说："俺妈，我知道俺爸讲的意思，等我结婚有了孩子，起名字应该带上'来'字。"

赵翠娥有些急眼了，说："噫嘻！你个熊孩子，你知道什么是结婚的该？"

时兹禾不服气地说："俺妈，我不是熊孩子。熊孩子淘气，我又不淘气。哪个不知道结婚？找个媳妇不就是结婚吗？"

赵翠娥与时昭明对视一眼，两人都尴尬地笑了。

哪承想时兹禾转头又问时昭明："俺爸，我想知道，我爷爷的祖父叫时华什么？"时兹禾猛然问道，他按照辈分字序推算，那一代先人应该为"华"字辈。

"哦，哦？"时昭明一下子被问住了，略显结巴地说，"我的乖乖，我，我还真不知道，这个可以在家谱中查到。"时昭明有些沮丧，儿子时兹禾所问之人是自己的曾祖父呀！

美梦

和弟弟时兹苗以及妹妹时兹婕基本上靠奶妈养大不同，时兹禾小时候，赵翠娥奶水好，一天不给孩子喂奶就胀得难受。

有奶便是娘，无奶娘心伤。这话是时昭明家隔壁老于家太太说的。那女人差不多和赵翠娥同时生养，却因奶水不好，总要夜里起来给孩子热牛奶，麻烦不说，做娘的休息定然不好。而时兹禾从小养得省力舒心，无论何时哭闹，只要吸吮赵翠娥的奶水，立马安静，很快便可入睡。

如此养育惯性，无形中铸成了时兹禾的生活习性——他打小睡眠就很好，倒头便睡，很少做梦。即使做梦，也很短暂，根本记不住。

时兹禾唯一能记住的一次梦境，是小时候做梦找茅厕，从床边到桌下，从墙角到窗前，几经周折，总算在门背后找到一只痰盂。刚开始他还有些犹豫，反复确定无误后，一放松，哗哗地尿了一大泡，那叫一个痛快——结果，他尿床了。

早晨起床，时兹禾懵懂中带着害羞的神色，指着湿乎乎的被褥，把做梦过程说给父母听。时兹禾三言两语刚说完，当即遭到赵翠娥劈头盖脸的数落，而时昭明则听得哈哈大笑。

时兹禾念初中时，那位好讲北平话的王美丽老师出了一道作文题——《我的一次美梦》。时兹禾无以动笔，因为要求写"美梦"，显然不好将尿床之梦境写出，便信手写出自己的想象："棉花似的朵朵白云，在微风的托捧下，轻轻地飘浮在空中。我看那白云分明就是硕大的棉团，便飘然踏入云间，任意采撷一大捧，喜滋滋地拿回家。这些白云般的棉花可以让母亲给我做一件棉袄。"

哪承想这段信手拈来胡思乱想的文字竟然获得王美丽老师极高赞誉，用红笔在他的作文簿上评价该文"具备极好的想象力"。时兹禾自此便以为做梦不过就是某种"想象"。他继而联想到，虚妄奇幻的《西游记》不就是做梦的结果吗？

时兹禾感觉自己又沉沉地睡了一大觉，自打备考和会考以来，他很久没有睡得如此踏实了。时兹禾深信旺盛的精力来自于良好的睡眠，以往每次游泳训练之后，略感疲劳的他都睡得很沉，次日醒来，头脑清醒得如同刚刚更换了洁净新水的泳池。

"是不是睡得好的标志就是不做梦？"时兹禾问过布鲁托。

"不，不，我的理解是，有时做梦才是睡得好的标志。"布鲁托告诉他。

"那我为什么不做梦呢？"时兹禾又问。

"因为上帝还没有让你的人生真正开始。"布鲁托说的时候在胸前画了个十字。

国文课的"想象"并不能消除时兹禾的疑惑，而布鲁托的"传道"也不能令时兹禾信服。"想象"显然不能成为无法进入梦境的真实替代，那不过是临时起意的杜撰，是应对老师或者作文写作的一种手段而已。时兹禾想知道的是自己睡觉何以这么深沉。时兹禾把布鲁托当成朋友，但从来不认为布鲁托是虔诚的天主教徒。作为游泳教练，布鲁托极为出色，但他每次以神父口吻"传道"，却总是让时兹禾觉得漏洞百出。因为布鲁托很务实，每次讲述的道理总是贴近他自己的人生体验，而与所谓天国的至上真理相去甚远。

《说岳全传》中说"自古至人无梦，梦境忽来，未必无兆"，这是时兹禾最担心的所在。时兹禾格外喜欢这部讲述忠义两全的英雄传奇小说，自他念初中以来百读不厌，喜爱程度远超《水浒传》，在他心目中与《西游记》齐平。

与初中那位好讲"京腔"的王美丽老师大不相同，崇正高中部的国文老师何老先生长须飘飘，学识广博，国学底蕴深厚，当他发现时兹禾时常随身携带《说岳全传》，便规劝道："《西游记》《三国演义》《水浒传》和《红楼梦》乃当读之书，其余通俗读物，偶尔阅览，虽不为过，却无须精读。如同时下张恨水，读者虽众，但不能替代经典。切记。"

时兹禾并不介意何老先生训导，但他想起自身困惑，又忍不住问及《说岳全传》所说内容。何老先生拽拽地说："《说岳》所说非也。'至人无梦'乃指至德之人无妄想贪念，故不做梦。孩子好生考学，未来必成大事。"

意大利人布鲁托与蚌山人何老先生都未能言及时兹禾心结如何纾解。

时兹禾的担心应验了，说不好什么时候他在沉睡中开始做梦了。梦境好生奇怪：旷野之中，浮日悬空。时兹禾从未见过如此悬空的太阳——是那种抬头可以直视却不晃眼睛的太阳，耀辉又不透亮，温暖而不灼人，半挂在空中，仿佛上苍硕大的独眼，窥望着旷野中的一切。梦境中的他独自坐在草地上苦思冥想："昭兹来许，锦绣辉煌"和"昭兹来许，绳其祖武"这两句话，哪个是典籍本身，哪个取自于典籍？

梦中的时兹禾很困惑，这个问题他原本早就弄清楚了，怎么现在又变得模糊起来？无论如何他都想不起真正的答案。他拼命想着，然后就听到有人说话——

"乖乖，他的眼睛动了！"

迷迷糊糊的时兹禾突然睁开双眼，发现自己躺在床上，身上盖着被子。奇怪的梦境瞬间转为陌生的环境，时兹禾一下子如堕五里雾中，颇有一种"游仙梦觉，不知身在何处"的感觉。

时兹禾不解的是，正是农历六月精阳与七月流火交汇的时节，自己怎么会盖着被子？他觉得有些燥热，想撩开被子，低头一看，自己竟然一丝不挂。时兹禾不由得一惊，赶紧将掀起的被角放下。多亏被子遮盖，否则，他可就应了蚌山老话——光腚推磨，转圈丢人。

蚌山是烟火气浓厚的小城，生活节奏往往如若牛车般缓慢。赶早去做工的人稀稀拉拉，太平街南段一字排开的十来家卷烟厂总共不过千把人。淮河码头和蚌山火车站看着不小，但货船和票车多为路过，人流也不密集，而小商小贩开板出摊从无准头——店家有话说："开门早了没人光顾，还不如睡觉。"懒散气息的弥漫使得普通学校也无暇顾及学生着装是否统一，省教育厅特派员几度视察，看到锦罗绸缎与破衣烂衫混杂的场面,皱着眉头说:"这叫什么的该? "

崇正是蚌山唯一的例外,学生不仅统一着装,且春夏秋冬有不同款式。即使在夏天,男生的制式裤子仍然长度过膝。联考已经结束,但高中毕业典礼尚未举行,无论是否进入大学,时兹禾这样的应届毕业生仍需按照学校要求穿着校服,违者有可能拿不到毕业证书。

赤身裸体的时兹禾感到自己的脸腾地发热起来。

一个满脸胡楂的人坐在床边的凳子上笑眯眯地望着他。

时兹禾一眼认出眼前这人是警察。虽然他没戴大盖帽,头发湿漉漉的,却身穿白色短袖警服。时兹禾以往没留心过警察行头有哪些特征,全凭"大盖帽,前头翘"来辨别。去年夏天警察换装,崇正教会学校专门请来警方人员向学生做讲解,时兹禾才知道以前警察夏天穿黄色短袖衣服,现在则换成了白色。

时兹禾顿时不知所措,甚至有些惊慌:警察怎么会出现在自己眼前?

"我的个孩儿哟,你终于醒了。"警察说。

"这是哪里?"时兹禾怯怯地问。他双手拽着被头,生怕人家将被子掀开。

"曹山湖警所。"警察说,脸上依旧挂着微笑。

时兹禾睁大眼睛,露出吃惊的样子。他脑子有些发蒙,一下子回不过神来。曹山湖两侧有两个很容易让旁人混淆的警事机构,一个是曹山桥警所,在蚌山的湖对岸曹山桥镇子当中,另一个则是时兹禾此时身在的曹山湖警所。时兹禾误以为自己夜游横渡曹山湖迷失了方向,又回到了原地——曹山桥。

"哪里?"时兹禾又问道。

"曹山湖警所。"警察很有耐心地回答。

时兹禾这才确定自己此刻身在蚌山,接着他的大脑飞速地旋转,想着自己在过去一段时间做了哪些事情,是不是哪里有了越界违法举动?

"兵荒马乱的,你到湖里弄幌子的该?"警察用浓重的蚌山口音问道。

"弄幌子"的地域味道,远甚于其本来含义"干啥"。"幌子"本为店家门口挂的招牌,是自家生意的标志。"弄幌子"从"干什么买卖"演化成"干什么",也隐约透露出小买卖人占多数的市民构成。只不过这是很久以前的用语,街市上哪里还有幌子招摇?"弄幌子"的说法自然也成为陈年往事。

如今蚌山人都觉得这么说话"憨不拉痴"的,土气十足,只有巷子深处没见过世面的老人或者进城卖菜的乡下人还这么讲话。穿皮鞋的蚌山人见到另一个穿皮鞋的蚌山人通常都说"嘎的该"——"干啥的该"吃音后的缩略说法。

时兹禾没想到还有警察会如此说话。

时兹禾这才注意到,眼前这位警察岁数不小,棱角分明的国字脸略显沧桑,两鬓斑白,额头上刻着几道深深的皱纹,最明显的是右脸颊上斜卧着一块发亮的疤痕。时兹禾闪念之间觉得这个面部特征格外鲜明的老警察似曾相识,好像在哪里见过,但一时半会又想不起来。

时兹禾的目光从老警察身上移开,恰好面对这间屋子打开的大门,门的侧上方朝外悬挂着牌子,上面清晰地写着"值勤室"。时兹禾恍然大悟,自己昨夜横渡曹山湖,结果溺水了。有人救了他,并将他送到警所。

时兹禾本能地想到了布鲁托——假如布鲁托得知他被人从曹山湖救出的消息,会不会感到震惊与不解?洋人教练亲手训练出来的崇正教会学校的游泳高手,竟然溺水啦!

警察的问话时兹禾不知如何回答才好——昨夜他的经历,真是一言难尽。全部经过应该从下午算起,截止到亥时。起初天气很好,艳阳高照。他先从烟墩子去学校看会考成绩榜。然后他和布鲁托来到二马路的东亚饭店喝咖啡。黄昏时分乌云密布,天气变得酷热难耐。与布鲁托分手后,他骑车去了曹山桥,遭遇到平生第一次惊险危情。最后,狂风暴雨瞬间来临……其中有些环节,都是他始料未及的。他猛地想起来,他在几个持枪人的追赶下拼命地朝曹山湖跑去,然后跳进湖中。

时兹禾坐了起来,本想说有人追他,但又顾忌警察问他何以晚上去曹山桥、追赶者与他是什么关系。时兹禾自己都处在懵懂之中,当然无法说清,便打算搪塞过去——

"我划船去湖里钓鱼,船漏水,舀水时不小心,船翻了。"

"熊孩子,胡扯,大半夜的,鱼钓你吧?"老警察显然对时兹禾的回答不满意,话语中含着指责,但口气倒还温和。"刘汝珍 68 军属下的 81 师就驻扎在曹山湖西侧,万一人家以为你是刺探军情的怎么办?两个结果,一是人家开枪,那就糟喽,打不死也得淹死;二是抓走。国军部队干的事情,算是军事秘密,咱做警察的还不好管。"

老警察的话让时兹禾惊出一身冷汗,他猛然想起上个周末在铁路闸口看到的情形——

津浦铁路从蚌山主马路穿过。这条马路双向通行,闸口很宽。每逢火车通过,带轨道的电动护栏从两侧向中间合拢关闭。时兹禾每次放学途经这里,若赶上闸口关闭,又遇到一眼看不到头的货运火车,只能无奈地等待。倒是客运火车通过让他觉得还有些意思,车上的乘客每每咧嘴微笑并紧盯着护栏外等候的人,好像生怕错过了可以发现什么财宝机会似的,有时还会莫名其妙地挥手致意。

上个周末,时兹禾在闸口处第一次遇到运兵闷罐车通过。那趟运兵车多半要在蚌山站停车,所以路过道口时行驶速度很慢。闷罐车中部的车门大大地敞开,齐腰高的栏杆后面或站或坐着许多士兵。站立的士兵头戴钢盔挎着枪,席地而坐的则大都光着头,怀里抱着长枪。

时兹禾发现,这些士兵完全不像客运火车上那些兴奋的乘客,他们呆呆地望着闸口外等待通行的人,个个面无表情。

时兹禾不知道老警察所说的国军部队是否与自己看到的是一拨人。不过,想想昨晚之事,时兹禾越发觉得后怕。

老警察没等时兹禾答话,转头朝门外喊了一声:"二毛,把衣服拿进来。"

二毛?这个称呼对时兹禾来说熟悉又亲切,时兹禾不由得一愣,只见门外欢蹦乱跳地走进一位头戴大盖帽的年轻警察,他身材瘦小,白色短袖警服穿在身上稍显肥大。他一只手拎着衣服,另一只手托着一包油纸裹着的食物。

身在警所的时兹禾很敏感,听到老警察唤人,他便感到紧张,不过看到这位年轻警察也像老警察一样,满脸带着笑意,嘴里还哼着小曲,戒备心理便渐渐消除。他多少有些纳闷:曹山湖警所的警察为何都这么和蔼可亲?

时兹禾一直都不怎么喜欢警察,嫌他们总是板着面孔,所以平时偶然遇到就主动避开。他记得去年在学校讲解警服样式更换的那位警察,白白净净的,还戴着一副眼镜,看上去蛮斯文,可一说话就带着训诫口吻,好像听讲解的不是学生而是犯人。时兹禾最早关于警察的心理阴影是他念高小时留下的——他在回家途中看到过警察打人的场面。一个衣衫褴褛的菜贩子将菜摊摆到了马路上,警察驱赶时,菜贩子不知说了句什么,结果警察拿起警棍就打。那个情形吓坏了时兹禾。

年轻警察先将油纸包裹的食物塞进老警察手中,然后把衣服递给时兹禾,打趣道:"小伙子,天气再热,也不能光腔下来呀!虽说咱们都是老爷们,但怎么讲这里也是堂堂警所,光溜溜的,太不雅观。

幸亏天热,你的衣服晾干了,穿上吧!昨天夜里,要不是疤叔下湖救你,你现在已经喂鱼了。"

"疤叔?"时兹禾有些惊诧。

疤叔是一位神勇传奇的警察,在蚌山尽人皆知。据说疤叔脸上的疤痕是在一次抓抢劫犯时留下的。当时嫌犯拿着匕首挥舞,刀锋划过,他敏捷地躲闪了一下,刀尖在他脸上划了一道口子,顿时鲜血直流。他不顾一切地扑了上去,把嫌犯压在地上。蚌山的报纸对这件事情做过详细报道,还配发了一张很大的照片。巧的是时昭明用那张报纸包着卤菜回家被时兹禾偶然看到,标题很醒目,照片很显眼,时兹禾觉得好奇,便拿来阅读。怪不得时兹禾觉得面前这位脸上有疤的老警察有些眼熟。

后来,时兹禾又听说过疤叔的许多壮举,有些事情传得神乎其神。传言难免染上演绎成分,加上脸上明显的疤痕特征,以至于社会上的人们只知疤叔而不知其本名赵传勇。

疤叔的传奇远不止于此。

民国十六年(1927年)年末,北伐军为进攻盘踞蚌山的安国军路过曹山桥。家在曹山桥的赵传勇此时遇到一件窝心事:刚刚确定的一门亲事却因为姑娘犹豫不决而面临黄杨厄闰。赵传勇家境不算好,本来没对婚事抱什么希望。偏偏亲事还是由女方父亲主动敲定的,眼看到了换帖之日,女孩子死活不表态,父亲催问急了,姑娘只说了一句:"寡言少语的,谁晓得以后能不能拿事?"

赵传勇闻讯后,二话没说,瞒着家人跟随北伐军就参加了进攻蚌山的战斗。北伐军进攻猛烈,蚌山外围很快破防。但没想到孙传芳指挥的安国军抵抗异常顽强,最惨烈的战斗在蚌山街巷中展开。赵传勇并无打仗经验,但自小随父习武,身手灵活,懂得四把捶套路。他先是凭着一股子猛劲,拼命朝前冲。子弹打光后,赵传勇在一具阵亡战友尸体背后抽出一把大刀,独自一人冲进一条小巷,一连劈杀了几个敌人后才发现自己左臂中弹负伤。幸好赵传勇所在连的连长张瑞琪以及他的卫兵林树伟及时赶到,将赵传勇救出。

战斗结束后,北伐军第一军第三师师长谭曙卿听说手下有个大刀英雄是新兵,冲锋杀敌甚是勇猛,当即决定擢拔赵传勇为连长。这可羡煞了赵传勇的许多战友,有老兵愤愤不平道:"老子打了几年仗,到现在还是个大头兵。他一个新兵蛋子,打一仗就成了连长?"

事情的结果完全没有按照人们想象的路径发展,赵传勇对上司的赏赐并不领情,不仅死活不干,还吵吵着马上退伍。他的理由很奇特:"仗打了,功立了,不丢人,没现眼,不就管了吗?"

这件事让赵传勇所属营的营长和所属团的团长都很尴尬,又不好直接面报师长谭曙卿,便撺掇连长张瑞琪去当面解释。3师是粤军老底子,张瑞琪是广东人,年龄比赵传勇大不了一两岁,却有六七年军龄,嘴上胡子没长全的时候就跟着谭曙卿南征北战,算是师长旧部。有些话别人不好讲,他能够张开口。

谭曙卿听说此事后也觉得意外,便派人把赵传勇唤到跟前,问:"给你个连长还不干,多少人为此眼红,为什么?"

"回家娶亲。说好的事情。原来差一点儿事,现在不差了。"赵传勇直言不讳地说。

"差什么?"谭曙卿很好奇。

"胆量!"赵传勇言简意赅地说。

"好小子,不光打仗有胆量,抗拒命令也有胆量。可惜呀,本该是当兵的料!"谭曙卿喃喃地说。

赵传勇兵龄不长,从军经历前后也就三个多月,却一战成名,且负伤在身。赏罚分明是带兵之道,论功行赏是战后惯例,以往谭曙卿担心的是所赏不足以鼓舞士气,此番擢拔,因是大功,破格多级,并无不妥。反其道行之的情形,戎马多年的谭曙卿还是头一回见到。他原以为赵传勇属于那种灶老爷不吃果子反要拿糖之辈,哪承想人家的确什么都不要。自诩爱兵如子的谭曙卿果真仁义,不但没有计较,反而亲自出面协调,部队北进之前将赵传勇荐至蚌山警察分局就职。

谭曙卿管教部队向来严明,自己以身作则,从不仗势欺人,习惯照章行事。也是连长张瑞琪多嘴,悄悄告诉师长谭曙卿,濠州警局局长汪守驷曾在3师与自己同为排长,后调往第四军,直至升任营长,民国十五年咸宁汀泗桥战役后退役至濠州任此职务。

谭曙卿闻之,拿起电话便打给汪守驷,亲自替赵传勇说情。汪守驷在电话中听到自家老长官声音,差点惊掉下巴,连忙立正,结结巴巴地说:"是,是,长官!坚,坚决完成任务!"

濠州县辖区域,唯有蚌山具备城市样子。能如此顺利进入蚌山分局,不知羡煞多少有此心愿的人。

最为风光的是,赵传勇退伍时,连长张瑞琪按3师师部指令,亲自送他这个大功荣立者返乡,以示对作战勇敢者的褒奖。

可惜时过境迁,赵传勇这段不凡往事没有几人知晓。好在那年赵传勇的婚事办得十分顺利,当了警察的赵传勇也算有了体面身份,不但女方家人更加满意,姑娘原本心存的顾虑也全然打消。

正所谓锥处囊中,其末立见,如今疤叔的知名度远胜于当年的赵传勇。

此为过往之事,不说也罢。时兹禾看着疤叔赵传勇那张熟悉而又陌生的面孔,感动与感谢之心油然而生。他躺在被窝里,不知如何是好,只能看着赵传勇说:"谢谢疤叔救我。"

赵传勇笑道:"不愧是学生,会说客套话。"

时兹禾忍不住又问:"您会游泳?"

"蚌山长大的,哪个不能在水里扑腾两下呢?狗刨式,淹不着。还好,你离岸边不远了。"赵传勇依旧微笑着说。

那个叫二毛的年轻警察插话说:"我和疤叔巡夜,借手电光隐隐约约看见你在游水,游的姿势怪好看的,像青蛙。我问疤叔,怎么半夜还有人游水,还是从湖里面游过来的? 正说着,你沉下去了。我一开始还以为你是干坏事的,想潜到水下躲避我们。幸亏疤叔反应快,觉得不对头,帽子一摘,没来得及脱衣服就跳下去,把你捞上来了。我的孩哟,疤叔捞得真及时,你没呛着水。看样子你是累得没劲了才淹水的。不然,你怎么会在这里躺着? 早就送医院了。"

时兹禾背过身,在被窝里穿上内裤,然后撩开被子,套上校裤和衬衣。时兹禾下床时发现床下只有一双草编的拖鞋,便想起昨夜刚刚跳进湖里,鞋子就已经脱落,越发觉得尴尬。他顾不了许多,顺势穿上拖鞋,站了起来,冲着疤脸老警察赵传勇鞠了个躬。

坐在凳子上的赵传勇仰脸看着时兹禾,笑着说:"我的乖乖,这么高的个子! 怪不得背起来那么重! 湖边到警所两里地,多亏了二毛和我替换着背。"

二毛说:"我这么小的个子背你,差点把我压趴下。现在知道害臊了? 昨晚抬你上床,是我们两个给你脱光的,浑身滂潮,也没见你不好意思。"

时兹禾不好意思地低下头。

老警察把油纸包裹的食物递给时兹禾,说:"摊上买的,刚出锅,趁热吃吧!"

昨夜受到惊吓,又在风雨交加中横渡曹山湖,心力交瘁的时兹禾此时方才感到饥肠辘辘。他急忙揭开油纸,里面的水烙馍热腾腾的。蚌山人把蒸薄饼叫水烙馍。这种吃食刚出锅时软和且劲道。卷着辣酱和洋芋丝的水烙馍看上去很诱人,香气扑鼻而来,时兹禾狠狠咬了一大口。看到旁边桌上放着一只硕大的搪瓷大茶缸,里面泡着酽茶,他也没问谁的茶缸,端起来便咕咚咕咚喝了一大口。

时兹禾知道自己有些失态,但他眼睛的余光看到疤叔和二毛都笑呵呵地望着他,也就顾不了许多。喝了茶,吃了水烙馍,时兹禾感觉舒坦了许多。他突然觉得赵传勇身上散发着某种气息,亲和而温暖,就像每每见面都会慈祥地抚摸他头顶且嘴里不停地说着"乖乖"的长辈,让他格外踏实。

时兹禾没有看到疤叔身上的警棍,却看到他始终微笑着。原来,警察当中也有疤叔这样的。时兹禾马上想到昨夜在曹山桥发生的事情,如果当时有像疤叔这样的警察在场,他们一定会出手相救,至少可以阻止那帮带枪的保安队兵丁追他。假如那样,他也不至于这么狼狈——逃跑、夜游、溺水、光腚……

时兹禾猜想,昨夜追赶他的人或许心有不甘,没准天亮后会沿着湖岸绕过来继续找他,说不定他们此刻正在蚌山四处搜寻。

但时兹禾并不担心,自打跳进湖里那一刻起,他就断定危险已经过去。时兹禾生于斯,长在此,对蚌山了如指掌。蚌山虽是小城,可毕竟人口密集,大街小巷纵横交错,而在有些热闹的街区,张袂成荫的情形并不少见。想在这里找人,近乎大海捞针。最重要的是,他根本不认识那些人,他们也没有近距离照面。

时兹禾迄今也搞不明白,昨晚他究竟做了什么错事。难道与他去曹山桥要见的人相关?时兹禾百思不得其解。他想了想,冷不丁站了起来,对赵传勇说:"疤叔,我想和你说说昨晚的事情。"

时兹禾说罢自己都很吃惊,他很清楚,他昨夜所经历的事情与警察毫无关系,怎么会突然想与疤叔讲述呢?

"二毛,不用记了,你去忙别的事!我一个人听就管了。"赵传勇转头对年轻警察二毛说。

傲岸

杜甫有诗云:"举觞白眼望青天,皎如玉树临风前。"

每次入水之前,时兹禾站在泳池边,就有旁观者感慨:"乖乖,看上去真有些玉树临风的味道。"其实,时兹禾在崇正教会学校十分惹眼,不仅因为人帅个高。

时兹禾每次参加学校游泳比赛或者正课之外的游泳训练,都会有女生来现场助威,看似为他呼喊加油,实际上都想借机看看他那平素被校服遮盖住的发达胸肌和匀称身材。

和上海没法比,蚌山人观念保守。男女授受不亲虽然不像周边乡下那样严苛,但异性接触之中的拘谨也是普遍现象。男女交往的禁忌很多,衣着穿戴算是第一道防线。

小男孩光屁股在曹山湖戏水,仰面浮于水面,鸡嘎随着水浪摇摆,没人觉得大惊小怪。但成年男人打赤膊穿短内裤外出就会被人鄙视,至少平常穿皮鞋的人不会这么干。夏天再热,男人也得套个汗褂和亚麻布灯笼裤。女人穿着的样式更多些,但纳凉防暑的前提是遮蔽掩羞,无论如何,露大腿和臂膀——具体说就是四肢的上半截白花花地展现出来绝对不行。

这种禁忌没人规定,府衙与警察不管不问,查遍自古以来各朝各类文告,从无禁止。但禁忌却无处不在,仿佛满城都是监督的眼睛,互相盯着一般,谁也甭想越雷池一步。人们的目光原本随意而散漫,一旦看到此类光景,便会立即聚焦且警惕起来。忤逆者,尤其是女人袒胸露腿的,会遭到白眼,甚至骂声随之而来。

"东边来个拽大拽,反穿皮袄露着奶",蚌山老少皆知这则谜语的谜底是老母猪,但其顺延拓展出来的谐谑谜底——"你大姑",却分明透着人们意念中的鄙视成分。投来白眼的和骂人者都是平头百姓,中年女人居多,个别老爷们则会在一旁偷瞄片刻过足眼瘾后顺嘴说一句:"嘿嘻,这个骚货,奶奶个熊的!"

赵翠娥刚来蚌山时甚不习惯,至今也无法适应。蚌山夏天热,日头毒辣不说,半人高以上的地方就如同漂浮着水汽。

一入伏天,除了芭蕉扇不离手,赵翠娥就穿上坎肩式绸布碎花

56

上衣，多少能透些轻风与凉意，只是偶尔抬臂举手之际，腋窝下会隐约显出弯曲的腋毛。结果她上街口菜摊买菜，就会引来众多目光，并伴随着难以描述的啧啧之声——那是一种用舌头顶着牙齿连续快速嗒气"滋"出的声音，与撩狗或唤狗吃食的响动类似，以表示惊讶和蔑视。更有人径直感叹道："哎哟，我的个娘哦。"

赵翠娥就向时昭明抱怨，说她当年在上海跳舞时穿的旗袍就是坎肩式的，得到的都是赞美的目光，在蚌山却遭人白眼。本来嘛，嫩藕般的臂膀、白皙的大腿都是女人美貌的一部分，有什么见不得人的？

崇正是教会学校，这方面的管教规则又远甚于普通学校。偏偏学校的游泳池是唯一例外的地方，游泳的女生用不着长裙过膝，男生无需衣冠楚楚。虽说男生身穿连体泳衣，但泳衣是紧身的，绷在时兹禾身上却将胸肌衬托得更加明显。和有些发育不好的女生相比，时兹禾健壮的前胸看上去似乎更显饱满。

布鲁托似乎深谙其中奥妙，每逢这种时机，他就以体育科之名张贴告示，欢迎学生前来观看助威。除非涉及年级或班级重要比赛，观看人群中总是男生寥寥，女生众多。谁都知道，泳者并非时兹禾一人，但唯有他的身材与身高最为突出，男生看了，不免自惭形秽。

招徕学生观看这件事情在崇正引起过不小风波，有几个任课教师结伴跑到校监格雷克那里告状，责怪布鲁托的做法明显影响到其他学生自习时间写作业。

明眼人都知晓，说是影响写作业，其实那些人最担心的是学生在那里容易想入非非。

格雷克校监虽然也是意大利人，但他不像布鲁托那样身兼神父之职，没有神职人员的更多顾忌，他只考虑是否有益于学科教学。所以，格雷克不仅没有责怪布鲁托，还替他打圆场："有人观看，可以更好地激发受训者的内在动力，如果你们的课程需要搞现场教学，也可以欢迎其他班级学生前来观摩。"

格雷克说得冠冕堂皇，为的就是堵住告状者的嘴。

格雷克当然知道告状者与他自己都在偷换概念——他在罗马大学就读时学过形式逻辑，懂得偷换概念的要义在于违反同一律的逻辑要求。但作为诡辩的一种手法，偷换概念在应对有些蚌山老师的矫情时还是管用的。观摩其他课程的现场教学与观摩游泳训练完全不是一码事，"着眼点"就不同，前者看的是老师，后者看谁呢？当然是注目充满青春活力的男孩子身体。其实，说到底，洋人对青春期男女心理的了解明显强过蚌山人。

说来也怪，体育科有专长的学生往往文化课成绩不好。

文化课考试时短跑冠军吃鸭蛋，篮球高手不及格，在崇正并不少见。而时兹禾非同寻常，他的学习成绩始终优异突出。校方经常将时兹禾单科或全科的优秀成绩张榜公布，以示对其他同学以勉励。所谓经常，是因为时兹禾每次考试或者测验的成绩差不多始终名列前茅。按照崇正的校规，"探花"以上方可上榜，时兹禾的成绩没有低过这个标准。

和蚌山其他普通国中不同，崇正做事讲究，每次张榜都配发褒奖对象的照片——是那种专门在美琪照相馆洗印放大后再着色的照片。这种照片的最大特点是，人的眉目清晰，脸颊红润，嘴唇色泽鲜艳，很像描了眉毛，擦了胭脂，涂了口红。

女生照片着色后通常比本人更显漂亮，唇红齿白，柳眉凤眼，弄得好了，还有些年画上美人或者电影海报上女明星的味道。男生观看女生的成绩时，眼光会情不自禁地溜到照片上，内心免不了扑通扑通加快跳动。而像时兹禾这样的男生，照片上色后反倒有些"女里女气"：粉脸蛋，红嘴唇，再配上大翻领的白衬衣，看上去不那么阳刚硬朗，但柔美中却更显俊朗。

念高中的女孩子大都喜欢这种风范。

花季女生不像同龄男孩子,单独看男生大头照——尤其看像时兹禾这样俊朗男生大头照的时候往往不好意思,只能装模作样看成绩,趁人不注意,偶尔朝照片瞥一眼或者偷看一下,说不定还会脸红,仿佛做了错事一般。但女生们结伴看的时候,则有云泥之别,看成绩反而变成顺便之事,看照片显得大胆放肆许多,甚至敢于指指点点或者叽叽喳喳地议论一番,间或还会突然间冒出银铃般的笑声。

最让时兹禾无法忍受的是,崇正的女生专门为他编排了"顺口溜",每逢三五成群的女生与他相遇,总会听见她们冲他叫喊:"时兹禾,坐轿车,旁边坐着老嬷嬷。老嬷嬷,头发白,嚷嚷要去买棺材。"

起初,时兹禾听得莫名其妙,完全不知道她们喊的什么,听起来蛮押韵,一琢磨却觉得前言不搭后语。后来时兹禾才搞清楚她们喊的是女孩子们小时候跳猴皮筋专门的"念辞",只不过"坐轿车"的不是时兹禾,而是"小黑螺"——那大概是男孩子的泛称。

时昭明夫妇对儿子时兹禾在学校的"遭遇"有所耳闻。他们知道,这一切都归因于儿子帅气的长相。

赵翠娥常对时昭明说,长子时兹禾的英俊与聪明主要继承了她的优点。

"儿随母,女随父。看看毛头,你们时家讨了我们赵家好大的便宜哦!"赵翠娥在对时昭明说这种话时总是带着得意与趾高气扬。

时昭明此时就喏喏地应承着,嘿嘿一笑遮过便罢。

只有一次,赵翠娥翻来覆去地连说数遍,让时昭明忍无可忍,就轻声细语地回了一句:"那二小子呢?"

时家三个孩子,年龄依次相差两岁。二儿子时兹苗比哥哥矮了半个头,大嘴巴,小眼睛,毫无显眼过人之处,连小妹妹时兹婕都快与他比肩了。

"你不说二小子我还不来气！那还不怨你？那段时间，毛头刚满周岁，我白天忙里忙外，晚上还要哄孩子睡觉。你倒好，整天在外面喝酒，半夜醉醺醺地回家，上了床还不老实，手脚并用折腾我！"赵翠娥的嗓门陡然升高。

"好，好，怨我，怨我，别说了！让孩子听到怪不好的。"时昭明立即终止话题。他听明白了，再说下去，二小子发育不良长相猥琐的责任就要明确地归咎于他酒后纵欲播种了。

时昭明后悔自己不该多嘴，只不过轻声回应一句，哪承想遭到如此强烈的回击，令他哑口无言。

按说，到了时昭明这个年龄，人生经验积累不少，道理也悟出许多。诸如，女人的一些话，听听即可，不必当真，尤其夫妻之间，过于认真，容易陷入误区，小事酿大。男人们聊天常常交换这类体会，戏文中也能看到类似情节。时昭明隐约记得自己半大不小的时候，父亲时康仁也有意无意地在他跟前流露过这样的意思。

有一个问题让时昭明百思不解，那就是赵翠娥每每所言，似乎并无胡搅蛮缠之嫌，通常句句都在理。赵翠娥很多气头上的话的确令时昭明无言以辩。这不完全是因为她的嗓门大——有理不在声高嘛！这使得他自结婚以来一直无法与赵翠娥唱一出完整的对台戏，常常是双方锣鼓点刚刚敲起，他这厢便泄气退场了。时昭明坚信，自己与父亲一样，不属于惧内之人，但两代夫妻相比，自己为何不如父亲那样在老婆跟前能够颐指气使呢？

其实，在孩子长相随父或者随母这个问题上，时昭明基本不与赵翠娥争辩。他看得很明白，遗传从来都是父本与母本交融的结果，随爹随娘多少又不像烟丝配比那样可以自主拿捏。洋人眼里，这是上帝的意志。国人讲话，这要看老天爷的心情——总之，这种话题与酒场上喝多以后的扯淡一样，完全是情绪化的口水官司，只是一种快活腔而已，毫无意义。

不过,时昭明心里明镜似的,赵翠娥年轻时肯定算是顾盼生姿的女人。做舞女并不简单,在朦胧的灯光下看,女人的容貌、腰身和气质不输给貂蝉,舞场才会生出热度。自身条件差的女人根本入不了行,毕竟那是要在男人身上讨生活的职业。而蚌山人调侃中说到的丑女肯定不照(不行),"二丫一回头,吓死一头牛""小妹岸边走,淮河水倒流"。

自己老婆花容月貌,这是不争的事实,只不过赵翠娥婚前阅人无数这件事,时昭明一直以来不愿意多想,一想就闹心——五味杂陈、醋瓶翻倒、百感交集、怅然若失。有时心性上实在过不了这个坎,时昭明就试着硬想一下,发现原来也没什么大不了的。美人千回百转,最终还不是归了自己?若非自己帅气,见多识广的赵翠娥八成也看不上。

退一万步说,浪淘尽千古风流人物,儿子是自己亲生的,儿子帅气且优秀是时家的家族荣耀。

时昭明夫妇想到了儿子肯定讨女孩子们喜欢,但压根没有想到,正因为儿子长相帅气、成绩优异,反倒使他在崇正念书期间成为离群索居的孤家寡人。

时兹禾从初中起就没有交到朋友,不是他不想,而是人家都避着他——男孩子对他有嫉妒之心,女孩子则不好意思与他搭讪。加上与生俱来的傲气与自负,时兹禾只能独来独往。

这也是时兹禾在体育科选择项目时放弃了原本喜欢的篮球而选择游泳的重要原因:前者是群体运动,讲究配合,而后者,用布鲁托的话说,是孤独者的运动。

布鲁托告诉时兹禾自己参加欧锦赛的感受:目中无人,或者说眼中的人与物都是隐隐约约的影子,自己拼命游就是了。一开始,时兹禾觉得别扭与苦恼,久了也就习以为常了。

时兹禾在崇正求学六年,从初中相伴到高中临近毕业的同学仅剩十多人。大部分人念完初中就与他分道扬镳,其中原因很多。

时兹禾初中毕业那一年,日本人投降,蚌山老百姓欢欣鼓舞,很多人上街游行庆祝,少数挤到前排的人还亲眼看见了日军降将十川次郎中将表情尴尬的窘态。有的家庭认为安居乐业的好日子来了,就让孩子辍学继承父业去做买卖;也有成绩不好学不下去的;更多的则是家庭供不起了。照理说,剩下的十多人相处时日久了,情谊总归有所留存,但这些人多为纨绔子弟,有成绩,缺品行,与时兹禾志趣相去甚远,也就交往不多。真应了所谓"峣峣者易折,皎皎者易污"的古训。

古人云:"风水人间不可无,也须阴骘两相扶。时人不解苍天意,枉使身心着意图。"这句话换一个角度解释,就是事情可以做绝,话不能说绝。

还真是的,崇正就有一个例外——

肖慧仙算是富家女,偏巧福无十全,打小反应迟缓。父母顾忌其学业跟不上,尤其担心受别人欺负,就让她迟两年上学。年龄比别的孩子大,可成绩最差却贯穿小学始终,搞得肖慧仙父母很没面子。转眼该上初中了,按说像她这样的女孩子,识几个字,会记个数,回家顺其自然地过日子,不愁吃穿,等待遇到合适人家嫁了,也不是不行。

也怪孩子母亲多事,有一日,听邻居说青年路后街来了个神通广大的算命先生,上知天文,下晓地理,许多人家看后都说他算得很准。肖慧仙的母亲便瞒着丈夫,悄悄拿着私房钱找那算命先生给女儿卜卦看相。先生问了肖慧仙的生辰八字以及姓名笔画,立即显露吃惊的样子,说:"圣人讲,女不叫仙,男不叫天。谁给孩子起的名字?马上改名!仙改成娴就没事了。犯忌的事情能让孩子好起来吗?"

肖母的娘家在乡下,家里穷,肖母从小没上过学,蝉不知雪,听算命先生这么一说,吓得不轻,赶紧回家给丈夫说了。肖慧仙的名字就是丈夫起的,而丈夫是个不信邪的男人。他一听就火冒三丈,气吼吼地说:"你个妇道人家懂个啥?哪个圣人讲过这样的话?孔夫子还是孟夫子?纯粹胡扯!给男孩子取贱名有这个说法,矮牲、狗剩什么的,好养!我闺女是金枝玉叶,不存在不好养的问题。肖家千金凭什么改名?叫仙怎么啦?"

怀揣不蒸包子争口气的信念,原本并未执意让女儿继续念书的肖家父亲,不信悬劲,仗着有钱,硬是把肖慧仙送进了崇正教会学校上初中。

和蚌山普通国中相同的是,崇正教会学校的初中与高中也分段管理,高小毕业成绩仅仅作为初中录取的参考,加上教会学校本身看重女子教育,能遇到像肖家这样削尖脑袋让女儿上初中的,在蚌山并不多见,所以,肖慧仙成绩虽然很差,但学校在把关时稍稍松动一下,录取她也算说得过去。

肖慧仙恰好与时兹禾同届,只是不同班。肖慧仙在初中阶段的学习成绩并没有因为肖父与人置气而有所提高,随着初中课程难度增大,自然越发差劲。虽然成绩名落孙山,但二八年华的岁月催促,肖慧仙的心思与身体发育却明显比别人超出一截。

花开三月,叶落暮秋,天定之事,谁也无奈。初三结业时,年满十八岁的肖慧仙看上去活脱脱一个大姑娘。同届的男孩子大都还像豆荚似的抽着条,干瘦干瘦的,而肖慧仙的身体却长得凹凸有致,皮肤吹弹可破。

有经验的妇人瞄一眼就会说:"我的乖乖,这丫头成熟了,现在嫁人都不算早了。"

女孩子的思春时节说来就来,就在初三会考结束后,在同学们的裹挟下,平时对学业漠不关心的肖慧仙第一次来到成绩公布栏查看各自成绩。她一眼看到位列前三名的时兹禾的照片,当时就怔住了——怎么会有这么俊气的男孩子？肖慧仙好长时间没回过神来，甚至没听到众多女生嘻嘻哈哈评头论足的声音，只是盯着时兹禾的照片发呆，直到大家一哄而散。

从那一刻起，肖慧仙害上了相思病。

肖慧仙的心潮在刹那间形成，因春潮涌动得不可遏制，她整天魂不守舍。问题是初中时光眼看着就要结束，几天之后大家各自拿到毕业证书就要作鸟兽散。若她打算与时兹禾继续同窗共读，则需升入本校高中。肖慧仙的成绩烂到家，初中文凭死活没拿到，家长好说歹说，学校给了个肄业证，升学显然成为天方夜谭。于是，肖慧仙便在父母跟前哭闹纠缠。

肖家父亲有些纳闷，平常没发现女儿有念书天赋，当年送她进初中，完全是自己为女儿名字带有的"仙"字正名，多少有些置气的成分。当爹的仅仅听说肖慧仙在学校成绩不好，而周末或假期在家，他亲眼看到这孩子除了好吃懒做，并不看书写字，所以百思不解，为何女儿现在这般渴求升学？

富养闺女穷养儿，肖慧仙受宠长大不说，偏偏还是肖家独生女，凡事任由心情为之，飞扬跋扈惯了。膝下无儿的肖父一时不辨原委，想到万一女儿现在明白了"立身以立学为先，立学以读书为本"的道理，甭管是不是这块料，或许是一件好事，为父的怎么着也得为此事去努一把力。思来想去，肖父只好故计重施，像三年前一样，拎着金条和礼品去找管事的校监，央求校方录取肖慧仙进入高中继续学习。

说起来，肖家父亲也不同寻常，把女儿送进初中后再没去过崇正。他的想法很简单：凡事都应该遵守商业规则，我付了学费，你同意录取，相当于我们签订了合同。履约尚未结束，我去崇正干什么？

有钱人就是不同凡响，肖父对女儿上高中这件事情蛮有信心，不就是要签订一份新的合同嘛？难度肯定有，哪个合同签订之前没有难度呢？肖父对崇正的校监有点印象，觉得那人斯文和蔼，很好说话，而自己求人办事也讲究礼数，出手阔绰，所以当时为女儿办初中入学之事，两人一拍即合。

三年一晃就过去了，肖父再次步入校监办公室，一下子愣住了：原来那位谢顶的校监怎么换成了金发碧眼的洋人？他缓了好一会神才调整过来心绪，生怕对方因为语言不通而不明白他的来意，便一字一句地说："我，有，个，女，儿，叫，肖，慧，仙……"

格雷克很快摆了摆手，打断了他的话，严肃而很有礼貌地说："请你正常说话，我会说汉语。"

肖父"噢噢"应承着点点头，心想：会说汉语，又在蚌山的学校管事，就应该懂得这里的人情世故，于是便直截了当地表明了自己的来意："我女儿在贵校念的初中，刚刚毕业。哦，对啦，她的成绩没达到贵校要求，拿的是肄业证。只是她求学心切，还想继续在贵校深造，企盼校监高抬贵手，容许小女升入高中。"

格雷克校监第一次遇到这种情形，着实觉得纳闷。自己虽是学校的管理者，但录取标准又不是自己制定的，蚌山教育局和崇正校董会都有明确要求，怎么会出现"标准"之外的央求者？看着肖父将金条不分青红皂白地往自己怀里塞，旁边还放着一箱子分量不轻的物品，格雷克似乎明白了些许，顿时勃然大怒，认为肖父此举无异于亵渎圣灵。

"崇正是教会学校，凡事有严格规定。录取只能依凭初中毕业成绩，没有其他。假如有，都是对天理的伤害！"

肖父求见时，格雷克从意大利来蚌山担任校监不过一年时间，但他研究过汉学，略通中国文化。他有意选择了"天理"这个蚌山人很容易理解的词语。作为教会学校的校监，他认为天理与上帝的看法具有异曲同工之妙，都是人生不容违背的最高准则。

格雷克哪里知道，蚌山有些人心目中的天理，并非取决于某个标准，而要看个人需求与理解。女儿哭喊着要上高中，这是肖家的当务之急和顶天大事。肖父将此事视为天理，也是顺着"宁我负人，毋人负我"的路子来的。两人话不投机是因为心境不同。肖父意识到，上帝派来的这位校监完全不懂得"通融"在蚌山能够发挥的作用，再扯下去纯属耽误时间，索性绕过这位不通人情的洋人，托了许多关系找到崇正教会学校的一位校董。

正所谓人算不如天算，天若加恩人不愚。肖父压根没有想到，托人办事折腾一大圈，最终又回到原点，这位名叫鲍朴一的校董正是当年同意录取肖慧仙进崇正初中的关键人物，彼时他正担任崇正教会学校的校监。

满嘴南京话的鲍朴一绝非等闲之辈，客居他乡却成为他乡人眼中的"能屌抬"。林子大了什么鸟都有，一个身无官差又非富豪之人，不晓得凭借什么路数，居然与蚌山教育局和天主教会这两个风马牛不相及的机构烂若披掌，尤其与两边管事的熟悉得提头知尾。教育局局长与鲍朴一称兄道弟，走动频繁，关键是两人在酒桌上的习惯几无差别，老窖头曲，半斤为量，酒后喝粥。有知情人说，天主教会那几个意大利人当初想办这所学校，没有鲍朴一从中斡旋，几乎难以成事。由此可见鲍朴一之于崇正的分量。

鲍朴一很爽快，没等登门拜访的肖父说完客套话，便答应给予"通融"，而金条却被他断然拒绝，他只是笑眯眯地盯着肖父带来的礼品——那可是整整一件蚌山天来卷烟厂出品的名贵香烟。

"这个牌子剔挑，好得不得了，柔和，我喜欢的。"鲍朴一笑吟吟地说。

"您若喜欢，我这里管够。"求人之时，肖父口吻中难免染上谄媚色彩。

"哈哈哈，就怕我老婆子不干哦。肺门子熏坏了怎么办？"笑声中的话语反倒让鲍朴一显出与众不同之处。

"肺门子"的说法很奇特,这让肖父猛然想起当年为女儿上初中求到鲍朴一,他也是如此说辞与作为。肖父当时不解,而今依然困惑,金条不收,却堂而皇之地笑纳一件香烟——五十条香烟装在一个包装箱内,业界称为一件。这么多名贵香烟固然价格不菲,那也无法与金条的价值相比,况且金条是硬通货,一件香烟也就是值几个钱而已。他何以会这般?

肖父听老辈人讲,蚌山曾经有过赊刀人,走街串巷推销菜刀,卖刀不收钱,却留下预言,譬如一年后猪肉跌价多少钱。赊刀人叮嘱,预言兑现之日便是收钱之时。赊刀人的神奇之处在于预言总能兑现。肖父暗想,鲍朴一不按常理出牌,莫非采用的是赊刀人套路?

造话

说千道万,肖慧仙最终还是被录取了。这个结果在肖父的意料之中,却在格雷克校监的意料之外。格雷克恼怒万分,怎么说他也是校监,是崇正真正的管理者。作为天主教会聘请来的职业经理人,格雷克应该具备专业精神。Yes 或者 No,行或者不行,在他的专业视野中,这些原本很简单。

与其说格雷克低估了肖父的能量,不如说格雷克高估了自己的水准。起初,格雷克当然不赞同鲍朴一校董的建议,他甚至做好了正式向校董会反映此事的准备。

职业经理人打算状告校董会的成员,胆量不可谓不大。同样都是意大利人,布鲁托的性格更加柔和,而在蚌山教师的眼中,格雷克多少有点"犟头"的味道,遇事喜欢认死理。所以,他才不在意鲍朴一校董的位阶比自己更高,也不担心鲍朴一在校董会中给自己"fare le scarpe a qualcuno"——

每个意大利人都知道这句尽人皆知的俗语,与中国人说的"穿小鞋"些微不差。格雷克早就听说中国有所谓"舍得一身剐,敢把皇帝拉下马"的说法,他不怕被"剐"——他有底数,知道自己不至于被"剐",大不了拍屁股走人,用蚌山话说:"老子不干啦。"但在最后一刻,格雷克不得不放弃这个念头。

格雷克之所以变得平心静气,是因为他仔细研究了马上寄发给肖慧仙的录取通知书,竟然找不出任何毛病——

"兹同意肖慧仙同学入我校高中部就读,不注册学籍,亦不报备蚌山教育局。其余皆与同届学生相同。"

这份通知书是崇正的校务长许士刚秉承鲍朴一校董意旨专门起草的,呈报到现任校监格雷克这里签字。

许士刚当年由担任校监的鲍朴一亲自任用,一直以来任劳任怨,秉公办事。怎么看,录取通知书的文字表述都没有丝毫违反校规之处。落笔签字之前,格雷克的恼怒变成了困惑,且久久挥之不去:肖父花费那么大气力,让自己女儿成为一名没有学籍的旁听生,每年还要支付不菲的学杂费,有什么实际意义吗?

格雷克杞人忧天了。

肖慧仙满心欢喜地再次迈入崇正校门,肖父的心愿就此了结。宠溺女儿只是他生活的一部分,他还有很多事情要做,根本无暇再顾及他在与格雷克的"天理"标准的较劲中是否占了上风。

事实上,邮差将女儿的录取通知书送达肖父手中时,他一眼就发现校监一栏签着格雷克的大名:Greco,龙飞凤舞的意大利文,尤其是字母 o 在上方收口时,竟然向右侧抻出长长的一撇,如同蛇甩尾一般,煞是好看,以至于肖父不得不赞叹道:"我的个乖乖,格雷克校监这签名真他娘的带劲!"

事情说来也巧,那天午后,正是礼拜六学生们放学回家的时间,天空飘起了雪花。"过了十月节,不是下雨就下雪",蚌山的民谚很灵验,头一天人们刚刚给故去的先人烧纸送了寒衣,第二天随着北风刮过,果真就下起雪来。一开始雨中带雪,后来纷纷扬扬落下鹅毛般的雪片。

蚌山人不喜欢下雨,雨大了淮河容易涨水。老人常说,水涨狠了跟闹匪患一样,得跑反。沥沥拉拉的小雨也让人心烦,出行不便不说,打伞时稍不注意,弄得裤腿滂潮,更烦心的是屋里也湿乎乎的,里外找不到干爽立身之处,心绪也就不佳。下雪则不同,皑皑白雪能遮盖万般污秽,让人看什么都清清爽爽,纤尘不染,连空气也清新了许多。

午饭吃过不久,学校各班级布置了作业,学生们就欢呼着冲出校门。玩雪成了回家路上学生们自导自演的嬉戏话剧。周遭居民看到归家途中学生们兴高采烈的样子,也露出欣欣然的神情,兀自想:不想别的,只看眼前,这日子还蛮好的。

时兹禾担心按时与放学的同学一起离校,容易在校门口"碰巧"遇到肖慧仙,所以故意迟滞在教室看书。他偶尔透过教室窗子看着大家纷纷离开学校,虽然略觉焦急,但不得不这样。

时兹禾深深感到,与肖慧仙照面是一件很别扭的事情。

崇正高中在蚌山属于一流,设施好,师资强,加上有几个像布鲁托那样的洋人老师点缀,所以报考人数明显多于普通国中。高中分班按初中毕业成绩排序,自高而低,时兹禾班次在首,肖慧仙成绩不够格,又属于临时补上的旁听生,班次自然居尾。

肖慧仙入学后才发现,七八个班级分散在教学楼各处,上课时间根本见不到时兹禾。寄宿制学校的男女生宿舍又不在一起,下了晚自习课也很难碰面。说是同校,在学校餐厅和操场偶尔也有碰面的机会,但往往人多,肖慧仙总是张不开口与时兹禾搭讪。甚至有一次两人擦身而过,她激动得内心怦怦直跳,竟也错过了。原本就是因为暗自喜欢时兹禾而上的高中，几番蹉跎，大半年就过去了。

也是鬼使神差，那一日周末放学，从来都与大家结伴回家的肖慧仙，因为琐事缠身走得晚了，在学校大门口正待骑车回家，脚踏车却掉了链子，手足无措时，碰巧一个男生骑车出来。肖慧仙便朝他挥挥手，以期求得帮助。男生嗷地一下停在她的对面。肖慧仙仔细一看，来人正是时兹禾，这让她欣喜若狂，天赐良机的场合终于让她有了主动向时兹禾说话的可能——

"哎，哎！你，你，时兹禾，我早就认识你。你不认识我吧？"

骑在脚踏车上的时兹禾觉得很突兀，但出于礼貌，他停住车，双手扶着车把，一只脚撑在地上，另一只脚依旧踩在脚蹬上。他并未下车，也没有答话，只是冲着肖慧仙摇了摇头。摇罢头，时兹禾意识到不妥——摇头仅仅意味着不认识眼前的女生，并非表明自己不是时兹禾，便说："我是时兹禾。"

时兹禾说话的时候打量着眼前这位女生，只见她中等个子，齐耳短发，眼睛不大，看上去好像故意眯缝着似的，脸瘦得脸颊几乎凹了下去，而身材并不显瘦，粗壮的身躯直挺挺的，看不出腰身，前胸则呼之欲出。学校女生很多，时兹禾印象中很少看到这种身形的。这可能与他性格孤傲有关，平素一副目不斜视、大义凛然的样子，加上他的审美偏好，能引起他注意的都是那些身材苗条，扎着两条辫子的女孩子。

肖慧仙说："哦，对啦！我在这里等你，等了好一会儿了。"

过于激动的肖慧仙完全忘记了原本希望来人帮助她修车之事，顺嘴编了瞎话。

"有事吗？"时兹禾估摸女生仅仅是搭讪，招呼一下便准备骑车离去。

"真有事情问你。时兹禾，你喜欢吸烟吗？俺爸是天来卷烟厂的，厂子里哪种烟都有。铁盒装的、锡纸包的，这两种算是上品好烟，其他香烟都是大众吸的。"

时兹禾一愣，这女生好奇怪，冒冒失失和他打招呼，就是为了问他是否吸烟？看样子她也不像是那种会吸烟的女生，何以知道的还不少，难道在替她父亲推销香烟？

时兹禾本想回嘴说自己父亲也在天来卷烟厂，却欲言又止。时兹禾想，自己和她不熟，何苦套这种近乎？再说了，蚌山这种小地方，过一次马路就能碰到几个熟人，即使学校还有不少学生家长在烟厂做事，也不足为奇。

"我不吸烟。谢谢！对不起，我该回家啦！"顾不得对方的情绪和反应，时兹禾朝肖慧仙挥了挥手，一溜烟骑车而去。

时兹禾身后传来那女生疑惑的叫声："哎——在说话呢，怎么说走就走了该？"

时兹禾并不知道肖慧仙的脚踏车掉了链子，也不知道她是如何解决的，甚至当时也不知道她叫什么名字。他只知道，从此以后，每逢周末放学，那个女生总会以各种理由"碰巧"与他在学校门口见面，而且她居然掌握了时兹禾每每晚走的规律，每次"碰巧"都不会落空。当然，时兹禾也知道了她叫肖慧仙，她的父亲是天来卷烟厂的老板肖财旺。

碰面次数多了，时兹禾开始感到别扭。

时兹禾孤傲，却知晓礼节，一旦有人主动与他搭话，他并非不顾及情面，扭头就走，也能勉强支应两句。

让时兹禾无法忍受的是，肖慧仙"碰巧"见面后主动挑起的话题都无聊且无趣。时兹禾从未与女孩子单独相处过，不知道她们通常都说些什么，但他在学校操场或回家路上，见过几个女生聚在一起说话的场景。她们总是叽叽喳喳说个不停，时而还会"哈哈哈"地笑得前仰后合。

肖慧仙与时兹禾所说的话题，无非就是冬天吃湖沟烧饼、夏天穿府绸短衫、二马路又开了一家百货公司之类的琐碎闲话。哪个男生没事愿意扯这些婆婆妈妈的闲淡？更要命的是,肖慧仙每次都会像变戏法似的弄出一包葵花籽,一点也不见外地递给时兹禾。时兹禾拒绝后,她就自己一边嗑瓜子一边说,语速很快。

时兹禾发现,肖慧仙并没有企望他接话,自顾自地絮絮叨叨,其间伴随着瓜子皮不断地从她的嘴角向两侧飞舞,以至于后来时兹禾不是要听清楚她讲的什么内容,而是每次都得集中注意力,找准肖慧仙讲话稍稍放缓或者略有停顿的契机,猛然截断她的话头,匆匆说一声"抱歉"或者"我还有事"之类的托词,然后迅速脱身。

时兹禾想到了蚌山话中一个文雅却充满谐谑意味的词语——造(cào)话,意思就是没话找话。

造话的肖慧仙让时兹禾不胜其烦。

同学中没有可以交心的对象,这种烦恼又不便向父母倾诉,时兹禾郁闷了很久,心里像堵了一块石头。

这时,布鲁托的身影跳进了他的脑海。

在时兹禾心目中,布鲁托更像朋友和兄长,和蔼可亲,每每说话都以商量的口吻,不像学校里那些蚌山籍老师,不苟言笑,讲话中带着教导与训斥的腔调,一副居高临下的样子。时兹禾想问问布鲁托,假如他遇到这种事情会如何应对。洋人嘛,毕竟与蚌山人的见识角度不同。

时兹禾心思重,生怕自己的描述出现纰漏或者不够准确,引起布鲁托的误会。于是,时兹禾设定了虚假的背景,模糊了人物的身份,尽可能说得非常委婉,但他确信,自己的意思表达清楚了。

"哦,这种对话不会发生在男人之间。那人一定是女孩子。她喜欢你,而你不喜欢她！"布鲁托斩钉截铁地说。

"什么？什么？为什么？"

时兹禾惊讶得张大嘴巴,他在讲述中已经把自己"虚"掉,布鲁托何以断定其中一个人就是他呢？再说，他压根也没有把肖慧仙造话这件事情往男女交往这方面想过。他以为自己不过就是面对一个话不投机的女生，找不到解脱的办法而已。

"女孩子喜欢你，才会跟你讲些无聊琐碎的事情。你如果也喜欢她，就会觉得这种无聊话题很有意思，你自然会顺着这种无聊话题滔滔不绝地讲下去，借用蚌山老人责怪晚辈犟嘴时常讲的话——'我讲一句，你三句在等着'，你永远不会觉得无趣。"

初中上国文课时，那位在北平师范进修过的王美丽老师用带着蚌山味道的国语讲"岂知灌顶有醍醐，能使清凉头不热"的诗文，时兹禾倒是隐约明白了其中含义，却从未像布鲁托的一番话让他产生切身体会，果然如同醍醐灌顶一般，瞬间起到了点拨作用——原来他不喜欢那位长得像熟透的苹果而且一点也不好看的女生肖慧仙。

看着时兹禾低头思忖，布鲁托叽里咕噜说了一句洋话："Fasciar-si la testa prima di essersela rotta！"

时兹禾觉得莫名其妙，尤其是布鲁托说完后还坏坏地笑了一下。

"什么意思呀？你说的是英语吗？"时兹禾问。

"No！"布鲁托说，"是我老家的话。"

时兹禾疑惑地看着布鲁托，不知他葫芦里卖的什么药。

"我老家伦巴第的人常说这句话，意思是头还没破就想着包扎。"布鲁托哈哈大笑起来。

时兹禾忽然觉得洋人的思维与自己有很大差别。布鲁托这话说得很不着调，什么是"头还没破就想着包扎"？这和自己目前遇到的问题有什么关系？

"'八字还没有一撇'，这个意思你应该知道吧？"布鲁托说道。

风语

又是周末可以放学回家的日子。时兹禾独自坐在教室里耗着时间,琢磨着何时离开——以前晚走是不愿意与大家同行,现在则是企图避开与肖慧仙碰面。时兹禾突然发现窗外飘着雪花,这才意识到自己过于专注,不禁哑然失笑。无论下雨还是飘雪,谁都不会在外面久留,肖慧仙这会八成已经走了。

时兹禾收拾好书包,正打算离开,没料想布鲁托走进了教室。

自从布鲁托帮助他解开心结,再见面时兹禾反倒有些不好意思,总觉得自己那点隐秘心思被人看破,脸上挂不住。布鲁托对时兹禾的事情一直蛮上心,这个比时兹禾大十来岁的洋人不仅体育科教学有一套,而且善于体察人的心理。

礼拜六下午本是布鲁托转换身份的时间,他应该去隔壁圣心堂准备次日的主日弥撒活动。但布鲁托发现近来时兹禾对他总是躲躲闪闪,表情也显得尴尬,便主动来找时兹禾说冬训之事。

布鲁托认为这可以起到一箭双雕的作用。其一,只要他与时兹禾有过一次正常交流,时兹禾"不好意思"的心理就会自然消除。其二,更重要的是,布鲁托认为,时兹禾看上去仪表堂堂,坚毅果敢,但心性未定,蚌山人讲的"孩子气"尚未完全褪去,如果在坚持游泳训练这件事情上不"盯住"他,恐怕随时会有变数。

学校游泳池露天,晚秋天凉后无法使用。布鲁托所教课程转为田径和篮球,可他对时兹禾这种具备游泳天赋的学生则专门开小灶,无非就是体能与技巧训练——跑步增强体能,而双手拽拉橡胶皮条则专门训练游泳所需要的双臂力量。布鲁托说的这些内容,时兹禾早已了然于胸,各科教学计划都贴在教室墙上。时兹禾显然意识到,今天布鲁托找他分明也在故意造话,但他感觉很舒坦,一下子放松了。

很久之后，回想当初情形，时兹禾表达了对布鲁托的敬佩之意，毫不吝啬地使用了"料事如神"这个词。

布鲁托笑道："哈哈，我是神父，不是上帝，哪里有什么料事如神？人的本性差别不大，你和我都是身体协调性强而内心敏感的人，属于同一类型。你现在遇到的都是我经历过的。"

布鲁托想按照专业运动员标准训练时兹禾，这与他的经历相关。洋人普遍讲究个性发展，没有"父父子子，君君臣臣"那套约束，而布鲁托有点另类，在意大利绝对算是听话的乖孩子，与蚌山人讲的孝顺有相似之处。他的父亲老布鲁托曾经是意大利北部伦巴第大区闻名遐迩的神父，后来因为爱上布鲁托的母亲，便卸了神职，与心上人结婚生子。不过，卸任神职一直是老布鲁托的遗憾，儿子长大后他就撺掇其做神父。

布鲁托贪玩，擅长游泳，又喜欢泡妞与喝酒这些俗间事务，对教堂之中关涉天国的圣事不感兴趣。老布鲁托很有耐心，孜孜不倦、循循善诱地劝说与引导，终于将布鲁托送进一个街区的教堂，令其正儿八经地做了一名小执事。为这事，布鲁托还悄悄哭了一场：毕竟违背了他当游泳运动员或者教练的意愿。一开始，布鲁托对来中国做传教士毫无兴趣，但听说可以兼任教会学校的体育科老师，便毅然决然地来到蚌山。自从布鲁托发现时兹禾在游泳方面是个可塑之才，就紧紧抓住他不放。布鲁托很想在时兹禾身上找补回当年自己的遗憾。

"禾，你的条件很好，个子高，体型好，手脚大，爆发力强，还有耐力，这在泳池中占有先天优势。你不做游泳运动员，实在很可惜。"布鲁托在蚌山生活了五六年，知道称呼对方其名比称呼其姓更显亲近。

布鲁托这番话是在那次体能测试后说的。时兹禾一口气游了五千米，在崇正教会学校引起轰动。蚌山老百姓对五千米没有概念，但换算成十华里，个个惊叹不已。游泳能游到这个距离绝对了不得，许多学生跑步都跑不了这么远。

在课程与教学安排上，崇正与蚌山普通国中差别不大，国文与数学这些主科占比很高，也受重视。相比之下，体育科就不那么显眼。虽然泳池在蚌山各类学校中属于独一份，但教师们都认为那更像是崇正招生的幌子。布鲁托训练出时兹禾这样的泳池高手，让鲍朴一和格雷克两任校监都对体育科开始刮目相看，布鲁托也很有成就感。想到自己在欧锦赛辉煌的过往，布鲁托打算再力推时兹禾一把。

时兹禾的情绪瞬间就被布鲁托撩拨起来，甚至有些飘飘然，想象着有朝一日自己能够参加各种比赛，尤其像布鲁托说的欧洲游泳锦标赛那类重要赛事，自然风光无限。想到自己能成为蚌山游泳第一人，时兹禾兴奋得不能自已，当时就在原地连续蹦了十来下，好像某场比赛迈上泳池跳台之前的热身一样。

时兹禾的兴奋没能持续多久，他回家后把布鲁托的说辞和自己的想法告诉了父母，当即遭到反对。

父亲时昭明先声表态："游泳对身体好，这我知道。但谋生过日子，游泳不管斤！没见过整天在水里面玩耍能赚钱养家的。你看看那些曹山湖玩水的熊孩子，有几个有出息的？长大了不是拉人力车，就是钉鞋掌擦皮鞋。毕业后到厂子里来，我教你配烟丝。教自己儿子，没话讲。我跟肖老板讲好了……"

时兹禾刚想向父亲解释自己从事游泳运动与在曹山湖戏水的那些人根本不是一码事，母亲赵翠娥却插话说道："就知道进厂子，厂子还不是在蚌山？毛头这么聪明，不去上海去哪里？去上海经商，做商人。就是进厂子，也要去上海的厂子。你这是上眼皮看下眼皮，眼光太短浅！"

"俺们全家都在蚌山，毛头一个人在上海嘎的该？"时昭明说。

"哪个讲毛头一个人在上海? 他姥姥和舅舅都在上海的呀! 再讲啦,一个人有什么好怕的? 当年你去上海不是一个人吗? 毛头先去做,做好了还可以把我们都接过去的呀!"赵翠娥说。

时兹禾与父亲探讨未来是否以游泳运动为职业的话题还没说完,母亲就与父亲开始了关于时兹禾毕业后留在蚌山还是去上海发展的争论。时兹禾知道,父母的想法南辕北辙,但不打算让自己干"游泳"这个行当却别无二致。

衣食无虞的时兹禾不像穷人家的孩子那样很早会考虑自己的前程,在爹不逼妈不催的环境下很容易养成得过且过的心态。但布鲁托的一番鼓噪让时兹禾对未来着实兴奋了一阵,甚至聊发幽思:驰骋赛场的人生不就是优游涵泳的过程吗? 只是父母的态度又让他有些犹豫不决。

时兹禾想,好在自己学习成绩尚可,说不准还有机会上大学,车到山前必有路,船到桥头自然直。可是当母亲提及上海,他猛然间觉得眼前一亮。

时兹禾小时曾跟母亲去上海浦东乡下看望姥姥。那是赵翠娥随时昭明迁居蚌山后第一次回娘家。想到拖家带口且舟车劳顿不甚方便,加上天来卷烟厂的生产一时半会离不开时昭明,赵翠娥遂决定请个保姆在家照看年纪尚小的时兹苗和时兹婕,自己独自带大儿子时兹禾出行。

依照习俗,归宁省亲之旅不能空手。出嫁的闺女回娘家,从其所携带礼品的多寡与轻重能看出夫家的经济实力。换言之,自家女儿日子过得如何,娘家人能从她携带的东西上断出一二。赵翠娥与一般人走娘家不尽相同,大包小包中的吃食干果并不多,天来卷烟厂出品的名贵香烟却占了多半。

赵翠娥心里有数,丈夫干的是烟草行当,又是厂子里有头有脸的人物,以香烟为礼品最能说明问题,一切尽在不言中。况且赵翠娥的娘家姆妈和弟弟都是瘾头极大的吸烟人。

当年夫妻俩在上海刚结婚时,岳母话中带话地说,女儿嫁给卷烟厂的烟丝配料技工,也不晓得手艺究竟如何。不吸烟的时昭明就把厂子里每人每月一条白皮包装的福利烟按时孝敬赵翠娥的母亲。这当然远远不够,他只好偶尔顺儿包从生产线上淘汰下来的残次品香烟,做贼似的悄悄放在饭盒中带出来。

如今情形大不相同,虽然时昭明不是老板,但却是天来的台柱子,厂里各种品牌名烟皆与他的配方有密切关系。肖财旺也是要面子的人,听说时昭明老婆要回上海娘家省亲,大笔一挥,批了一张特许出库的条子,二十条名贵香烟外带一条大号长铁盒香烟就免费给了时昭明,顺带说:"告诉你丈母娘,俺们蚌山天来出品的香烟不比上海的差!"

肖财旺很会说话,明明知道此番时昭明并不亲自前往,却故意说出"告诉你丈母娘"这样的话,这就迫使时昭明在向妻子转述中更加强化这句话的分量。

赵翠娥一路上脸上挂着欢喜,免不了絮絮叨叨向时兹禾描述上海的各种美好。时兹禾听着,脑海中便勾画起姥姥家美妙的蓝图。

刚下火车,时兹禾还能看到洋房电车和满街拥挤的人群,可是,打从坐渡船过了黄浦江,景致越来越苍凉。不知拐了几道弯,走进那个叫作巫家荡的村子,时兹禾就大失所望了。村子里窄巷破屋,路上横七竖八铺着青石板,有些石板之间缝隙很大,需要迈腿才能踏上,如此路面自然坑坑洼洼,极易绊脚。这里就是赵翠娥娘家所在村落,说是距江边不远,可是在村外根本见不到滚滚流动的黄浦江,除了凌乱的稻田与水塘,到处布满了涨水时淤积起的泥泞,稍不留心,脚就会陷进去,等好不容易拔出了脚,鞋却没了踪影。时兹禾左顾右盼,心里生出凉意。

最让时兹禾无法忍受的是,姥姥家没有茅厕,解大小手都需要蹲木马桶——他第一次生生没有解出来。这与他们在烟墩子的家相比,简直天悬地隔。那里楼上楼下各有一间茅厕,一个是蹲坑,另一个则是坐便器——正式的名称叫抽水马桶。时兹禾的许多同学从没听说过这个玩意:屙罢屎尿居然可以用水冲走?

巫家荡就是时兹禾眼中的浦东,哪里有父亲曾经告诉他的"蚌山连浦都不好比的呀"的一点影子?后来他才知道,这话最早是母亲对父亲说的。

"我不这么说,哪里会有俺们烟墩子的家?"母亲曾经向时兹禾解释过。

很久以后,时兹禾才理解了母亲这么说的含义,那是一种激将法。假如当初母亲对父亲没有如此鞭驽策蹇的要求,说不定全家现在仍然在太平街对面的巷子里凑合着住。房子大小不说,每天早上做的第一件事情就随着"倒马桶喽"的吆喝声传来,忙不迭地拎着马桶出门。时兹禾并无体验,却没少听他的同学讲述这种尴尬且无奈的生活。也算时兹禾乖巧懂事,看着母亲陪着姥姥终日快乐的样子,他强忍着没有朝母亲抱怨"这里远不如蚌山家中方便"。

幸好几日后,赵翠娥带时兹禾去浦西霞飞路那一带逛街。赵翠娥怀旧,时兹禾开眼,母子各得其所。大马路上人车川流不息的景象令时兹禾应接不暇,穿着讲究的各色人等摩肩接踵地出入于鳞次栉比的商店与咖啡馆,尤其是他看到商厦橱窗上方挂着一幅硕大的图画,上面有个戴着一顶扎花帽子的漂亮女人,眼睛透着亮,微笑着目视每个途经此地的人。小小年纪的时兹禾,目光一下子被牢牢吸引住——他在蚌山从未见过这样的女人。母亲拉着他的手早已走过了那扇橱窗,他还在一步三回头,恋恋不舍地看着画上的女人……

时兹禾从此确信,母亲赵翠娥口中的上海,指的一定是这里,而不是姥姥生活的巫家荡。

教室里空空荡荡,布鲁托的絮叨仿佛增添了回响效果,时兹禾独自默默地听,间或点点头。他很小就默记过"悔尔谆谆,听我藐藐"的箴言,直到上了高中,他才知道这句话分量很重:我谆谆地教导你,你却傲慢地不肯接受——这是人生的大忌呀!时兹禾用点头遮掩着内心的迷茫,生怕怠慢特别垂青于他的布鲁托——崇正这么多学生,人家不就给我吃独食吗?父母两人的想法不尽相同,但在反对儿子以游泳为业上却不谋而合。父母看重的是谋生手段与方式,洋人想的是兴趣与能力。时兹禾琢磨了许久,觉得父母言之有理。

布鲁托熟知蚌山人的习惯,点头相当于说了 Yes,或者自己的母语 Si。你一言,我一语,算是对话。一方说话,对方点头或摇头,也算一种对话。时兹禾始终没有摇头,布鲁托满意地拍了拍时兹禾的肩膀,走出了教室。

时兹禾发了一会呆,知道也理不出什么头绪,便离开教室,走出教学楼。一股湿冷清冽的空气扑面而来,他深深地吸了一口,顿时觉得神清气爽。脚踏车车棚在教学楼一侧,时兹禾向车棚走去,边走边想着心事,脚下发出咯吱咯吱的踩雪声。他没有注意到一个围巾蒙头的女生双手扶着脚踏车车把手站在车棚外。那女生仰脸望着天,显出犹豫不决的样子,雪花落满了她的围巾和肩头。

女生看见时兹禾,露出略显吃惊的样子,她发了一下呆,然后问道:"你是时兹禾吧?"

时兹禾吓了一跳,以为又撞上肖慧仙,定睛一看,原来是一位并不认识的女生。崇正高中部班级众多,学生们衣着相同,除去本班或者少数同年级学生,互不相识也很正常。时兹禾刻意没有回应,他担心惹出肖慧仙那种麻烦。

"我见过你的照片。喏,你瞧——"

女生似乎没有在意时兹禾的态度,抬起右手指了指教学楼门口侧面墙上的期中考试成绩公布栏——时兹禾的着色照片赫然在上。

公布栏上一共九张照片,有男有女,每个年级三个人。时兹禾排在高中二年级第二名。

神谋魔道一般,时兹禾的目光不由自主随着女生手指方向看去,看到自己的照片,然后马上变得不好意思起来。女生单独与他相遇,从未有过主动搭讪的情形,当然,肖慧仙是个让他烦心郁闷的特例。自打布鲁托与他聊过这个话题后,他开始留心自己到底喜欢什么样的女生。

"真是神奇,本人比照片更像——"女生的声音很低,有点像自言自语。

"你说什么?"时兹禾感到莫名其妙,一下子摸不着头脑。

"没什么。对不起,我想到别的事情了。"女生似乎意识到不妥,连忙说。

时兹禾索性在车棚外站住,问道:"你是哪个班的?"

女生咯咯咯地笑了起来,说:"我可不是你的同学。我是学校教工。论起来,你应该叫我老师的。"

女生的口音很特别,没有蚌山乡土味,而是南方人刻意讲国语时的那种轻柔且拗口的腔调。时兹禾瞪大眼睛,仔细打量眼前这位身穿黑白格子人字呢大衣的女生,只见围巾从头顶蒙起,顺着脸颊两侧系在下颌处,看不出头发长短,面庞白净,鼻若琼瑶,眼睛忽闪忽闪的,嘴角微微上翘,带着笑意。她的大衣领口处露出里面的衣服,果然不是崇正的校服。但女生身材小巧,看上去与寻常高中生别无二致。

看着不知所措的时兹禾,女生说:"我不是代课教师,我是图书馆的管理员,秋季开学时刚来学校。我在成绩公布栏上看到你的分数,你的学习成绩好棒哟!"

最后一句夸赞让时兹禾断定女生不是本地人,口音和表达方式与蚌山人差别很大,这种话出自蚌山人之口多半是"我的乖乖,真带劲",年轻女孩子通常不能流俗于男人式的信口粗俗,譬如省略掉类似感叹语的口头禅——"我的乖乖",但"真带劲"这样的赞美是少不了的。

时兹禾的好奇心越发强烈,但他担心直接打探显得唐突,便笑着点点头,算是应答,然后问道:"老师贵姓?"

"可别叫我老师哟,我担受不起的。"

"那怎么称呼你呢?"

"桂兰。桂花的桂,不是金贵的贵,兰花的兰。"女生俏皮地说。

崇正的学生都知道,高中部有个教数学的女老师知名度很高,不是因为教得好,也不是因为年轻漂亮,而是名叫贵花,谐音寓意,好听易记。贵姓少见,偏巧又与桂重音,女生的解释并非多余。

"老师是桂树兰花,当然也很金贵。"时兹禾脱口说出。时兹禾说罢,自己都觉得不可思议:从不在女生跟前多言多语的自己,怎么会如此机趣地应接了女生的俏皮之腔?

"我刚刚说过,我承受不起老师称呼之重的。"

"你是教工,不是学生,直呼你的名字恐怕也不妥吧?"

"这好办,有人时叫我老师,没人在场就叫我桂姐好啦!"

"桂老师好!哦,对啦,桂姐好!以后找你借书呀,我喜欢看小说的!"

时兹禾说着,便推起脚踏车,来到桂兰身旁,主动问道:"桂姐家住在哪里?说不定我们同路。"

桂兰没有马上答话,她再次瞪大眼睛端详着时兹禾,似乎又出神了。

"桂姐想什么呢?我只是想知道我们是不是同路。"

"哦,哦,你家在哪里?"桂兰没有直接回答,反问道。

"烟墩子。"时兹禾说。

"我住在曹山桥。"桂兰说。

时兹禾一惊,曹山桥可不近,过了烟墩子,还要沿着湖岸坑洼不平的小路骑行一大圈。时兹禾估算,桂姐到家至少也得黄昏时分了。

没等时兹禾答话,桂兰接着说:"看着下雪,我原来正犹豫是不是回去呢!现在正好可以与你结伴同行一段路。"

说罢,桂兰兀自先上车骑行起来。性格内向的时兹禾平时与姑娘很少交往,更没有见过这么爽快的女生——说走就走,连招呼都没有打。他赶紧骑车追了上去,同时喊了一声:"哎,慢点——小心路滑!"

时兹禾马上意识到自己言非心声,明明想说"等等我",喊出口却变成了"小心路滑"。

时兹禾上高中以来,周末骑车回家的路一直伴随着孤寂。去往烟墩子的路途并非没有可以同行的同学。那里住的有钱人多,孩子在崇正念书的自然也不少,只是没人愿意与他结伴。性格孤傲的时兹禾也懒得主动找人,独来独往渐渐成了习惯。

时兹禾聊以自慰的是,独行虽然少了嬉笑打闹的乐趣,却很自在。他可以漫无边际地四下张望,或者天马行空地胡思乱想,完全不必顾及他人。

最惬意的是,时兹禾独自骑行时喜欢肆无忌惮地吹着口哨——他通常吹的是《扬基小调》——这曲子很欢快,吹起来飘逸轻松,而且伴随着节奏,他故意在骑行中左右摆动,显得十分带劲。

蚌山很少有人听过这支曲子。时兹禾从没告诉别人,他是在布鲁托那里悄悄学会的。每次训练教学完成,布鲁托都会哼着《扬基小调》,一副洋洋自得的神态。

但此刻的时兹禾顾不得东张西望,也没了吹口哨的闲情逸致。他蓦然产生了一种异样的新奇感,内心翻滚着一种说不清道不明的情绪,兴奋之中裹挟着隐隐的冲动。

脚踏车的车轮压着松软的积雪,骑行比平时费力许多,好在积雪尚未冻结,不算很滑。雪花不时吹到时兹禾脸上,凉丝丝的,同时还有阵阵馨香扑鼻而来，很像母亲赵翠娥平时洗脸使用的香胰子味，但似乎更加浓郁。时兹禾知道这气味来自身旁的桂兰。他微微张开嘴，口鼻并用狠狠吸了一口气，零落的雪花飘进嘴里，而他感觉更多的则是芬芳浸入了肺腑。时兹禾悄悄侧脸看了一眼，围巾包裹下，桂兰露出一张圆脸，像个洋娃娃，睫毛显得很长。

"桂姐不是本地人吧？"时兹禾终于禁不住好奇心驱使，问道。

"刚才说过了，我家住在曹山桥呀！"桂兰侧脸看了时兹禾一眼，笑着说。

"桂姐说的不是本地话，家怎么会在曹山桥呢？"时兹禾继续追问。

"哦，这是个秘密哟！"桂兰说，"布鲁托老师没告诉过你不能打探女士的隐私吗？"桂兰笑出了声，声音很清脆，银铃一般。

桂兰虽然带着玩笑口吻，但她的说辞还是截住了时兹禾的话头，好在不是面对面聊天，他嘿嘿一笑算是遮掩了尴尬。不过时兹禾很诧异：桂兰怎么会知道布鲁托跟他讲过类似的话呢？

除了男女有别的限定和家庭财产的秘密，时兹禾原来并不知道人与人之间还有其他隐私。

布鲁托算是时兹禾的"启蒙者"。游泳训练蛮枯燥，为了调节气氛，休息间隙，布鲁托有时会东拉西扯地说些意大利习俗，诸如称呼别人要带头衔，如某某教授、某某伯爵；教职人员则要称其教阶，或者神父、主教、总主教，或者执事、总执事，宁可叫高也不能叫低；还有给别人送花可以选择玫瑰、百合、水仙、鸡冠花或者郁金香，唯独不能送菊花。时兹禾记得，布鲁托确实讲过女人的年龄是隐私，不能随意打探。

时兹禾听了很不理解。意大利人信仰上帝，布鲁托说过，万物在主的面前，都应该赤裸坦诚，而生辰彰显的是上帝的意志，有什么好隐瞒的？分明就是矫情。

蚌山人初次见面哪个不问询对方属相呢？问询属相就是打探年龄，这是有讲究的。大龙比小龙年长一岁，定然为兄，或者为姐，而超出属相一轮之多，论起来说不定会以隔辈人相待——这涉及之后彼此交往的分寸把握，"俺哥""大兄弟"或者"大妹子"的称呼背后，尊崇与关照的意味大不相同。

不管怎么讲，既然桂兰说了涉及隐私，时兹禾就不好继续打探人家的私事及芳龄几何了。

雪还在下，只是渐渐小了。时兹禾有意骑得很慢，完全不像平常周末回家那样飞也似的撒欢。雪天路滑貌似是理由，其实最主要的就是他想在桂兰身边多待一会。时兹禾能感觉到，桂兰似乎也在默契地随着他掌控的速度骑行。时兹禾不清楚自己为何如此，反正觉得心里十分愉悦，他想留住这种感觉。

说话间，烟墩子街口到了。时兹禾不得不下了车，他尽力掩饰住自己略有不舍的神情，说："桂姐，我到了。你还有一大截路，不好走，路上当心！"

时兹禾原以为桂兰会在骑行中与他道别，没想到她也下了车，或许路上积雪的缘故，踉踉跄跄差点摔倒。她稳住身体，朝时兹禾摆摆手，笑着说："难得遇到下雪天，我正好可以沿路欣赏雪景。今天和你一路同行，我很开心！"

看着桂兰渐渐消失在细雪飞舞的路上，时兹禾心头不免生出一种莫名的怅惘，像是失去了什么。他没有继续骑行，而是一边推着脚踏车慢慢行走，一边回味着刚才与桂兰同行的感觉，心里甜丝丝的。

烟墩子街区不大，路面明显比老城区宽阔，路两旁大都是两层高的洋房。说起来，时昭明当初盖的二层小楼为后来人建房起到示范作用，以至于这里成了洋房集聚区，与蚌山中心城区巷子里的平房形成鲜明对比。

拐过十字街口，东西向街面上朝南第一户就是时兹禾的家。

二十年前，时昭明建房时这里并无规划，到处是棚屋陋舍、污水沟渠，满眼杂乱无章。

时昭明是有心人，凡事精于拿捏，尽管建房本身所需费用不菲，他依旧花高价从上海聘请来一位不同凡响的设计师。那人留学法国，又精通堪舆风水。除了各种计算工具，喝过洋墨水的设计师还带来罗盘、丁兰尺和探龙棒。折腾了整整一个礼拜，设计师拿着图纸信誓旦旦地对时昭明夫妇说，此处为烟墩子核心，大门坐北朝南，门前则是东西向街道，而房屋一侧墙面紧邻南北街道，绝对属于人丁兴旺和财源广进的吉位祥地。

赵翠娥对设计师的说法深信不疑，她喜欢时尚，但更笃信风水。这也是全家落户此地后，她甘愿敞开怀生孩子的重要原因。

在上海做舞女的时候，赵翠娥每个月都从十六铺码头坐渡船回浦东巫家荡看望母亲。她听别人说，当年上海县城厢内外商户联保，以防御太平军侵扰，原计划设立二十七铺，但最终只设了十六铺。据说与头铺及中铺相比，尾铺的风水总是更好。有道是"风水头困暝头，风水尾困暝尾"。暝尾原指后半夜，想看精彩之高潮戏须在后半夜。这种神乎其神的玄道之说，寻常人哪里搞得明白？赵翠娥笃信此道多半属于盲从，人云亦云，容容多后福罢了。但十六铺的迅速兴盛带动了上海滩的繁荣却是不争的事实。

时兹禾推着脚踏车，在街角处正待拐弯，突然发现有个身穿崇正校服的女生打着伞在他家大门口来回徘徊，她的身边停着一辆脚踏车。时兹禾定睛一看，我的天啊，果真一副"出门偏遇怨人来"的图景——那人不是别人，正是肖慧仙。

"哎呀，她怎么跑到俺家这里来了？"

时兹禾不由惊出一身冷汗。

眼下该当如何？时兹禾一下子有些不知所措。幸好街角建筑有遮掩之处，肖慧仙并没有看到他。时兹禾的脑子飞转起来——要么主动迎过去,耐住性子继续听她造话,外面下着雪,没准还要客客气气地把她请到家里;要么拉下脸面,告诉她以后不要再找我;要么自己暂且不回家,时间久了,等不到人,她自然会离去。

时兹禾开始后悔没能和桂兰多聊一会,他完全有理由建议找个地方避一避雪,顺便扯一些她感兴趣的话题,譬如聊一聊陀思妥耶夫斯基的《死屋手记》——他在学校图书馆借阅过。这部小说描写俄罗斯监狱的阴森恐怖,看得他毛骨悚然。

其实,时兹禾也可以和桂兰聊聊二马路新开张的百货大楼,母亲赵翠娥经常绘声绘色地描述那里的新奇商品,他至少可以把母亲的话向桂兰转述一番……假如那样,自己怎么可能这么早回到家?自然也就不会在家门口撞到肖慧仙。照理说,雪天路滑,曹山桥路远,且路上人烟稀少。自己身为七尺男儿,眼睁着人家女生还要独自骑行很长一截路而不管不顾,不仅欠妥,也很失礼。

时兹禾如梦初醒,亡羊补牢,犹未迟也。他当机立断,马上掉转车头,顾不上路滑,飞快地骑了起来……

怨人

那一次布鲁托帮助时兹禾疏导心结,刻意讲到连小学生都晓得的寓言——鸵鸟遇到惊慌就会把头埋进沙子里。时兹禾当然明白布鲁托的用意,但时兹禾觉得,这则寓言过于啰唆,布鲁托把自己古代同乡人普林尼编写的寓言搬出来显然在情感上有偏向。论起来,它远不如成语"掩耳盗铃"来得言简意赅。

时兹禾后来意识到,自己在那个雪天的行为无异于掩耳盗铃。他想在雪天护送桂兰回曹山桥是真心的,而他在自家门口企图躲避肖慧仙也是真心的,只不过两个真心之间存在联动与因果关系——原本前一个想法是受到后者的触动或者刺激而产生,可时兹禾假装后者并不存在。

当然,这与桂兰无关,实际上也与肖慧仙无关,而与时兹禾优柔寡断的性格——不能扯下面子,直截了当地向肖慧仙表明自己的态度相关。时兹禾没有想到的是,他的行为反而让事情变得更加复杂。

肖慧仙终于爆发了。这是秃子头上的虱子,明摆着的。莫说娇惯娘宠的肖家千金,搁谁也撑不了这么久,按照如此态势演进,肖慧仙爆发是早晚的事。

从初三毕业看照片时让她心动那一刻算起,肖慧仙的企盼和努力差不多持续了将近两年。刨去被肖慧仙自己蹉跎掉的时光——譬如因为害羞不敢当众搭讪、和时兹禾每次对话都讲不到点子上、遇到问题从不向父母求助等等,哩哩啦啦差不多耗去多半年,肖慧仙毕竟也在数得过来的周末付出了精力与心血。

搁以前,肖慧仙凡事最烦动脑子,三个爱好占据了她大部分时间:逛街买东西,嗑瓜子吃零食,没事的时候就在床上歪着。

肖母觉得经常歪在床上不利于健康,硬着头皮嘱咐她做些运动。肖慧仙立即回嘴道:"好吃不过饺子,舒服不过歪着。人家都这么说,又不是我一个人这样!"最初,肖母以为肖慧仙如此这般是在撒娇,时间久了,她渐渐发现女儿是在耍赖,及至最后,当娘的打内心认为这丫头分明就是滚刀肉,被弄得一点脾气也没有。

周而复始地在每个周末想方设法与时兹禾"撞面",这件事没人催促,对一个在亲娘心中都是滚刀肉的肖慧仙来说,能风雨无阻地坚持下来,已经着实不易。虽说每个周末崇正各班放学时间大致差不多,但好几百人先走后走,万一错过而碰不着面也很正常,她居然能够每每第一个站在校门口等候。

或许因为肖慧仙感到在川流不息的人群中找到时兹禾并不容易,在那个雪花飞舞的周末,肖慧仙放学后仍然第一个走出校门,只不过她临时改弦更张,将等候地点由学校门口变为时兹禾家门口——她想,堵在这里,无论如何都会见到她的心上人。

可惜的是,在风雪寒冷中苦苦等待,直到夜幕降临也没见到时兹禾的身影,她终于绝望了。

委屈万分的肖慧仙在返家途中泪水盈眶,却始终憋着,回家见到父母才开始号啕大哭,弄得肖财旺两口子丈二和尚摸不着头脑。肖慧仙先是站在厅房当中哭喊了一阵,谁劝也不听,然后将自己关进卧房,呜呜咽咽地小声哭泣,偶尔号哭一声,完全不理会父母不断敲门和问询——

"丫头,你这是嘎的该? 有啥事情不妨讲出来,爹妈也好为你拿个主意! "

做娘的终归心细,估摸着女儿遇到了情感问题,便对在屋里来回踱步且束手无策的肖财旺说:"她爹,依我看,这丫头再不嫁人,比箩(啰唆)的事情会越来越多,够你受的。"

肖母虽是见识浅薄的家庭妇女,却懂得男大当婚女大当嫁的人伦道理。蚌山姑娘出嫁大都在十六七岁,虚龄二十一岁的肖慧仙早已过了出嫁的最好年华。肖母不止一次地向丈夫抱怨,千不该,万不该,最不该让女儿念劳什子高中——明明不是铁料,偏要搁在炉子里烧,费钱费时不说,末了还耽误终身大事。眼瞅着后街几个与肖慧仙年岁相仿的丫头纷纷嫁了人,有的都抱着孩子回了几趟娘家,心急如焚的肖母瞒着肖财旺,托媒婆给女儿说起人家。

淮河两岸的习俗从来都是一家有女百家求。肖母主动选亲,属于倒挂金钩的罕见之举,受邀的几个媒婆简直乐不可支。"是媒不是媒,先吃七八回",这是蚌山的常规路子。请媒婆吃饭,寄托了请托人家的企盼,无非希望媒婆多花费些心思,找到称心如意的人家。由于肖母瞒着丈夫,场面上请吃饭的事做不了,但"撮合费"给得不少。这对媒婆来说属于"使反劲"的活路,既容易又得好,哪个不笑得两眼眯缝?

重点在于,姑娘她爹是肖财旺,是蚌山天来卷烟厂的老板,财大气粗,名声显赫。提及肖财旺大名,蚌山无人不晓。姑且不论场面上经常走动的权贵阔佬,熟络的交往中置换着各自所需的利益,平常把"肖老板"挂在嘴上也是极有面子之事,即便街巷里的平头百姓,讲到肖财旺三个字,也是尽人皆知。

这倒不是说蚌山老百姓喜欢趋炎附势,上赶着巴结有钱人。相反,蚌山平头百姓许多心性颇高,与他无关之人,有时故意做"拽",并无工夫搭理。肖财旺之所以在寻常百姓中名气大,源自天来卷烟厂推出的大众品牌香烟"狗上山"。

蚌山穷人多。穷人过日子也有标准——"喝酒红薯干,吸烟狗上山"。

红薯干酿制的散装酒,辣嗓子,呛鼻子,冲脑袋,穷人也不喜欢。可是逢年过节,走亲会友,花一毛钱在杂货店的酒缸里灌上一瓶,解闷消乏,借酒浇愁,吹牛助兴,聊胜于无。如陶潜所说"天运苟如此,且进杯中物",日子难过年年过,也是无奈的选择。

"狗上山"则是八分钱一盒的廉价香烟。其实,这款香烟的正式牌子叫作"招富",烟盒上印着一只趴在山脚下的狗,取自民间说法"猫来穷,狗来富"。烟盒图案给人印象深刻,人们便谐谑地称其为"狗上山"。时间久了,"招富"的牌子很少有人叫,买烟时冲着摊主喊一声"来一包'狗上山'",摊主便很有经验地取出一包"招富"烟,外加两分钱硬币,因为买烟人总是习惯递上一毛钱。也有赤贫的吸烟者,好不容易攒够八分钱硬币,一把洒在摊主手中。

以往穷人吸旱烟,至多买来便宜烟丝用废旧纸张自卷吸食。"狗上山"终究是卷烟,内外两层纸包装,商标小条封口,携带与吸食方便许多。肖财旺很会笼络烟民心,不定时地用上等烟叶切丝后剩余的边角料卷制这款香烟,买烟者若碰巧赶上这批次"狗上山",无不欢欣鼓舞。

肖财旺的女儿要说亲,媒婆一张口,官宦富豪家的公子哥、寻常百姓家的帅小伙,各色神勇纷至沓来,几近出现趋之若鹜的情形。媒婆借机拿一把,挑肥拣瘦,几边吃好。

知女莫若母,别看肖财旺整天金枝玉叶地把女儿挂在嘴上,其实他也就是动动嘴皮子,除了花钱不吝啬,其他甚事不问。做娘的则不同,宠归宠,疼归疼,剩下的总要为女儿的归处操心。

老话说"女大不中留",是对娘家人的委婉提醒,有婆家愿意接手则是前提和关键。为娘的若不操心,错过时机,一旦女儿耗成老姑娘,搭钱搭物也不一定管斤。到时候,中留不中留,都只能留下。那才是灯谜中所谓"相持不下"的谜面——脸没处搁啦。

和小伙子说媳妇以家世家产为主不同,女孩子找婆家,长相占比很高。见面前担心男方看不上,过门后又害怕婆家人对自己长相挑三拣四,有朱庆馀诗曰:"洞房昨夜停红烛,待晓堂前拜舅姑。妆罢低声问夫婿,画眉深浅入时无。"

提亲时,媒婆的描述很重要。世人对媒婆多有误解,所谓"媒婆的嘴,骗人的鬼"。其实,蚌山媒婆很少讲过头话,往往留有余地。姑娘容貌在媒婆口中一般分为三个层级:俊俏,耐看,还可以。

"俊俏"的弹性范围很大,美若天仙、一笑倾城、花容月貌、明眸皓齿、小家碧玉,通通归在这里。天上的嫦娥,地上的貂蝉,无论艳丽几何,话不说透,任你想象。

"耐看"说白了就是头一眼并不醒目,缺少"二八年华一枝花"那种扎眼的靓丽,眉眼、身材、肤色、神韵都比较普通,如同面粉中撒了一把白灰,不显眼,不容易看出来。耐看的好处是不难看,看着看着就习惯了,觉得说得过去。媒婆的心理诱导也能让你发现其中不同寻常之处。譬如,眼睛小,但好像透着灵动;嘴巴大,让你想到能吃与有福的联动关系。蚌山是小城,逃荒来此落户的、做小买卖养家糊口的,爹是潘安、娘是西施的可能性几乎没有,因而后代多为栖息在街巷中的寻常人,女孩子当然以耐看者居多。

"还可以"是媒婆介绍姑娘情况时的底线。倭傀的矮胖、钟离春的黢黑、孟玉楼的麻脸,无论姑娘长得多丑,必须到"还可以"截止,这是行规。做媒婆的虽然也有偶尔客串的热心人,但更多的是把"说媒"当成吃饭的行当,谁都不能砸自己的饭碗。

和媒婆不同,自家亲妈的估测标准肯定放宽了许多。即便这样,肖母也觉得女儿无论如何都很难达到"耐看"程度。左邻右舍看着肖慧仙长大,当然知道她的缺憾,头脑不灵光只是一方面,要命的是长相灰容土貌,身材丰硕,看不出腰身。尤其脸型,与肖财旺相似度极高,长脸瘦削。"两腮无肉,必定难斗"是相书上的说法,这对老爷们来说无所谓,在社会上厮混,难斗在某些时候没准是优势,可是"尖嘴猴腮"的大姑娘怎么好出阁呢?

出乎肖母意料的是,好几家人看了肖慧仙的照片,大都说这丫头长得耐看,还有说长得俊俏的,最重要的是,大家不约而同地认为肖慧仙有旺夫之相。

肖母虽然贵为烟厂老板太太,但毕竟出身市井,早年刚嫁到肖家时,肖财旺还在街头巷尾贩卖私烟。她跟着丈夫跑点看摊,没少与包括媒婆在内的三教九流打交道,深谙媒婆谋生处世之道,三寸不烂之舌能将死的说成活的、烂的说成好的。说起来,媒婆们的初衷与目标高度契合,无外乎就是撮合与促成男女婚配大事,取利虽然天经地义,但从表面上看还处在其次地位。

对于媒婆传递过来的溢美之词,肖母倒能理解毕竟"媒婆吃两头,好话不费油"。只是"俊俏"的说法显然不靠谱。至于"旺夫",则见仁见智,她以为或许这是一个说得过去的理由,所以,她便借势悄悄问肖慧仙:

"闺女,有人家相中你了,条件着实不错,是个铁路职员。要不要见见呢?"

肖慧仙瞪了母亲一眼，直不愣登地说："你想嘎的该？我不是在念书吗？"

肖母的如意算盘是，万一女儿茅塞顿开，自己再同丈夫打招呼也不迟，然后自己与丈夫陪着女儿一起去相亲，只要双方对上眼，则要求男方家马上下聘礼，选个良辰吉日就把姑娘送出门。如能这般，做娘的心愿也就了了。过日子、生孩子是女人的正事，还上什么学的该？

哪承想这六叶子丫头，一句话就把自己噎了回去。

女儿不愿意，丈夫不知情，肖母孤掌难鸣，提亲找婆家这件事情很快就不了了之。

不知道是父母反复劝导的缘故，还是肖慧仙自己悟出再哭下去也没什么意思，正当肖财旺两口子坐在厅房束手无策的时候，里面的哭声戛然而止。少顷，肖慧仙自己走出了卧房，脸上已然没了泪水。

肖慧仙接过母亲递过来的热毛巾擦擦脸，一屁股坐在厅房太师椅上，推开母亲摆在八仙桌上的饭菜，顺手拿起盘中的瓜子娴熟地嗑了起来，并无言语。肖财旺夫妇眼巴巴地看着女儿，也不敢吭声，生怕问错什么再引出哭声。不一会，半盘瓜子嗑完了，肖慧仙说："我不上学了！"

"嘎的该？"肖财旺急忙问道。

肖慧仙这才一五一十地讲出前因后果。

肖财旺恍然大悟，女儿这几年如此这般地任性与折腾，原来是因为有了意中人。肖财旺嘴上不说却心里十分清楚，女儿算不得"憨"，但与正常姑娘相比，脑瓜子确实有点差距。这种状况如果出现在男孩子身上，通常被称为二半吊子或者二傻子。但这样的话语说在女孩子身上却委婉柔和了许多，至多被认为缺心眼。

绝顶聪明的肖财旺对自己的粗心大意感到十分懊恼：女儿虽然

心智上差点事,但早晚想到风情月意也是上苍的意志。肖财旺万万没有料到,女儿相中的如意郎君居然是自己的老伙计时昭明的儿子! 日落月出,灯下台前,讲起来都是自己身边的人和身边的事,怎么就一点也没有察觉呢?

"乖乖,你早说呀! 早知道是老时的儿子,咱何苦费那么大的气力?"

说这话时,肖财旺又露出轻松自如的样子。

摊牌

雪后跟着就是连续数天冷风刮过,是那种经过树林和街角会发出像哨声的朔风,风头吹到脸上如同刀割,而路边尚未融化的积雪很快变成冰凌。

没过多久的一个周末,时兹禾裹得严严实实地从学校骑车回家。身上穿得厚实倒没觉着怎样,可是骑车只能戴线织手套,不挡寒,时兹禾觉得手指头冻得生疼。

进家后,时兹禾径直奔向壁炉,赶紧面对阵阵热风不停地搓手。冬日黄昏时分天色已黑,屋里没开灯,静悄悄的,时兹禾仿佛能听到火焰发出的呼呼声响。刚刚驱走寒气,时兹禾下意识地觉得背后有人,猛地扭头一看,看到父母坐在厅房沙发上,目光齐聚在他的身上,表情有些凝重却硬是做出带笑的样子。

时兹禾很纳闷,自己进屋时父母为何一声不吭?

时兹禾上初中那年,父亲时昭明交上好运,当上天来卷烟厂副经理。这一年日本鬼子投降,原来被日本人占据的几家英国人开办的卷烟厂重归英国人手中。卷烟厂来回易主总会影响生产,产量一下子上不来。幸亏当初日本人看不上规模偏小的天来,所以,肖财旺名下的卷烟厂虽然受到日本人排挤,但尚能自主运营。日本人投降后,市场需求导致天来在一段时间里一家独大,产品旺销,利润直线上升。

春风得意的肖财旺干脆当起甩手掌柜,仅仅挂个经理的名,整日忙着社交,厂子里的诸多杂事通通推给时昭明。

干副经理,生产上的琐碎事务不像以前那么繁杂,应酬却明显增多,主要是和各路管事的"神仙"喝酒。肖财旺告诉时昭明,别怕"神仙们"吃、拿、卡、要,关键别让他们把绿灯变成红灯。卫生、检疫、消防、税务,任何一个环节出了问题,都会影响生产。所以,周末肯定是时昭明推杯换盏的时间,回到家中常常已是夜半。

孩子们长大了无须再照顾,时昭明忙得没工夫着家。烟墩子的阔宅更显空荡,楼上楼下来回折腾实在无聊,赵翠娥在家里自然待不住,她的时间安排便与时昭明相匹配,周末不是在逛街,就是约熟人打牌。全家人聚在一起只能是礼拜天的午饭时间。

时兹禾定了一下神,走到墙边拽了一下灯绳,屋里霎时变得亮堂堂的。时兹禾看得很清楚,父母仿佛做了什么错事似的,表情显得很不自然。他冲着父母打趣道:"今天太阳从西边出来了,俺爸回家这么早,俺妈也逛完街喽!难得见到父母大人这么悠闲。"

"嘿嘿!"时昭明尴笑了一声,略显别扭,"这么早回家主要是想和你妈商量一件事情。"

赵翠娥白了时昭明一眼,没好气地说:"和我商量什么事?主要是和毛头商量,你不过就是提前告诉我一声罢了。"

习惯成自然,时兹禾打小被母亲赵翠娥称作毛头,怎么也改不了口,弟弟时兹苗则顺位被叫作二毛。这算是巧合。毛头是上海叫法,而蚌山人家中的头一个男孩子,常常被唤作大毛,以此类推,孩子多的家庭,五毛六毛唤着也并非鲜见。

时昭明连忙解释道:"说是毛头的事情,也得先和你商量。你若不同意,这件事情不见得非做不可。"

父母的对话就像打哑谜,听得时兹禾一头雾水。没等时兹禾向父母打探是什么事情,楼梯口突然传来小妹时兹婕的声音:"俺哥,爸妈要给你说媳妇,对象是肖财旺老板的傻闺女。我和二哥都听到了,你要是脑子没毛病,千万别答应。"

时兹苗站在比时兹婕更高的楼梯台阶上,瓮声瓮气地应和道:"就是,你愿意娶个傻老婆,我和小妹还不愿要个傻嫂子呢!"

时昭明夫妇吃惊地抬头看看楼梯口,不晓得那两个孩子什么时候出现的,竟然一时不知说什么才好。

偷听肇始于二小子时兹苗。

早年间,时昭明夫妇拌嘴,尤其遇到时昭明酒后色眯眯地朝赵翠娥动手动脚,赵翠娥总是拿身体发育不良的时兹苗说事——说他是酒后产物。后来,赵翠娥不再提及这个话题,除了顾忌渐渐长大的时兹苗听到不妥外,最重要的是,时昭明有一次被说得急了眼,狠狠地回了一句——"嘿嘻,蒙古人哪个不喝酒?人家世世代代人高马大。"

时昭明留心过医书上的说法,酗酒对后代最大的影响是可能会造成智力下降。但时间证明,时兹苗智力根本没有问题,只是看上去长相猥琐,其聪明程度一点不亚于时兹禾,而且是非曲直十分明了。所以,时昭明越发相信,时兹苗身材矮小完全是遗传上的一次意外,说不定他是随了某位矮矬子的先祖,直系的、旁系的都有可能。旁系当然是赵家。

不能说赵翠娥对长子时兹禾明显偏心,时兹苗与时兹婕之所以在走读的普通国中念初中,是因为赵翠娥发现,崇正的花费确实不少,毕竟学费之外还有食宿以及服装费用支出,算起来居然占了大头。假如三个孩子都在崇正念书,那可真让老话说着了:"赚钱如登山,花钱似流水。"赵翠娥觉得,时昭明挣钱再多也不能恣意胡作。再说,家里有一个孩子沾点"洋气"即可,没必要全挤在一条道上。

不住校的时兹苗,周末晌午之前就回到家。时兹苗一开始看见父母坐在厅房低声细语地嘀咕什么,很神秘的样子,并没有没当回事,便上二楼回到自己的卧房。父母说话声音越来越大,赶巧时兹苗去茅厕小解,正好听到他们议论给大哥说媳妇的事,他觉得此事非同寻常,马上唤来早于他到家的妹妹时兹婕一起在楼梯口偷听。他们一边听,一边交换着眼神——他们一致认为,父母打算把肖慧仙介绍给大哥做媳妇这件事很不靠谱。

时兹苗与时兹婕并不认识肖慧仙,也没听大哥时兹禾说过。他们以往倒是从父亲只言片语的念叨中知道了天来老板肖财旺,无非就是怎么圆滑能干,怎么财大气粗。但他们这会听到父亲对母亲说,肖财旺的女儿肖慧仙钝学累功,反应迟缓,瘦脸粗腰。他们听得真切明白,这丫头学习孬,长相丑,比大哥还年长两岁。他们以为一贯宠爱大哥的母亲会激烈反对,甚至暴跳如雷,哪承想丝毫没有反应。像大哥这样的人中帅杰,未来婚配不见得一定得像黄梅戏《天仙配》里的董永和七仙女那样郎才女貌,至少也不能找一个肖慧仙这样的。

时昭明和赵翠娥在楼下商量着如何跟时兹禾张口提及此事。时兹苗和时兹婕在楼上则议论着怎样说服大哥拒绝此事。时兹苗说,完喽,爸妈鬼迷心窍喽!时兹婕说,肖家再有钱也不照,说这样的媳妇,等于卖了大哥。大哥不能卖,要卖也只能卖二哥,谁让你没有大哥长得帅气!

这句话是时兹婕压低声音对时兹苗说的,说的时候还特意眨眨眼。气得时兹苗怒目圆睁,并高举轻落地捶了她一拳。

听到弟弟妹妹所言,时兹禾大吃一惊,愣在那里一时不知说什么才好。

肖慧仙的父亲肖财旺是天来卷烟厂的老板,这对时兹禾来说不是新闻。时兹禾也记不住是肖慧仙哪一次造话时不经意透露出来的,说者无心,他作为听者倒也没大惊小怪。

按说,肖财旺只是在工作上与父亲有关系,甭管是老板离不开骨干,还是当差的仰仗老板,总之与时兹禾毫不相干。假如肖财旺仅仅以父亲身份来为女儿提亲,倒也说得过去。就怕肖财旺搞混了角色,以自己父亲时昭明老板的身份来说合此事,这显然就说不过去了:天底下哪里有提亲带着胁迫色彩的?不过话说回来,假如肖财旺真有威逼利诱的意思,自己的拒绝会不会使父亲受到影响?

时兹禾心乱如麻。他静了静心绪,向父亲问道:"俺爸,这事是真的吗?"

时昭明心知肚明,以儿子时兹禾自身条件,无论如何都不会喜欢肖财旺的女儿。

时昭明年轻时找对象,盘靓条顺是先决条件。时昭明有自己顽固的逻辑:看上去让人倒胃口的女人怎么可能与之同床共枕?且不说"心不宁则神不聚,神不聚则卫阳不固",何以实现夫妇"人道之大伦"?退一步讲,心绪不安何以入睡?睡着了也不踏实,说不定会被吓醒!所以,尽管赵翠娥是舞女,也没能挡住时昭明追求的步伐,还不是因为赵翠娥长得粉黛峨眉,婀娜多姿?美色的魅力远远超过其他,时昭明哪里顾得了赵翠娥娘家一贫如洗以及整日周旋于男人怀抱的现状?

时昭明推测,父亲时康仁虽受制于规俗,遵循父母之命与媒妁之言,娶了自己母亲,但也不能证明当年老爷子内心没有喜色好美的念头。否则,自己怎会深陷赵翠娥的美色而不能自拔?要知道多数情况下,儿子随爹。

时昭明的纠结在于,肖财旺终归是自己的老板,一直以来对时家不薄,甚至有恩——从上海将自己请来,许以高薪,委以重任,以至于将天来的生产与经营大权毫不迟疑地全权委托于自己。肖财旺亲自提及儿女婚配之事,给出的条件可谓震天撼地惊花草,颇像家中厅房那幅挂画《群鸟图》题词蕴含的意思——"争渡,争渡,惊起一滩鸥鹭"。

平心而论,时昭明并非为优厚条件所动,实在是因为扯不下面子。

不知道时兹禾问话的真实含义,时昭明稍显慌乱,只好故意闪烁其词:"不存在真假的问题。你要是愿意,咱可以把它当真。不同意的话,就当没有这个事情。那不就是假的了吗?"

时兹禾猛地想到布鲁托那天讲到的伦巴第谚语:"头还没破就想着包扎。"这下可好,头真的破了!用脚丫子也能想明白,那天雪中久等未果,肖慧仙定然恼羞成怒,将前因后果告诉了肖财旺。

"我和肖慧仙那丫头没有任何关系。都是她在找我,每个周末在学校门口堵我,弄得我很糟心。上个礼拜六放学,她还跑到咱家这等我。俺妈问我怎么回家那么晚,还不是为了躲开她?俺爸俺妈,你们讲实话,我能看上她吗?"

时兹禾说完长舒一口气,尤其最后一句,当属肺腑之言,脱口说出后让他一种如释重负的感觉。时兹禾终于明白了一个道理:当断不断,反受其乱。顾虑重重,自然麻烦多多。看来,"头破了"不见得是坏事。

"都别讲了!"母亲赵翠娥突然插话道,"给毛头提亲这件事怪我!"

时兹苗与时兹婕联手为大哥时兹禾的事情冷不丁打横炮,明摆着是与父母对着干。这种情形在时家还是第一次出现。按照赵翠娥以往秉性,孩子出言稍有不逊,她马上就会开口叫骂——"造什么话""看我搂脸搋你""你个熊孩子"之类的蚌山土语糙话,赵翠娥早已烂熟于胸且会连珠炮似的脱口而出,反倒是"侬嘞该组撒""小赤佬""侬脑子瓦特啦"这些带有斥责意味的上海话在她口中已经很难听到。

赵翠娥是个干脆利索的女人，关键时刻拎得清楚。她之所以没有像平常那样开口叫骂，是因为她一眼就看出全家人的态度——丈夫时昭明碍于情面，有迫不得已的成分。毛头时兹禾压根就不同意。二毛时兹苗和小三子时兹婕则极力反对。正因为自己态度暧昧，这件事情才得以在家中被提及。

照理讲，赵翠娥历来是个态度鲜明的人，在好与坏、是与非、爱与恨的选择上，她很少迟疑或者纠结。她今天实在是被肖财旺的优厚条件打蒙了——那可是相当于搭上了他的全部身家。乍一听，人家嫁姑娘还陪上天来卷烟厂的继承权，这等天上掉馅饼的大好事突然扑面而来，搁谁也一下子招架不住。

敢作敢为的赵翠娥竟然勇于包揽责任，这让时昭明及三个孩子十分意外。他们愣了一会神，接着面面相觑，然后纷纷咧嘴笑了。把肖家千金肖慧仙说给时兹禾当媳妇这件事，随着赵翠娥一句"这件事怪我"，正式宣告结束。

从时兹禾进家门算起，整个事情的演进时长还不及饭桌上敬三杯酒的功夫，而头一晚肖财旺请时昭明喝酒谈及此事却拖到夜半三更。那场酒两人喝得昏天黑地，肖财旺频频举杯，做歉做好，做刚做柔，时昭明表面上赔笑应对，内心里则毛焦火辣。

赵翠娥年轻时玉软花柔和千娇百媚的神态替她的人生撒了烟幕弹，看似柔情似水，实则傲骨铮铮，她骨子里铭刻的多是果断与坚毅的印记。时昭明的体会最深，这样的女人，撩拨的时候，缱绻缠绵，风情万种，着实可爱，到手后必定感觉荆棘多刺。佛曰："不动不刺。"久而久之，时昭明也只能处处显露着对赵翠娥的顺从与附和。

在赵翠娥心目中，毛头只能确定一个奋进目标，那就是毕业后去上海发展。那里不仅是赵翠娥的故乡，也是她认为生活品质最好的地方。在繁华绚丽的外表下，上海的都市肌理中暗藏着诸多机会，你肯付出与努力，往往就有可能达到目标。

赵翠娥年轻时就很努力。一个家境穷窘的浦东乡下姑娘,凭借唯一的本钱——姿色,闯荡于浦西南京路、西藏路那一带的舞厅。做舞女是苦差事,昼伏夜出,强作欢颜,表面上光鲜亮丽,实则劳神劳力。有时趁更换曲目间隙坐下,便不想再次起身,只好假装殷勤地陪客人喝酒,借机歇息。

赵翠娥记得,在巴黎饭店一楼的黑猫舞场伴舞,舞票收入并不能如数全得,要与舞场老板拆账,自己只能拿到六成,还要给大班提成。赵翠娥渴望成为当红舞女,只有当红舞女才可以分得七成。但她也很纠结,担心当红后更加辛苦,邀请的舞者多了,需要付出更多体力以及很不情愿的笑脸。多亏此时赵翠娥遇到时昭明,方才终结这段"努力的"劳苦岁月。

那年,赵翠娥带时兹禾回浦东省亲,顺便去浦西逛街,发现黑猫舞场已不见踪影,而她离开上海后才开张的"百乐门"和"仙乐斯"舞厅却富丽堂皇地矗立在闹市街口。赵翠娥听说那两个地方的舞女收入比她在黑猫伴舞时高出许多,人家购买的化妆品以及随身手拎小包更是高出她好几个档次。果真时过境迁、今非昔比,赵翠娥便感慨连连。

赵翠娥很清醒:出卖姿色和把姿色当成门面与通行证大不相同,前者价值有限,色衰后定然一钱不值,后者则潜力无穷,生活因此多了许多选择的可能。赵翠娥从不认为做舞女丢人现眼,正因如此,嫁给时昭明也没觉得自己矮他一头。

实际上,赵翠娥在内心深处把随丈夫迁居蚌山也视为自己人生曲线努力的一种手段。

赵翠娥算过其中的得失与利弊。从大都市到小城镇,貌似亏失,但在成全丈夫的同时,她自己的生活发生了根本变化,最终也拥有了让许多人羡慕的一切。她是女人,终究无法像男人那样放开手脚大展宏图。不管怎么讲,她努力过了,之后的要务是督促丈夫继续努力。

毛头眼看就要高中毕业,赵翠娥冥冥之中想象,他应该像许多名叫根生、金龙或者比德的上海青年一样,在那个繁华的大都市拥有一份更好的生活。

问题是赵翠娥听了时昭明的转述后,头脑有些发蒙。

肖财旺说,假如时兹禾娶了肖慧仙,天来卷烟厂未来就归在他的名下。赵翠娥为这句话沉思了许久,她觉得肖财旺所言没有掺假,肖慧仙是独生女,当然可以独自继承老爹的财产。那份资产可不是小数,多少个"些许银两"能算得过来? 如果时兹禾名正言顺地成为天来的老板二世,还有必要去上海吗?

家人的态度让赵翠娥猛然醒悟。卖艺不卖身,这是赵翠娥的人生准则。嫁给时昭明时,他只是洋人卷烟厂的普通技师,帅气且勤奋,并非权贵富豪。现在自己怎么能改弦更张,怂恿儿子娶一个他看不上眼的富家丑女呢?

第二篇　亭亭岩桂

盟约

桂兰回国之事完全由她父亲桂俊生一手操办，没人知道他的真实想法。从安排日程到收拾行囊，桂俊生不让任何人插手。

看着桂俊生近乎固执的举动，桂兰的母亲也很无奈。哪里有女儿出远门母亲不过问的道理？除了暗自啜泣，桂兰的母亲能做的就是悄悄地将当年娘家陪嫁给她的一副手镯和镶钻金戒指塞进女儿的行李箱。

这件事情的诡谲之处在于，全家人都知道桂兰返乡貌似与她的婚事相关——此事说来话长，但女儿桂兰作为当事人却从不细问，父亲桂俊生也从未明说，甚至家人没有为此在一起商议过。父女之间唯一的默契是，父亲同意女儿返乡，女儿答应成行。

从南洋雪兰莪的小城莎阿南来到与蚌山一湖之隔的小镇曹山桥，路途之漫长完全出乎桂兰意料。她先坐汽车，再坐轮船，又坐火车，途经吉隆坡、新加坡、上海、南京等地，花费了整整半个月时间方才到达曹山桥。

起初,桂兰一直以为父亲念念不忘且时常挂在嘴边的曹山桥与自己风马牛不相及,岂料这里竟然扯出了与她剪不断理还乱的关系。

曹山、曹山湖、曹山桥三位一体,山湖相傍,镇依湖建。曹山桥与蚌山隔湖相望,两地同属濠州,人员走动频繁,似同邻家。只不过在蚌山人眼中,曹山桥只是乡下而已。

说实话,混杂着农民、小手艺人和小商小贩的曹山桥从来都是一处复杂的地界,既不是真正的乡下,也算不得纯粹的集镇。

佃田者应着五更时分的鸡鸣声扛着锄头下地,伴着日头从曹山西侧落下而归家,与其他村庄无异。而曹山桥无地可种的人不在少数,事实上有些人家几代以降从不种地。街面上和巷子里充斥着各种摊位与铺面,多数都是些针头线脑或者杂货小吃之类的小买卖。家有铺面的生活上还算稳定,即便那些摆摊的小买卖人顾虑也不多,生意亏了或者别无他途谋生则再去扛活为农。亦农亦商的人家也占有相当高的比例。

延续至今的曹山桥警所设置于清道光初年,比湖对岸位于蚌山的曹山湖警所早出百余年。无论清末巡检司还是民国警局都觉得这个有着两千余户住家的大村镇实在难以管理。难在人多、居民属性杂乱以及每月初五和十五两次容易惹出各种是非的集市。

好在桂姓与谢姓两家是曹山桥大户,声望颇高,有一呼百应之威。平素百姓口角或发生集市纠纷,警所感到棘手时,常拜托桂、谢两家出面协调化解。

谢家世代居此,掌门人谢旺田名如其人,拥有千亩良田。千亩是号称,凑个整数叫起来唬人,打净捞干,细算起来也就七八百亩。即使如此,谢旺田也是远近闻名的大地主。

而桂家三代之前从浙北迁来,专事织业。两代单传的桂家驹是纺织业主兼商铺经营者,他名下拥有几十家带有售卖门脸的织布工场。桂家驹常去上海,发现那边的同行都标榜为"工厂",而他在曹山桥却执意自称"工场"。

在桂家驹看来,"工厂"单体面积大,却为独家。自家的"工场"皆为小作坊,却数量众多且有内部联系。上海同行中有些留过洋的人居然因此高看他一眼,认为桂氏织业具有洋人那种 Trust 的色彩,就是所谓托拉斯式的企业。桂家驹自己也搞不明白托什么斯,自他祖父起,桂氏织业的制造与销售就是这么干的,只不过三代以来越来越细致而已。桂家驹觉得这么干人好管、事好干、出货快、挣钱多。

谢家和桂家的宅院都始建于他们的祖辈。两家大门上方同样悬挂着硕大的牌匾,一个写着桂府,另一个写着谢府。近百年光阴,偌大的曹山桥能够称府的仅此两户,堪称豪门双雄。

最有琢磨头的是两家大门口的抱柱联。桂府的写着"月满桂花诞七秩,庭留萱草茂千秋"。谢府的则写着"谢天下勤俭古来正道,感世间操持现今真情"。

讲起来曹山桥在清朝时归属凤阳府,这里出过朱姓皇帝,显赫卓越,但论起文脉积淀却远不及安庆府那边深厚。曹山桥这里一般人家大门挂对联,大都围绕平安多福做文章,诸如"和顺一门有百福,平安二字值千金"之类,俗雅之间更偏向于俗,至多也就是"绿竹别其三分景,红梅正报万家春",稍稍讲究一点而已。

桂、谢两家的抱柱联一看就不同凡响,硬是将本家姓氏的特殊寓意与家族操守有机勾连,大气、贴切,还透着主的胸怀与抱负。北伐军路过曹山桥时,浩浩荡荡的队伍匆匆而来,又匆匆而去,也就在此地逗留了一两天。有个绿林出身的李姓军官,本是粗人,不知怎的,对两家的抱柱联产生浓厚兴趣,骑着马来回看了好几遍,赞不绝口。他对马弁说,等打完仗回到老家,给咱老李家也照着样子弄一副对联。李姓军官断言,桂谢两家祖上肯定较过劲,且不分伯仲。

说两家较劲纯属猜测。车行车道，马走马路，两家营生压根没有交集，自然也就没有纠葛与纷争。最多就是秋收时节谢家需要雇佣更多人手，许多在桂家务工的人转而下田。桂家对此早有应对，方略是农闲时多用工，农忙时少用工。农商混居的村镇需要如此调节，多少年都是这么过来的。

曹山桥人口多，大户少，财富与身份相当的桂谢两家便时常走动，礼尚往来。寒暄中总会互有帮衬，加上逢年过节彼此宴请，日积月累，交情甚笃，以至成为世交。

天狗吃日，六月飞雪，世上巧合常有，但若干巧事一股脑都凑到桂谢两家，这就是巧中带奇了——

桂俊生和谢启财是桂谢两家的长子，这个姑且不算。偏偏两人同庚，都是光绪二十七年生人。桂俊生和谢启财的官名寄托着家人的企盼，都是请高人反复琢磨选定的，可是乳名叫得很随意。那一年是辛丑牛年，国运多舛，磨难几多，生了小子，担心兵荒马乱的年景不好养活，顺嘴都叫了低贱的小名——牛栓，两家竟然不谋而合。

曹山桥的男娃们夏天常在湖中戏水或在岸边苇丛中捡拾野鸭蛋。家人召唤吃饭时，老远喊的大都是与家畜相关的乳名——狗蛋、猫儿、猪娃，只要喊到牛栓，桂俊生和谢启财便齐声应答。外人无法区分，便唤作桂家牛栓和谢家牛栓。牛栓的乳名因此叫得响亮，连邻村的人都知晓曹山桥有谢桂二牛。

民国十二年（1923年），桂俊生与谢启财同年同月娶亲。四里八乡闻知此事无不啧啧称奇。不知情的人都以为两家为了热闹，增添喜气，事先商量而刻意为之。

其实，婚娶大事，不比其他，来不得半点随意。晚清至民国初年，"六礼"之风在淮河两岸盛行，谁家娶亲都须经历纳采、问名、纳吉、纳征、请期和亲迎的烦琐过程。说白了，姓氏笔画或者生辰八字差一点，最终确定的日子都可能相去甚远。两场婚礼的些微区别在于时日不同。黄历上每月都有多个日子适宜嫁娶,奇怪的是,这个月却只有两日,中间相差不到十天。谢家在前,桂家在后。

这不是简单一个"缘"字可以解释的,谢旺田和桂家驹都觉得冥冥之中有一种力量将两家关系拉近。正因如此,桂俊生和谢启财这两个长子大婚被视为双喜临门。

各自婚礼结束后,谢旺田和桂家驹商议,无论如何,两家都要孵伙安排一场酒宴,不请外人,专由两家人自己享用,以为"双喜"之庆。酒宴费用只能共摊,说到底都是有钱的主,在掏钱一事上争来争去,肯定没有结果。世交的承续在乎日常点滴的积累,而关节点的把握也至关重要。双喜之庆肯定是更为重要的关节点,关涉桂谢两家的承继人。

这样的场合不再重复婚礼的繁文缛节,杯觥交错成为最重要的内容。婚礼宴请的是八方宾客。宾客吃喜酒是抬举主家。而主家喝酒只能是礼节性的点缀,无论远近亲疏,逐一寒暄两句,碰一下杯,抿一口酒,点头致意后转身离去。百十桌下来,也就是几杯酒的事情。而此次聚会纯粹是曹山桥豪门双雄的家宴,无拘无束,可以开怀畅饮。

攘袂持杯,酒入舌出,话语往来就不像平常那样拘泥于礼数和客套,明显豪放许多。渐入佳境的标志是谢旺田和桂家驹开始猜拳行令,且叫喊声渐次增大。谢旺田惯于叫喊"五魁首",桂家驹则主要呼唤"巧七妹"。手势比出的数字与口中呼喊的数字并不见得相当,所以,即使"五魁首"或者"巧七妹"一唤到底不改口,照样可以赢拳。这个划拳理数,不仅曹山桥的老少爷们,连大姑娘小媳妇都一清二楚。

知道归知道,规矩则很明确。曹山桥的人讲究父子不同席、叔侄不对饮。特殊场合,禁忌可由长辈临时废止。"双喜"之庆算得上特殊,两家男女老少得以同桌而聚。但界限依然存在——老子在划拳,儿子不能造次掺和，更不能两代人在酒桌上吆三喝四。想想也是，万一个不留神，脱口喊出"哥俩好"的拳令，成何体统？所以，谢启财和桂俊生只有一边喝酒一边观战的份，至多说一声"好拳"或者"厉害"之类带有讨好意味的赞美之词，但绝对不能习惯性地夹杂以"我的乖乖"这等感叹用语。

有男人在场，女眷们不可贪杯，酒杯碰碰嘴唇，意思一下，陪着高兴是正差。当然，一切都不妨碍她们抓空评议一下新媳妇从娘家陪嫁来的耳环或者手镯的成色。

酒过三巡，菜过五味，谢旺田和桂家驹已然酒酣耳热，醉态萌生，硬着舌头当众立誓，将来两家新人孕育后人，若皆为男孩或女孩就结为金兰，若一男一女则成就秦晋。高潮出现在散席之前，谁也没有想到，谢旺田和桂家驹竟然异口同声地要求两家长子兼新郎官割襟为据。

酒桌上要的就是尽兴，难免口无遮拦，话往往越说越大，翻山过海，上天入地，以至于没边没沿。酒后之言过度几许实属正常，但其中彰显两家非同寻常的关系却真实无假。桂俊生和谢启财以为各自父亲酒喝大了，便对视一眼，抿嘴偷笑，并未接话。没料想谢旺田和桂家驹戟指怒目，不约而同地吼道："熊孩子，笑什么的该？赶紧！""再笑就搂脸抠死你！"

两位父亲如此较真，让桂俊生和谢启财始料未及。明明是酒劲催的，话赶话地弄出一个一举两全的预设，怎么还要以郑重的仪式加以强化？

桂俊生与谢启财幼时为私塾同学，所念书籍相近，学识以及对人情世故的理解相差无几。他们暗自揣摩，如今民国都多少年了，辫子早已割掉，长袍马褂也换作对襟或大襟衫子，再整出割襟之盟的戏码算哪门子事？再说啦，话本演义中出现的歃血为盟或者割襟为盟多数说的是江湖上拜把子结交，似乎与指腹为婚并不搭嘎。

退一万步讲，即使与指腹为婚相关，前提也得是双方妻子已然有了身孕而为尚未出生的子嗣预订婚约，而这厢两对新人端的是耕耘播种之始，何时得以发芽结果，谁能知晓？

纯粹为了长辈开心，桂俊生与谢启财只好嘻嘻哈哈地按叮嘱做了，权当插科打诨，为酒宴助兴。借着酒酣耳热之际，两人果真割下各自的衣襟，并交换保存。

多亏新婚期间的新郎官穿大襟上衣，割去内侧衣襟，并不影响外侧系扣。说是割，实则用剪子铰，两位新媳妇何曾想到嫁过来的第一次针线活干的是这个勾当。众目睽睽之下，她们分别用一只手把着自家丈夫衣襟，另一只手则小心翼翼地顺着盘扣外沿铰下窄窄的一溜，生怕误剪布扣致使上衣无法系合。大襟衣服不像对襟款式，后者即使敞开来也无所谓。大襟不扣，则嘀里嘟噜斜吊着整整一大扇，如何穿出去？

酒喝了，话说了，盟也结了，回家各自安好。人生就是一出连本大戏，新婚宴尔不过刚刚开场。

良种沃土加上缺少节制的蜜月，也就月把光景，谢启财的媳妇就如愿怀孕。日子过得很快，就像青菜籽撒在墒情甚好的地里噌噌地长，谢家媳妇肚子眼瞅着越来越大，而桂俊生的老婆纹丝不见动静，除了胸前依旧高耸着微微颤动的双峰，其余则一马平川。

谢家人挺纳闷，看着桂家两代男人终日忙碌于生意上的事，签合同、收棉花、催工期、卖布料，好像没工夫琢磨女人怀没怀上这些琐碎之事。可是事情架不住对比，谢启财媳妇凸起的肚子成了标志，左邻右舍有些饶舌好事的人，茶余饭后就偷瞄桂俊生媳妇的肚子，发现总这么平坦，就开始窃窃私语瞎议论——

"是不是这女人不生养？"

"不会吧？看着奶大腚肥腰又细，这样的身子很容易揣上的。"

"说不定男人不中用。"

"你还别说。我娘家表哥的三小子,成婚七八年了,中药吃了上百副,怎么都不照。最后悄悄借的种才怀上,讲起来都臊人。"

这些私底下的闲言碎语当然不会传到桂家人耳中。嚼舌头的人忌惮桂家的势力,即使背地里议论,也是压低了嗓门。反倒是谢启财见到桂俊生,会以玩笑口吻催促桂家老大加快步伐——

"掐着日子呀,瞎整不照,身体也吃不消!"

男人之间说这种话,前提是交情甚笃,被说者往往会出拳捶一下对方,以示愠恼,然后一笑了之。果然,桂俊生捶了,笑了,回嘴道:"天意人力,顺其自然吧!"

两家媳妇到底是自外乡嫁入,双喜之庆的宴席上初识,不过半年光景。有一日,两个媳妇在街上偶遇,寒暄几句后,腆着肚子的谢启财媳妇居然也讲出类似的话:"让你男人在那几天上身,一次就管!"

桂俊生媳妇听了,臊得连忙双手捂脸,面色绯红道:"羞死了,讲什么的该?"

对男人来说,这种玩笑话只能说上两三次,逗逗乐而已。富裕人家的生活,吃饱穿暖没问题,而饱食终日后,枯燥毕竟是常态。没了如此调侃,日子难免乏味。但总这么说,玩笑容易被误解为嘲笑,弄得不好让对方瞬间翻脸,彼此下不来台。

男人的底线有个两个要紧之处,绝对不能触碰——一是"种不上",二是"不举"。前者涉及"废种"。种过地的人都知道,若是"根"毁了,庄稼的事就别想了。可是表面上一切如常,搓粉抟朱,携云握雨,藏着掖着或许还可以打个马虎眼;后者更显敏感,万一让人知道银样镶枪头,揣着像回事,实则不好使,那男人的尊严就荡然无存。所以,大家尽管以此说笑,但都拿扭着分寸,并不越雷池半步。

男女之事,过来之人哪个不心知肚明,明事暗做的延伸意味还包括明话暗说,诸如云雨之欢、腾云驾雾、春宵一刻、颠鸾倒凤……

110

意会的作用远胜于言传。即使以此骂人,也不能把话说透,否则就露出行事的龌龊与人性的下作。无论贫富,曹山桥的人多年来在这类事情上都是如此把握的。所以,此地民风虽然彪悍,但动手多过动嘴,动嘴多数说的是"打断腿",恼怒到极点,最难听的话也莫过于"小×养的"。

谢家的千亩良田恰好远离曹山的坡地山地,占尽平坦地势与密布水塘,水稻、麦子与玉米交替种植,产量颇高。前人置办下来的风水宝地再次荫及后代,谢启财的媳妇足月后给谢家生了一个大胖小子。

荣升祖辈的谢旺田是讲究人,刻意将孙子的百日宴与儿子的婚宴安排得同符合契,邀请宾客也尽数相当。有道是"今旦夫妻喜,他人岂得知"。此喜乃指喜得贵子。"他人"为谁? 在谢旺田眼中就是婚礼参加者。既然"他人"见证了谢启财的结缘,那么喜得贵子定然要向"他人"当众禀报。

与婚宴场所一致,百日宴百十桌的场面,也是在曹山桥最大的麦谷场布设的——当然,这里本就是谢家地界,人家可以任意操作。顶上架着席棚,用于支撑棚顶的竹竿扎在土中至少两拃深,甚为牢靠,遮阳避雨没问题。这很重要。婚礼日子依凭黄道吉日择选,包括看天象,刮风下雨总要设法避开。而孩子过百天的日子无可变更,必须做到风雨无阻。最醒目的是,席棚外侧的横架上,隔上五七米便悬挂着布艺虎头和铃铛,小风一吹,叮当作响,既有喜庆、吉利、辟邪的意味,也煞是好看与悦耳。

让谢旺田心满意足的是,从宴席现场四处眺望,麦苗青青,绿浪滚滚,满目尽是自家的田地。微风轻拂而过,坐在主桌主人席位上的谢旺田分明能嗅到麦苗特有的淡淡清香,他不免有些飘飘然。都说富不过三代,穷不过五服,自我陶醉中的谢旺田暗自想,如果这刚添的谢家大胖小子二十年后能如意接手这份田产,那可就是整整四代人了。

顺风顺水的谢旺田固然开心快慰，但在给桂府送帖子时却小心翼翼，唯恐自家志得意满的劲头刺激到对方。他断然否决了儿子谢启财给桂府送一份统一拓印请帖的打算，那上面不过以孩子祖父谢旺田口吻写了寥寥数字——"敬请出席吾孙百天生日酒宴"。谢旺田沉思再三，亲撰并手书请柬内容，口气煞是委婉谦恭："逢稚孙谢万昌百天生日之时，不胜欣喜。承蒙祖上恩泽，亦托桂家之福，前岁桂家所倡双喜之庆，感念上苍，吾家受益匪浅。荷蒙厚谊，恭请桂家驹兄台方家携举家长幼莅临三日后午时酒宴。"

其实，谢旺田多虑了。

要不说性格迥异能结成至交还真应了"相得乃益彰，压倒众芳菽"的老话。友情往往取决于性格上的互补而非彼此悉知。两个在曹山桥一起生活了大半辈子的人，熟络到了解对方酒量与划拳路数，知道彼此对女人的喜好，也能掌握开玩笑时互相坚守的底线……可以说，一切表面上能看到的东西，他们相互之间都不陌生，可就是很难洞察对方的内心。

谢旺田常年不出门，坚守着自家的土地，精于算计与看重眼前的得失。而桂家驹年轻时开始随父亲涉足工商两道，游走于天南地北，绝对是曹山桥出门最多的人，啥没见过？因而，桂家驹不会像谢旺田担心的那般小肚鸡肠。再说了，桂家驹和谢旺田不是一路人，想的事情常常南辕北辙。

桂家驹的生意早在数年前已经布达南洋海外。前几日刚刚接到信函，说南洋那边设厂事宜已经谈妥，有福建商人与当地华商亦同意携资金介入合作，且福建商人已先期抵达。厂房是现成的，设备只待桂家驹到后采购。果真是诸事具备只欠东风。桂府客厅正墙挂的对联正符合桂家驹此时的心境："春风得意财源广，和气致祥家业旺。"

与谢旺田一门心思让儿子承继土地与家业不同，开厂设店起家的桂家驹常常训导桂俊生要有独自承担的意识。

"你是独子，凡事你不自己扛，没人可以帮你。"

这使得谢启财与桂俊生的孝心表现差别很大。谢启财的孝顺，总是唯唯诺诺，生怕怠慢父亲而影响自己成为千亩良田的继任主人。而桂俊生觉得，对父亲的遵从与关心有时更多的是一种责任。只不过每逢桂家驹在家人聚集的场合以教训口吻对桂俊生说这种话，女儿桂俊英就表明自己的不满——

"俺哥哪里是独子？我不算桂家的孩子？"

桂家驹虽然器重儿子，但更疼爱女儿，就呵呵笑着急忙解释："我的个乖乖，在你爹我这里，'独子'乃一个儿子之意，并非一个孩子。你可是咱桂家的千金，千金千金，万千之斤，分量之重，哪个比得了？"

兄妹俩听话听音，各自取经。桂俊英当然知道父亲并非敷衍，父爱的感受是切身的，她只不过对"独子"的概念娇嗔地表达了不满，而在内心深处却理解父亲对兄长的要求。

不管怎么说，父亲桂家驹常年挂在嘴边的教诲，在桂俊生心里渐渐发挥了作用。桂俊生听说南洋那边暑热湿重，担心父亲年岁渐大，恐身体难以承受，便执意代父前往。桂家驹一开始有些犹豫不决，担心儿子掌控不了南洋那边业务拓展初始面临的复杂局面。后来看到儿子意志果决，又想到女儿桂俊英尚未出嫁，加上曹山桥这边的事务一时半会无法了结，桂家驹便答应了儿子桂俊生的请求。

赴宴前夜，桂家突然有了意外之喜。

那天午后，桂俊生媳妇犹豫不决地向丈夫打探，听说镇子主街上济弘中药铺老板懂些号脉手法。桂俊生先是一愣，然后看了看媳妇的眼神，马上心领神会，二话没说，高价包了一辆黄包车，带着媳妇直奔蚌山崇正教会医院而去。

检查结果让桂俊生欣喜若狂:媳妇怀孕了。他们回到曹山桥的时候,夜色已然降临,老爷子桂家驹和桂俊英正在家中忙着为明日赴宴所带礼品——银质长命锁装盒。听闻喜讯后,先是桂俊英高兴得跳了起来,呼唤着:"我要当姑姑啦!"

桂家驹半晌没吭气,但家人们都清楚地看到,老爷子眼中已然充盈着泪水。片刻之后,桂家驹声音洪亮地说:"明日借谢家百日宴的场合,我要宣布桂家的两件大事!"

心结

在人家举办某种仪式的重要场合宣布自家的大事,无论如何都是一件欠妥失礼的事情。且不说婚丧嫁娶这类家中顶尖要事,即便年节时令为图吉庆主家宴请八方,来者带着笑容与祝福而后顺便胡吃海塞一番就足矣,怎么着也不能有一丁点反客为主的意思。况且谢家百日宴,陈老先生势必以贵宾身份出席,他在很多时候扮演着曹山桥乡俗民规的评判者。

桂家驹对这些心知肚明,但南洋那边催促得急,桂俊生不日即将出发。此一去,多半时日无限,甚至彼地安家可能性极大。桂家父子商议,尽管媳妇有孕在身,路途劳顿可能带来不便,却也不得不随夫同行。桂家此举,动作不可谓不大。桂家驹估摸,若不以此场合广而告之,恐怕再无时机。宣告一下,至少可以稳定一下曹山桥几十家工场与店铺的人心。

多少年来,门匾挂府的桂谢两家时常以各种名目设宴摆局。桂家驹和谢旺田早已熟悉互为主宾的各种路数,流程清晰,仪式完整,但这次谢旺田为孙子谢万昌主办的百日宴却有些不同寻常。

谢旺田抱着孙子甫一亮相,满场即刻便响起叫好声与鼓掌声。麦谷场空旷敞阔,又连着田野,肯定不拢音,但百十桌客人凑在一起的喧噪之声依然显出此时此地气氛的热烈。

原本担心春风带着凉意,孩子被裹得严严实实,仅露出一张小脸。可是,天遂人愿,正午的阳光格外明媚,温暖和煦,甚至微微有些燥热。谢旺田灵机一动,索性解开包裹,故意向众人展示一下自家孙子的雄风标志。没料想那孩子在获得"解放"的一刹那,居然从"标志"处滋出一泡尿来,劲力十足,形成一道抛物线,不偏不斜正巧滋到谢旺田脸上,引得宾客们哄堂大笑。

混杂着尴尬与开心的表情,谢旺田一下子有些不知所措,幸好谢家用人反应迅捷,急忙接过孩子,抱至一旁。

谢旺田像是自言自语地说:"我的乖乖,这熊孩子真他娘的不识时务!"

按说,此时谢旺田应该发表百日宴开场辞,讲一番承蒙祖上福荫、多谢乡邻关照之类的客套话,但他却忙不迭地用袖口擦拭着孩子留在他脸上的尿渍。儿子谢启财还算有眼力见,马上递给父亲一条湿毛巾。坐在主宾位置上的桂家驹觉得机不可失,趁冷场的当口,站起身端着酒杯说道:"诸位乡亲,吉日良辰,童子撒尿,红运当头,艳阳高照。鄙人桂家驹借此良机,为旺田兄喜得贤孙敬一杯祝福之酒!"

谢旺田有些诧异,暗自想:"我还没开场,老桂急幌子的该?"

不过,谢旺田很快转过神来。他觉得桂家驹很够朋友,自己被孙子尿得满脸尿(suī)骚,一副狼狈之相,人家抢话分明有救场的意思。

更让谢旺田没想到的是,桂家驹滔滔不绝的言语之中充满对谢旺田和谢家的溢美之词,用词极尽夸赞之能事。桂家驹心里明白,平常赴宴也得说些恭维主人的话,今天要占用人家场子说自己的事,即使恭维过头,也说得过去。

人吃五谷杂粮,哪能没有弱点?所谓男人不禁夸,女人不禁骂便是其中之一。桂家驹洋洋洒洒的一通美言果然让谢旺田陶醉其中,甚至有些得意忘形。哪承想桂家驹话锋一转，说道："我桂家驹今日借此机会，郑重敬告列位，桂氏织业的业务马上伸展到南洋，售卖中心也将一并迁移。犬子桂俊生将代表鄙人前往任职，后日携家眷出发。大家放心，我还在曹山桥，工场业务暂且不停，照常开工。店面销售人员如有意愿，未来可随迁至南洋。"

这消息立即震惊四座，大家面面相觑。来宾心态各不相同，且不说羡慕嫉妒恨各有原委，在座的毕竟有不少在桂氏织业做工的曹山桥人。

一时间，来喝百日宴酒的宾客纷纷上前祝贺桂家驹，搞得酒宴主旨立时支出两岔。谢旺田有些发蒙——这算怎么回事？我家孙子过百天，与你在南洋拓展生意挨不上边呀！谢旺田虽有不快，却说不出口，因为来主桌敬酒的宾客都是先恭贺谢旺田喜当祖父，接着顺便才去祝贺坐在主宾位置上的桂家驹生意再度发达。

按照父亲所嘱，桂俊生没有在大庭广众下宣布自家媳妇已经怀孕的消息，而是贴着谢启财耳朵悄悄地告诉了他。

谢启财惊讶得睁大了眼睛，高兴地连续用拳头击打桂俊生的前胸，说："你小子还行呀！这么久了，我以为你不管斤呢！"

桂俊生嘿嘿笑道："哪个讲的？慢慢来，功夫不负有心人。"

谢启财起身来到坐在主桌正中央的父亲谢旺田跟前，弯下腰低声说道："俺爸，今天又是双喜临门。咱家万昌过百天，桂叔也要抱孙子啦！"

谢旺田听后，依然先是一愣，立刻明白桂家驹今日何以这般，心想，桂家驹这家伙够有心计的，借我的场子，变着法子唱了一出《借东风》。终究两人关系要好，谢旺田紧皱的眉头还是舒展开来，笑着对坐在一旁的桂家驹说："哈哈，桂兄啊，看来咱家万昌有福了——要么多了一个兄弟，要么就要有媳妇。你家俊生和他媳妇走了啥时回来？三五年差不多了吧？生了小子，回来后正好与俺家万昌一块玩耍，一起长大。若是丫头，我也尽尽责任，小时候当闺女疼，长大了正好给俺家万昌做媳妇。"

桂家驹也笑了，附和着说："旺田兄说得对，咱可是有过割襟盟约的，这是咱桂谢两家的大事哟！"

桂兰去年在吉隆坡莱佛士学院念大学一年级。她入学时年龄偏大，如果不是因为日军占领南洋，桂家与其他华人为躲避追捕与杀戮而四处躲藏，她此时本该大学毕业。

莱佛士距莎阿南四十来公里，每日往返并不方便，所以桂兰平时住校。有一次周末回家，恰好赶上祖父桂家驹忌日。十几年前，桂家驹从老家曹山桥来到莎阿南，因水土不服，不到一年便染疴身亡。每年此时，父亲桂俊生都会在家中堂屋条案上供放水果，条案上方的墙壁上悬挂着祖父桂家驹装在镜框中的照片。桂兰进屋后，点燃三炷香，然后拱手捧香朝着祖父遗照鞠了三次躬，再将香柱插进香炉之中。

桂兰记得很清楚，祖父桂家驹去世一周年忌日那一天，刚满十岁的她正准备跪下对着祖父桂家驹遗像叩拜，却被父亲桂俊生拦住。父亲说，女孩子鞠躬即可，等你长大成人后再跪拜祖父。

桂兰有些不解，因为小她五岁的弟弟桂杰华懵懵懂懂地跪下叩头，父亲桂俊生并未阻拦。

桂兰不解的不仅如此，还有自己的姓名。明明是"杰"字辈，她却没有按照桂家家谱中"举家俊杰，永世光昌"的辈分排序，名正言顺地起名为桂杰兰。

桂兰上小学后，父亲桂俊生才告诉她，最初起名确为桂杰兰，可是尚在曹山桥的祖父桂家驹在回信时专门叮嘱，桂兰为珍贵花木，材质优良，如朱熹所言，"亭亭岩下桂，岁晚独芬芳"，无"杰"字居中，寓意品行高洁，更显不凡。

虽然生活在南洋,但桂兰知道那些祖籍地在福建、广东等地的华人,祭祖时规矩极为严格且烦琐,三叩九拜缺一不可,且不分男女。幸好雪兰莪的皖中乡亲屈指可数,规俗无从比较。之后每年此时,桂兰每每鞠躬。迄今为止,父亲从未告诉她何时算作成年并可以下跪叩拜。

桂兰向祖父遗像鞠躬完毕,再向父亲请安。桂俊生点点头,并未如往常那般问询桂兰在学校的生活和学习情况,而是递给她一张照片,说:"照片上的人叫谢万昌。照片你先留着,以后慢慢告诉你事情的来龙去脉。"

桂兰看了一眼,照片上的小伙子,淡淡的眉毛,眯缝眼,梳着大分头,嘴角略向上扬,神情中露着些微傲气。桂兰并不清楚父亲的用意,但她断定父亲不是给她介绍相亲对象,因为她曾经明确告诉父亲,她要自己寻找未来的如意郎君。以桂兰对父亲的了解,即便他有这个打算,起码会事先与她商量,不可能如此唐突地将对方照片给她。

桂兰猜想,照片上的人可能是生活在雪兰莪的某位华人子弟,没准他的学业、家业、事业在某个时刻会与自己有所交集,需要她提前有所了解。无论如何,桂兰都想不到这张照片背后竟然藏着两个家族之间悠远而复杂的故事。

父亲桂俊生没有食言。从那之后,每次桂兰从吉隆坡回到家中,桂俊生都会给她讲述桂谢两家交往的故事。有时是笑谈,有时语气严肃,间或还会叹息与感慨。只是桂俊生每次仅仅讲述一小段,前后情节断续相离,似连非连。

父亲的讲述让桂兰产生了错觉,那些如烟的往事错综复杂,仿佛华文报纸连载的故事或传奇一般,惹得桂兰渐渐听出了兴致。直到次年再遇老爷子桂家驹忌日,父亲桂俊生的讲述戛然而止。桂兰似乎没有听够,企盼还有下文——

"接下来呢？"桂兰问。

"接下来桂谢两家相隔两地喽。咱们桂家在雪兰莪，谢家还在曹山桥呀！你爷爷刚来那会儿，我们两家还有联系。两家老人的关系十分要好，都彼此惦念着对方。爷爷去世的消息，我写信告诉了谢启财，让他转告谢旺田老人。不知道什么原因，谢启财没有回信。也许是怕他的父亲谢旺田老先生闻之伤心吧！我们差不多十多年没再通信了。去年，我突然接到谢启财的来信，这让我喜出望外。他说，曹山桥依然如故，他的儿子谢万昌已经成年。现在谢启财偶尔还会写信来……"

桂俊生在讲述中并没有畅所欲言。讲到桂谢两家双喜之庆，桂俊生刻意打了一点埋伏，他将两家后人结为金兰的约定讲得绘声绘色，而对指腹为婚之事则轻描淡写地一带而过。不是没说，而是说得隐晦，匆匆几句而已。

但桂兰还是听出了端倪，她之所以希望父亲继续说下去，就是想从中发现其中的奥秘。桂兰猜测，谢万昌的照片应该是这则故事的起始和诱发点。桂兰从父亲的讲述中反推，她与谢万昌之间潜存着某种关联。既然同为男孩子或同为女孩子须按割襟之盟结为金兰，那么一男一女的谢万昌与她当该如何呢？桂兰心中油然生出好奇之心。

桂兰的记忆仿佛突然被唤起，她隐约想起祖父临终前的情形——不满十岁的桂兰站立于一旁，目睹祖父桂家驹双眼呆滞却又拼命睁着。父亲紧紧握着祖父的双手，生怕漏听祖父的遗言。桂家驹半晌说不出话来，直到咽气之前，才断断续续地说："别忘了咱家和谢家的约定。"

那时桂兰年幼，对祖父所说不甚了了。桂兰现在渐渐有些明白，父亲在纠结中传递着祖父的意愿，只是这个意愿本来的含义在父亲的讲述中变得越来越少。

其实,在桂兰心中,这一切都不重要。重要的是,桂兰萌生了回国的意念。祖父与父母口中的曹山桥是个遥远且陌生的存在,她很想去了解那个与自己本无关系却又无法真正摆脱牵连的故乡。当然,桂兰打算回国并非因为父亲桂俊生隐隐约约告诉她桂、谢两家曾经有过盟约。

桂兰出生在雪州小城莎阿南。这里以及周边开采锡矿、经营商铺者多为华人。桂兰一直在华文学校念书。念高小时,桂兰按老师要求开始默记课本上唐诗单元诗篇。一日读到卢纶的诗作《长安春望》,"东风吹雨过青山,却望千门草色闲。家在梦中何日到,春来江上几人还",联想到近来默记中看到许多"春"的诗句,"春眠不觉晓""报得三春晖""最是一年春好处",桂兰便觉得不好理解。

华人把当地人称为 Negeri Selangor 的地方叫作雪兰莪,并且按照汉语习惯简称其为雪州。华人们经常谐谑,雪州无雪,终年炎热。在炎热中长大的桂兰反而觉得冬天的寒冷可以想象,只是她很难感受介乎于炎热和寒冷之间的春天有什么不同。于是,桂兰向父亲桂俊生寻求答案。

"在我们的故乡,每年冬去春来,都是万物复苏的时节,温暖和煦,生机盎然,那是我们能够感到的最美好的时光。草木在野,向暖而生。春天来了,美好日子跟着就来了。"桂俊生说。

"爸爸,既然好日子来了,为什么诗中写到的人物还漂在江上不回家呀?"桂兰问。

桂俊生一时语塞,不知如何作答。桂俊生本想回答诗境的核心讲的是离愁别绪,可是桂兰的问话却打断了他的思路,牵出了隐藏在他内心深处思乡的情怀。桂俊生眼圈蓦然发红,进而泪眼婆娑,他赶紧转身掩饰。年岁尚小的桂兰十分纳闷,自己只是问了一个再寻常不过的问题,怎么会引起父亲的伤感?

十多年转瞬即逝,桂兰渐渐懂得第一代南洋华人漂泊在外的心境。自己生长在椰林海天之下，不像父辈那样对故土有着深深的牵挂。上中学后，桂兰慢慢知道，父亲当年的伤感、时常流露出魂不守舍的神情以及常常看着祖父桂家驹的遗像发呆，都是因为浓郁的思乡之情——

父亲桂俊生思念的不仅有曹山湖微波荡漾的水面、芦苇荡里散发着泥土与草丛混合的气息，还有他经常提及的桂俊英。桂兰很早就知道，姑姑桂俊英是父亲唯一的妹妹。在父亲桂俊生的描述中，姑姑桂俊英从小乖巧可人，既贤淑知理，又自立要强，深得祖父桂家驹宠爱。桂兰不解的是，既然父母和祖父先后都从老家曹山桥来到雪兰莪，为什么偏偏把姑姑桂俊英丢下？

桂俊生说，姑姑成家了。对一个女人来说，家在哪里，她理所当然就在哪里安身立命。人随家居，妻随夫行；嫁鸡随鸡，嫁狗随狗。这是中国人的习俗。

桂兰说，那怎么可以？人怎么能够与鸡狗一起生活？这简直就是歧视女人，难道女人不是人吗？

桂俊生说，此言差矣。我在曹山桥念私塾时，我的老师陈老先生说过，此话本为"嫁稀随稀，嫁叟随叟"。"稀"为少年，"叟"为老年。后来因为口音误读，以讹传讹，成为鸡狗之说。此类误读在汉语中很多，譬如骂人话"王八蛋"本为"忘八端"。八端指的是孝、悌、忠、信、礼、义、廉、耻，忘记八端就是忘记做人根本，当然为人们所不齿。那句话的意思是说，女人不管所嫁之人有钱没钱，或者年纪大小，都要踏踏实实过好日子。

逢年过节的时候，桂俊生常常借说桂兰的姑姑桂俊英，意味深长地对桂兰如此讲述。

桂俊生生怕女儿不甚理解，进而补充道："天底下哪个做父亲的不希望自己的女儿过上好日子呢？咱们桂家离开曹山桥的时候，正当姑姑婚嫁年华，我们在雪兰莪人生地不熟，如果姑姑随家人同来，很可能会错过婚姻选择的最好时机。实际上，当年你爷爷就是为了在当地给姑姑找到合适的好人家，迟滞了数年才来到雪兰莪。"

祖父和父亲的故乡以及仍然生活在故乡且未曾谋面的姑姑，成为桂兰回国的重要牵动力。桂兰知道，曹山桥也应该是自己的故乡，只不过她对这个概念上的故乡没有切身感受，更谈不上情感牵挂。父亲的描述和桂兰自己的想象构成了她对故乡的全部认知——村似镇，镇若村，熙熙攘攘的赶集人群……她最想知道的是，故土的曹山与雪兰莪的皇家山哪座山更高？淮河与巴生河哪条河更长？曹山上会不会也生长着茂密的棕榈树和木棉树呢？

桂兰心中有个秘密，从没跟任何人提及。十四岁那年，情愫萌生的桂兰悄悄倾慕上一个年长她许多的邻家大哥。

邻居一家刚刚从槟城搬来不久。那家主人姓黄，是雪兰莪一家锡矿的老板。他们家也是两个孩子，一儿一女，只不过都比桂家孩子年长许多。长子名叫黄一峰，在吉隆坡读大学，而桂兰当时则是莎阿南华文中学的初三学生。

有一次，黄一峰回家度周末，正巧在两家大门外的马路上遇到桂兰。黄一峰剑眉炯目，鼻挺口阔，肤色白皙，身板笔挺，这样的身高和形象在南洋的华人男孩子中很少见到。面对如此高大帅气的大哥，桂兰一下子被惊呆了。青春期的女孩子难免羞赧腼腆，有点不知所措，而黄一峰则主动朝桂兰微笑着点点头，虽未言语，却儒雅得体，斯文有加。

然而，就是这一微笑，让桂兰心中怦怦直跳。"终风且暴，顾我则笑"，那一学期，桂兰刚刚背诵过《诗经》中的篇章《终风》。她知道那句诗的意思是"狂风之中，他看着我笑了"。那天晴空万里，一丝微风也没有，但桂兰内心像狂飙突起，久久不能平静。

卢沟桥事变的第二年，黄一峰刚刚大学毕业。他果断放弃了接手父亲的矿山当老板的机会，与许多人一起报名回国参加抗战。那段时间,南洋华人支持国内抗战的热情很高,除了捐款捐物,陆陆续续有许多青年直接回国参加抗战。

很快就要上高中的桂兰记得很清楚,莎阿南的华人青年回国参加抗战大致有三个去向。黄一峰的祖父来自福建,他与十几名福建籍青年一起奔赴福建龙岩参加新四军,人数更多的那拨人以"南洋华侨机工回国服务团"的名义奔赴云南昆明去当汽车兵,还有少数几个人去重庆当了飞行员。

黄一峰这批人动身离开雪兰莪那一天,许多华人赶到他们的集结地送行。雪州福建同乡会安排了舞狮活动,不像春节舞狮活动中三狮齐备——黄色刘备狮、红色关公狮、黑色张飞狮,分别代表仁义、忠义和勇猛,同乡会刻意安排红色关公狮挑头,以喻示忠义和胜利。大家争相跟这些即将远行的壮士握手并拍照合影。黄一峰的父母站在一旁悄悄抹着眼泪,热烈的场面带着一丝悲伤。

桂兰好不容易挤到黄一峰跟前,嗫嗫嚅嚅地说:"黄大哥,我好想跟你一起去呀。他们嫌我年纪小,报名时就把我拒绝了。"

黄一峰笑着对她说:"小兰妹妹,等你高中毕业,假如抗战还在继续,你再来参加新四军。"

桂兰说:"记得来信呀。"

黄一峰点点头,冲着桂兰笑了笑。

黄一峰最初的微笑和告别时的笑容,让桂兰牢牢铭刻在心。

然后……桂兰很失望,她从没接到过黄一峰的来信。自从黄一峰走后,桂兰心急如焚地到处打探他的消息,毫无所获。终于有一天,桂兰壮着胆子敲开黄家大门询问情况。开门的是黄家用人。弄清原委后,黄家用人告诉她,家里也只是收到过两封来信。黄一峰在第一封信中告诉家人,他到福建龙岩后就参加了新四军第三支队;第二封信则寥寥数字,笔迹显得潦草仓促,仅仅告知自己已随部队转移到了皖南……

两年多后的一天，桂兰发现黄一峰家门口摆了许多花圈和挽幛，不时有人路过便朝着花圈与挽幛鞠躬致哀。桂兰得知，黄一峰在皖南牺牲了——黄一峰的家人先是在《星槟日报》上获知皖南事变的消息，接着收到国内发来的电报，确认黄一峰牺牲于皖南泾县一个叫茂林的地方。

桂兰闻讯后伤心欲绝，独自跑到当年黄一峰他们出发的集结地——巴生河边，在河畔的树荫下大哭一场。后来，桂兰想方设法搞到一张中国地图。在地图上寻找皖南的位置，又非常委婉地向父亲桂俊生打听。桂兰终于得知，原来自己的祖籍地曹山桥与黄一峰牺牲的地方委实很近，算起来差不多也就相当于从吉隆坡到新加坡的距离。

返乡

轮船鸣着长长的汽笛声驶入吴淞口，桂兰知道离上海十六铺码头越来越近了。她隐隐约约可以看见远处岸边零零散散矗立的船舶桅杆，以及更远处巴洛克式样的圆屋顶。

说不好什么原因，原本清晰的景色被江面上突然升腾的雾气遮掩，轮船靠岸速度明显减缓。桂兰凭栏仰望，发现当空悬浮的日头在雾气笼罩中变得迷蒙起来，辨得出轮廓，像一个淡粉色的圆球。阳光仿佛透过厚实的纱幔轻柔地渗出，丝毫没有刺眼之感。桂兰的心绪如同被雾气遮蔽的日头，变得不那么明澈与透亮。

桂兰在诸多诱因促使下返回故乡，而当故乡越来越近时，她却感觉有些迷茫。桂谢两家的故事貌似有她的影子，桂家祖祖辈辈在这里留下过痕迹，抱柱联上写的"七秩"与"千秋"都是岁月久远的标志，她孕育在这里，割襟之盟约定的是她和另外一个人的生活……桂兰反复思忖，往事中的自己似乎是虚构的，因为她一直认为自己与这一切并无干系。

桂兰在听父亲讲述故乡往事时，这种感觉就很明显——有趣、好玩，甚至引人入胜，像评书，更像小说——对啦，她觉得某些地方多少有点像张恨水写的小说《金粉世家》，只不过她不是白秀珠，更不是冷清秋，可是白家与金家毕竟是交往甚笃的两个世家呀！

现实生活总是索然无味的，朝起暮寝，一日三餐，平淡无奇。假如生活变成了错综复杂的故事，那还真实可信吗？最重要的是，无论是世交结下的深情厚谊，还是祖辈设定的美好愿景，都与她曾经的生活相去甚远，更不能代替她对生活的选择。

桂兰能听懂也习惯于父亲桂俊生满嘴的蚌山方言，但自己一句也不会说。她从小在雪兰莪接受的是华文教育，读过四书五经和唐诗宋词，可惜她只能讲国语和英语。

中式教育在南洋华人中十分普遍，而英人带来的西式文化也无处不在。假如二十四岁的自己果真毫无条件地答应履行二十六年前订下的婚约，那就不成了二十世纪的笑话？这种事情或许在一些偏远地区可能存在，但更多情况下早已成为话本评书中演绎的传说，就像《二刻拍案惊奇》卷三十讲的"瘵遗骸王玉英配夫，偿聘金韩秀才赎子"这个发生在明代指腹为婚的荒唐故事那样。

只有一件事情，连桂兰自己都觉得奇怪：她内心深处并不排斥结识谢万昌。桂兰在轮船上百无聊赖的时候甚至还把他的照片拿出来端详了许久——从长相上看，谢万昌比当年自己暗恋的黄一峰差得很远。黄一峰身材高大，俊朗中透着书卷气，白衬衣配着背带西裤显得儒雅斯文。而谢万昌的大分头很夸张，露出一股滑稽可笑的土气。

桂兰喜欢看南洋华文报纸副刊上登载的漫画，讽刺对象常常就是三种男人：头戴瓜皮帽的商人、大肚子秃顶鲁莽汉和梳着大分头的奸孽。这或许是桂兰不喜欢这种发型的原因。不喜欢与不排斥交织在一起,桂兰自己也搞不清楚这是何种心理作祟,好奇心吗?

那个在百日宴的场合滋了他祖父谢旺田一脸尿的谢万昌终究是自己的同龄人,又与自己有相近的世家交往背景。桂兰想,我们都孕育在曹山桥,却在不同环境下长大,他会是一个什么样的人呢?姑且不论其他,没准谢万昌能成为自己融入故乡的桥梁。

桂俊生其实知道女儿桂兰的秘密。但既然女儿瞒着他,那他索性假装一无所知。从桂兰情窦初开悄悄喜欢邻家大哥黄一峰,到她得知黄一峰在皖南牺牲的消息而独自在巴生河畔伤心哭泣,差不多全部过程桂俊生都看在眼里或有所感知。桂俊生觉得天底下没有比他更关心女儿的人了,这也是他不让夫人插手而是自己亲手安排桂兰回国事宜且故意态度含混的原因。

桂俊生担心的是,女儿桂兰的暗恋在特殊境况下形成了心结,这与有过爱情而后来失恋并不一样。失恋的人重新开始一段新的感情旅程或许可以消除以往的伤痛,但桂兰从来就没有真正开始过。她哪里会懂得,所有悲欢离合在人生长河中不过就是一朵朵浪花,涌起时看似蓬勃,但很快就会消散。

黄一峰牺牲的时间过去了许久。桂家也和其他华人一样,在日军入侵南洋时跑到山区躲避。桂俊生发现,无论他们的家搬到哪里,及至重新回到莎阿南家中,那张地图始终跟随着桂兰。桂俊生有一次非常偶然地看了一眼那张地图,上面竟然被桂兰用红笔在蚌山和泾县之间画了一条连接线。

桂俊生明白,黄一峰的身影依然留在桂兰心中。假如不能纾解,桂兰将很难面对未来的人生。或许应该让她按照自己的意愿返乡,去了解她想知道的一切。

桂俊生唯一的顾虑是,桂兰此次返乡,名义上甚至算不得投亲靠友。

桂家在曹山桥已经人去楼空,桂府早就没了踪影。当年桂家看似轰轰烈烈,实际上全凭织业庞大以及做工者众多在支撑。曹山桥的许多街巷都能看到挂着桂氏织业招牌或幌子的门脸,而桂家本身人丁并不兴旺。

谁也没有想到,正是那个土匪出身的李姓军官后来脱离军界,悄悄买下了桂府,把在蚌山讨来的小老婆安顿于此,隔三岔五地光临这里。李姓军官摘下桂府牌匾那天,恰好桂家驹老爷子启程前往南洋,女儿女婿在蚌山雇了一辆雪福莱小轿车前来送行。路过桂府老宅时,桂家驹特意从车上下来,在大门前默默地目视了一会,抱柱联已经被涂刷的油漆覆盖,想到"庭留萱草茂千秋"已经成为过往,桂家驹一时无法自制,老泪纵横。

迁走或搬家对桂家而言不是一件令人悲伤的事。或许因为浙北那一带人多地少的缘故,桂家祖上历来不安于种田,几代人东奔西跑地寻求谋生方式。就像桂家驹祖父当年从老家迁来一样,桂家驹及儿子桂俊生这两代人从曹山桥去南洋拓展产业和生意,也与祖训以及祖上追求一致,并无不妥,本是值得高兴庆贺之事。但毕竟在这里生活了几十年,桂家驹内心多有不舍。

桂俊生做事历来用心,在父亲桂家驹到来之前,将重新制作的桂府牌匾挂在莎阿南桂家院子外的铁栅栏门上,三平尺见方,与人的眼睛齐平,无须像曹山桥的桂府大院那样仰视。

"桂府"两字并非手写,而是机刻楷体,下面镌刻英文,意思是伊努翁路十一号。顺着伊努翁路一眼望去,发现这种牌匾家家户户差不多,原来就是普通的门牌号码。如果说还有些微差别,那就是其他人家多以姓氏加宅标注,如张宅、李宅之类,极少数为纯英文牌匾。

桂府牌匾的移除并不意味着桂家彻底抹去了在曹山桥的痕迹。

出曹山桥向东南步行一里地,有一座石砌墓地,半围合着汉白玉石围栏,背后与两侧栽满两人高的松柏与冬青,看上去郁郁葱葱。墓地并不孤单,却很显眼,规模与档次明显高于周遭零零落落的土坟头。

那就是桂家驹父亲与母亲的合葬墓。桂俊生听父亲说过,祖父母的墓地之所以选在曹山桥东南方向,除了风水因素,最重要的原因是面朝浙北老家方向。

桂家驹的祖父虚龄十八岁来到曹山桥——原因很简单,兄弟四人中他排行老三。长兄跟随父亲当帮手,未来理所当然接手家业。二哥从父亲手中分得一部分产业,仍然留在故乡干本行,只是规模体量偏小,加之经营手段乏善可陈,以至于产业境况勉强,日子得过且过。二媳妇为此常有龃龉流露,无非就是抱怨父母偏向长兄之类。小弟尚未成年,还需父母养育庇护。

假如桂家驹的祖父也在家乡以织业为生,且不说兄弟乃至姆娌彼此难免生出矛盾,行业空间受到挤压也完全可以想见。身为老三的他果断带着父亲给的一部分资金,只身来到八百里开外的曹山桥。这里的集市延续百余年,布业交易占很大比重。

无论贫富,乡下人家生养的孩子总是很多。讲起来,哪个孩子都是父母的心头肉,但多了肯定就不那么金贵。子女多的家庭整日里如同唱戏的戏台,先来后到,欢喜哭闹,都为了有口饭吃。

有经验的父母常说,老大憨,老二奸,老三老四飞上天。桂家老三在曹山桥果然一飞冲天,年纪轻轻却干得红火欢实,很快站稳脚跟,打下产业及商业根基。在没有父母张罗的情况下,数年后他也顺理成章地在这里置业娶妻,开始生根发芽结果,生生让浙北桂氏在曹山桥支出一个分叉。

时光荏苒,岁月流逝,谁也想不到桂家驹的祖父临到暮年,突然思乡心切,时时念叨叶落归根,及至最后茶饭不思。

桂家驹父亲只得遵嘱,将耄耋之年故去的长者送回浙北老家安葬,路途上自然千辛万苦。也算是冥冥之中的呼应,浙北的另外几个兄弟早已作古,墓地依次排列,而桂家老二与小弟墓地之间居然留着一处空位，出自不同家庭的叔伯兄弟们纷纷告知，那里正是给桂家驹祖父预留的墓位。

而桂家驹的父亲生于斯，长于斯，曹山桥的山山水水是他的全部世界。他与浙北老家并无直接关联，他甚至弄不清楚浙北那边众多叔伯兄弟和姐妹究竟是出自大伯、二伯还是四叔之家。他像父亲一样喜欢吃米饭——老家一日三餐皆为米食，但更像娘家在濠州县城的母亲一样喜欢面食。

桂家驹从小就习惯于父亲和奶奶满嘴蚌山方言，爷爷讲话时无法消除的浙北口音常常成为桂家驹滑稽模仿的对象。每次桂家驹模仿时，父亲就掩口而笑。父亲从来都认为自己是曹山桥之人，所以他的人生到了终了，自然而然地要求在曹山桥入土为安，只是临终嘱托，将自己冬夏两套服装运回原籍祖坟地埋葬，以衣冠冢陪伴历代先人。

身为长孙和桂家这一辈唯一的男丁，桂俊生记得很清楚，爷爷活着时，每年都会在清明时节携家人不辞辛苦地赶着马车去浙北为老人及先祖扫墓。为这事，全家提前几天就得筹措准备，人吃马喂、伞具苫布，样样物品都不能缺少，途中还要找寻客栈歇两次脚。

自从曹山桥有了桂家第一代故人，桂家驹自然便在这里为父亲祭扫。至于浙北老家，终究旅途不便，去的次数越来越少。而为祖父以及先祖的祭扫，就在曹山桥遥相进行。通常的做法就是在地上画个半圆，缺口朝向浙北老家方向，在半圆内焚烧纸钱。无论风向如何，桂家祭扫人都坚信，纸钱燃烧冒出的缕缕青烟都会飘向浙北老家，那青烟不仅会化为先人们在阴间使用的钱财，也带去他们在外乡绵延不断的思念。

谁也没有想到，桂家驹在变卖家产之前最后的一刻做出决断，保留曹山桥靠近湖畔的一处狭小院落。这处狭小院落与桂府同时建造，桂家驹的祖父当初考虑，万一浙北老家有亲戚投奔他而来，总要有个落脚之处。然而终其一生，老家从未来人。父母长眠于此，桂家驹早已将曹山桥视为故乡。自己此一去南洋，很可能像落户于曹山桥的祖父，虽然最终安葬于浙北老家，但一生却难得有机会再返故乡。

桂家驹最纠结的事情是，清明时节谁来代他祭扫父母之坟呢？桂家驹很小的时候听祖父说过"女婿不上坟，上坟惹先人"的民间习俗。他长大后渐渐知晓，这句话实际上是"不孝有三，无后为大"的另一种说法，更深一层的意思是，女儿不能算作家族真正的传人。

桂家驹想，祖父那一辈兄弟四人，遵循这种古老规矩或许理所当然。可是从父亲那一代算起，到儿子桂俊生，桂家已经三代单传。

桂俊生此时人在南洋，自己也要离开曹山桥。无奈之下，有些规矩不得不破。不论怎样，女儿桂俊英都是自己的骨血，她与女婿来祖父坟前祭奠与祭扫，有何不可呢？留下小院既是一份念想，也可以成为女儿女婿清明还乡的歇脚之处。

桂俊生感慨万分，千算万算，不值天一划，当年父亲桂家驹保留小院的决断，使得桂兰此番回国有了栖身之地。

桂俊生拿捏了许久，最终决定给一起长大的玩伴谢启财发去电报，叮嘱让其儿子谢万昌接站，而写给妹妹桂俊英的亲笔信则交由女儿桂兰随身携带。

有一件事情桂俊生既没有通知谢启财，也没有告诉桂兰——他提前一个月给妹妹桂俊英拍去电报，交代将小院收拾妥当，雇聘踏实可靠的用人，静候贵客入住。桂俊英惊奇且不解地回电报追问："何人将来此地？"桂俊生再回电，如同卖关子一般："届时便知晓。"桂俊英暗自窃喜，以为兄长有可能回乡。

毕竟桂俊生离开曹山桥二十余年，有关谢万昌的一切，他并不知晓。自己印象中的谢万昌，还是一个滋了谢旺田一脸尿的婴儿，尚在襁褓之中。父亲桂家驹离开时，谢万昌也不过是个十来岁的毛孩子。世事难料，何况人乎？幸好谢启财这个发小在中断联系多年后与桂俊生再续鸿雁，有关曹山桥现如今的点点滴滴也让他有所获知。

谢启财在不多的几封来信中说得最多的还是谢万昌，诸如"学道有成""惠施多方""忠良宽厚"等溢美之词跃然纸上。

在寄来谢万昌照片的那封信中，谢启财写道："盼令嫒早日学业完成，择机回乡，实现两家父辈之心愿。"

桂俊生当然没有回应。无论当初两家老人如何决断，时间相隔如此之久，这可是女儿及桂家头等大事，怎可随意应允？

桂俊生想，看在老辈子情谊的分上，谢万昌作为同代人，给还乡的桂兰做个帮手或者乡土民风的介绍者，应该没有问题。桂俊生最托底的是妹妹桂俊英夫妇就生活在蚌山，万一遇事，他们两口子完全可以替自己这个当兄长的做主。

在蚌山火车站，刚刚下车的桂兰头一眼看到谢万昌的时候，有些不相信自己的眼睛。他和照片上差别很大，与她在旅途中的想象更是判若两人。

眼前的谢万昌长得黑不溜秋，面色灰黄，形体消瘦，眼神闪烁不定。照片上的大分头虽然显得夸张，却还蓬松厚实，可实际看上去，他的头发只是稀稀落落地斜搭在头顶。尤其是他的个头与自己相差不多，略高点而已，而桂兰本就是身材瘦小的女人。让桂兰略感不踏实的是，谢万昌伸手接过她的行李箱时，好像刻意先从她的手背上划过，然后露出似笑非笑的神情，有点色眯眯的感觉。

恍惚

飘雪眼见得渐渐稀少，沥沥拉拉地就像四五月间摇曳在微风中的果毛絮，但桂兰在绕湖小路上骑行依旧艰难，路面倒不算湿滑，只是积雪覆盖着田野与小路之间的浅沟以及路面的坑洼之处，白茫茫的不好辨识。桂兰有些分心,既要小心翼翼地看着路面,又挥之不去地想着刚才时兹禾与她的对话以及两人并肩骑行的情景。

此时的桂兰很纳闷,今天若不是遇到时兹禾,她还会在雪天骑着脚踏车回曹山桥吗?毕竟学校女生宿舍区的值班寝室归她单独使用。

崇正是寄宿制学校,住宿管理采用学生自治方式。但校董会规定每晚必须安排一名教工在学校值班,这一规定与学生自治并行不悖,建校以来未曾变过。

鲍朴一当校监那会,值班是男教工的专属差事。

教工值班没有专门场所,通常都在办公室瞎凑合。讲究一点的人从家里拿来被褥,铺在办公桌上对付一宿。有些人嫌麻烦,干脆窝在椅子上打个盹。反正个把月才轮上一次,谁也不把这太当回事。难熬的值班当属寒暑假之前的那段时间,夏天光着脊梁还热得浑身冒汗,冬天冷得紧挨煤炉,前胸考得热烘烘的,后背还透着凉气。最要命的是,煤烟气味熏得人头疼,基本上整夜无眠。

值班纯属例行公事,多数情况下无事可做。晚饭后学生在教室晚自习,十点之后学生宿舍关门熄灯,这些都与值班者无甚关系。值班者的职责是,遇到特殊情况,若学生无法解决,则出面报告校监。

鲍朴一喜欢灯红酒绿的生活,成日应酬交际,三教九流,无人不识。他当校监的时候,晚上即使有事也找不到他的影子。时间一长,值班老师也就懒得报告,遇事睁一只眼闭一只眼,糊弄过去拉倒。一旦碰上火灾盗情,依照校规,值班教工无须报告校监,直接报警即可。既然无甚事搅扰,年轻一点的就借机看点闲书,上点岁数的则干脆就着卤猪肺或者煮花生之类的吃食,喝点小酒,无非就是打发夜晚的无聊时光。

只有学生宿舍区出现打架吵嘴之类鸡零狗碎的事情,接到报告的值班教工才会穿过操场,去宿舍区那边应对一下。一般情况下喊

132

一句狠话——"嘎的该?再闹明天停你的课",事情很快就能平息。这招十分管用。

崇正的入学合约上写得很清楚,家长对于学校诸项安排拥有知情权。校方把停课时间和原委记载在期终评语册上,目的不是告状,而是告知。家长收悉后须签字画押,表示已然知情,学生方可在新学期报到。崇正学费不菲,有过停课记录的学生挨家长的揍是免不了的。高中部的学生看得很透:洋人说得好听,什么鸟知情权?分明就是告状。

死心眼的格雷克当校监后,情形反转,时常不按点下班,四处转悠查看情况。他发现教学办公区与学生宿舍区不在一处,值班形同虚设,便将男女学生两个宿舍区靠近大门处的房子各自腾出一间,作为男女教工分别值班的寝室。如此一来,原本只需男教工值班,现在男女教工都需上手。

男人们以往也不愿意值班,谁不想下班回家吃口热乎饭,晚上搂着老婆在软玉温香中睡个安稳觉?轮流值班如同轮着上刑,每个男教工都掐着手指头数着还有几天轮到自己。每每临近值班日,心里便慌慌的,好像有什么倒霉的事要出现。虽然有意见,但终归是教书人,碍于脸面,私底下发几句牢骚后便隐忍了。

格雷克的新规与男教工毫无关系。原来值班,男女生宿舍区的事情都得过问。现在男教工只管男生宿舍,但轮替次数并未变化。女教工不干了,从来都是打铃上课,到点下班,天经地义的事情。这会可倒好,隔些日子就不能回家,而且循环往复,没完没了。天地良心,哪个女儿不回家爹妈不惦记?又有哪个做老婆的不同家丈夫踏实放心的?家家如此。

女人们先是在各自办公室叽叽喳喳诉说着不满,没多大工夫,不同年级组和不同教研室的女人纷纷来到走廊上,你一言我一语地再把各自的不满作了交换。最终大家得出一致结论:洋校监瞎出幺蛾子。

这些个理由可以堂而皇之地拿出来讲，还有不便言说的理由：哪有正经人家的女人夜不归宿的？有些喜欢撩骚的男人耐不住寂寞，顾不得平时装出的斯文样子，也来到走廊上看热闹。

也是，都讲三个女人一台戏，这么多女人凑在一起，那得是多大的一出戏呀！脸上挂着色眯眯的微笑看热闹且不说，个别嘴欠的男人偶尔还帮衬着添油加醋，巴不得女人们折腾出点什么事来。不知谁挑的头，随着"姐妹们走呀"的一声召唤，女教工们前呼后拥地朝格雷克校监的办公室走去。

桂兰刚来学校不久，不明就里，也被裹挟着去了。

校监办公室面积不大，一屋子挤满了女人，有些进不来的就在门外抻着脖子往里看，不甘身居其外。屋里屋外顿时充满了浓郁的脂粉味。初中部的王美丽老师在北平进修过，观念新潮，争强好胜，有股子六叶子劲头。没等大家开口，王美丽带头冲着格雷克嚷嚷起来，语调里带着咄咄逼人的京腔："格雷克校监，您知道吗？您这么安排属于侵犯女性权益！"

女教工们对值班之事有意见，格雷克其实早有耳闻，他原以为大家会责怪他脱离实际，蛮横专制，死板教条，哪承想扣下的大帽子竟是侵犯女性权益？这让格雷克大吃一惊。毕竟这洋人来自意大利，对这一概念并不陌生，知道王美丽所言绝非小事，所以并未马上回嘴。格雷克站了起来，将椅子推到一旁，用手扶了扶眼镜，沉思了片刻，然后抬起头一板一眼地说道："我崇正教会学校历来尊崇女性权益，自开办之日起便提倡女生接受教育，并身体力行，广泛招收女生。而且建立师资队伍始终注重男女均衡，女教师聘用比例占四成之多。今日诸位所反映值班之事，在我看来，男教工可为，女教工亦不例外，当属男女平等，何来侵犯女性权益一说？"

格雷克校监的声音不高，但有理有据的讲述反而显出了相当的分量。蚌山人总说好男不同女斗，何况眼前的氛围又是阴盛阳衰。没想到格雷克的这番话让他在单打独斗中立马占了上风。

想想也是，崇正的女学生数量以及女教工占比，是蚌山其他学校无可比拟的。女教工们面面相觑，一时不知如何反驳。有明白事理的女教工马上意识到，王美丽的话题选错了——这件事与侵犯女性权益毫不搭嘎。前提置偏的逻辑错误让格雷克逮住了话柄，进而堵住了大家的嘴。

怎么说格雷克也是以中国通的身份来到蚌山担任校监的，当然知晓得饶人处且饶人的道理。他趁势朝门口方向摆了摆手，意思是请大家赶紧离开，各自回去上班。

最尴尬的当属平素能言善辩的王美丽老师，她本想抓尖要强出个风头，没料想被洋校监一句话噎住，弄得很没面子，恨不得找个地缝钻进去。女教工们大都受过教育，最低学历也是中师，知道继续狡辩下去无异于街头泼妇的强词夺理，多有不妥，便嘟嘟囔囔地散了。

崇正的教工，特别是女教工，或许习惯了鲍朴一那张笑眯眯的面孔，总觉得吊着脸的格雷克就像是谁欠他钱似的。其实格雷克在意大利就这副德行，本色就是不苟言笑，爹妈和老天爷合伙给的性格。格雷克来蚌山后长进了不少，有时与老师对话偶尔也会笑着点点头，尤其是录取肖慧仙上高中那件事让他吸取了教训，知道凡事无论如何都需要多换几个角度琢磨。换句话说，格雷克并没有因为洋人身份而对蚌山的人情世故不闻不问。此事涉及女教工切身利益，正式实行之前，格雷克一直小心谨慎。

鲍朴一好色在崇正尽人皆知，他升为校董的真正原因是他与几个女教工长期关系暧昧，影响恶劣。校董会念及他为崇正立过汗马功劳，便给他安排了一个架空的高位。格雷克是正派人，不像蚌山人想象的那样——但凡洋人必定阅女无数。

意大利人多为天主教徒,同为洋人,在两性关系上远不如法兰西人那般放荡不羁,且不说神职人员连老婆都不能娶,即便寻常教徒也会因为虔诚而清心寡欲。但这并不妨碍格雷克对女人有所了解。

格雷克的母亲是佛罗伦萨一位皮匠的女儿,而格雷克娶的老婆却出身曾经显赫的伯爵之家。具体说就是婆媳之间的阶层差别很大,生活习惯多有不同,但格雷克发现她们有一个相同点,那就是每天早晨洗漱之后,耗在镜前梳妆打扮的时间可不是一时半会。

格雷克设身处地替值班女教工想过:猛然间换了个住处,没了镜子,擦脸抹油、梳头束发的那些日常用品也没了踪影,说不定会有些束手无措,甚至深感不便。假如碰巧遇上月事,那会更加麻烦。学校即使肯花钱,也不便提供相关用品,女人们都很忌讳自己的此类用品被别人碰过。更复杂的是,格雷克也不知从哪里听说,同为雪花膏,"双妹"与"百雀羚"的作用与效果相去甚远。

九九归一,格雷克反复琢磨后认为,这些琐事,虽然对女人而言须臾不可或缺,但在特殊境况下,稍加克服,应该也能过得去。

桂兰没有随着作鸟兽散的众多女人离去,而是踟蹰着留了下来。女教工们的吵吵嚷嚷和格雷克的反驳使桂兰终于明白了事情的来龙去脉,她觉得住在学校值班这件事情给自己提供了一个契机。

桂兰应聘崇正完全是临时起意。父亲桂俊生财力雄厚,家业殷实,桂兰根本无须为生活而要在蚌山谋一份职。

桂兰回国返乡的原因固然很多,但思念黄一峰并且去他牺牲之地献花凭吊是根本所在。她实际上默认了父亲桂俊生的意见,要为这份不可能有结果的情感做个了断。

桂兰原本以为在曹山桥安顿下来之后,便可以制订去皖南茂林的计划。桂兰甚至在旅途中就设想,说不定那个割襟为盟故事中的另一位主人公谢万昌可以作为她的向导。

桂兰很敏感，直觉告诉她，她所见到的谢万昌与她想象的完全不是一回事。传说与故事有时并不靠谱，因为它为听者提供了想象的空间，这说明眼见为实、耳听为虚的说法确有道理。

桂兰以往心目中的故乡中充斥着各种想象，包括她把父亲讲述的在"百日宴"上滋尿的男婴想象成在纯净环境下长大的男人。天晓得他在二十多年的时间中经历了什么，且不说谢万昌在蚌山火车站接她时的神态与举动，即便他的身份也引起桂兰的疑惑。

更让桂兰感到不安的是，她从下火车那一刻起，就觉得蚌山和曹山桥周边都处在一种紧张的气氛之中。

蚌山大街上随处可见来回穿梭的军车和匆匆忙忙行进的军人，曹山桥西北十来里路的地方还驻扎了一支规模不小的部队。她听曹山桥街上一位杂货铺老板说，这一带方圆几十里以往从未有过驻军。上岁数的人说，北伐军当年从曹山桥路过，也只是短暂停留了数日。桂兰从一张包裹物品的旧报纸上看到一则很短的消息："民国三十七年（1948 年）秋，共军攻陷兖、济，继之郑、汴撤守，导致东北沦陷、华北动摇，徐州处境更显艰危。"

姑父有一次悄悄地告诉桂兰，徐州距蚌山不过两百公里，那里正处在一场大战的前夕。当她问到在蚌山看到的军队与新四军是什么关系时，姑父将手指头放在嘴前"嘘"了一声，压低声音说："新四军是以前的叫法，和过去的八路军都是共产党的军队，现在叫解放军。你在蚌山看到的是国民党军队，是老蒋的队伍，和解放军是两股道上跑的车。"

桂兰想，时情如此复杂，看来去皖南之事需要从长计议。

远在南洋的桂俊生心细如发，担心信件邮寄时间偏长，居然不时以电报吩咐事情，有时一天能拍来三四份。邮差哪见过这种情形，不晓得发电报者是何身份，如此昂贵的联络方式搞得像家常便饭似的那么随意。

桂俊英虽然知晓哥哥心情，但每每签收电报，心里不免也抱怨一下："俺哥年轻时不这样，如今这么比箩（啰唆）！"其实，桂俊英不仅早早将桂家小院收拾停当，还叮嘱丈夫从老家找来一对年过半百的夫妇，专门照料来人的生活起居。

在两个长辈的细致安排下，桂兰在曹山桥生活无虞，诸事无须操心，一段时间后，她反倒觉得总这么无所事事地待着并不合适。

桂兰偶然在报纸上看到崇正教会学校招聘教师的启事，便兴冲冲地赶去应聘，没想到自己根本不符合条件，连面试机会都没能得到。崇正明确规定，凡应聘教职者，须具备高等师范专科学校或者非师范专业大学毕业证书，中等师范学历可担任见习教师。

桂兰返乡之前，正在吉隆坡莱佛士学院就读大学二年级，尚未取得大学文凭。多亏姑父的职业接触面广，从中斡旋，事情方有转机。学校考虑到桂兰来自南洋，能讲英文，中文讲的还是国语，没有淮北口音，也算难得的人才，便同意她在学校图书馆做管理员。

桂兰兴冲冲地前去上班，起初因为充满新鲜感而不觉得怎样，但渐渐发现学校到曹山桥看起来直线距离不算远，却因绕湖生生多出一半路程，每日往返麻烦且耗时。桂兰开始琢磨是否需要在蚌山租房，赶巧学校出现女教工的值班风波。桂兰想，何不借此时机揽下这件差事，住在学校既可以省去每日奔波之苦，又能够化解别人的烦恼，利人益己，岂不两全其美？

于是，桂兰委婉地向格雷克表达了自己的意愿，并表示无需别人替换。

格雷克乍一听，有些不相信自己的耳朵。骑虎难下之际，有人愿意主动承担值班之责，这几乎相当于悬在房梁上的自己忽然遇到有人递来一把可以下来的梯子。

格雷克差点乐出声来，他不知道此时使用借坡下驴和顺水推舟哪个汉语词汇更为合适，反正他当即应允了桂兰的请求。为了显示自己在这件事情上的高姿态，格雷克校监拍板决定，由校方出资专门为教工值班寝室配齐所有生活用品：床铺、被褥、衣柜、脸盆架、书桌以及上海出产的金钱牌热水瓶。洋人心思的细腻程度超出人们想象，女教工的值班寝室还多配了一面镜子。

消息传出后，龃龉不合且群起而噪之的情形很快被女教工们的欢欣鼓舞所取代。男教工也很高兴。女人们无须再为值班之事烦恼，男人们则因为条件的大幅改善而把值班当成外出远足住一次旅社。

崇正的教工个个都是念过书的文化人，他们不像街巷里的市井百姓动辄吵嘴干仗，意气上头时他们更愿意摆事实讲道理，一二三四或者甲乙丙丁，抽丝剥茧，往往说得头头是道，而一旦情况突然逆转，原本找好的千万条理由立刻就可以被他们抛到九霄云外，仿佛根本没有发生过这件事似的——这种事不分男女，就像生活中常有人对别人的行为做出不屑的预判——"怎么样，不行吧？"说准了，表明有先见之明，而一旦说得不准，便装聋作哑，不再提及。

不管怎么说，格雷克的耳根因此清静了许多。格雷克记忆犹新，几年前他从意大利来蚌山接手这份差事，前任校监鲍朴一向他交接工作，神情端的是庄重肃穆，语气也意味深长："认真是一种姿态，这个必须具备。但有时也须得过且过，请记住中国的一句老话：'天下本无事，庸人自扰之。'"

格雷克深知，在意大利得个中国通的虚名不算难事。到了蚌山，在讲一口南京方言的"人精"鲍朴一面前，自己知道的那点事，可能只算个皮毛。鲍朴一的话虽然委婉，但意思很清楚，别没事找事。三年以降，最令格雷克头疼的是凡事拿捏的分寸。哪些事情非做不可，不做当属失职，哪些事情做了相当于无事生非，常常没有标准，一切尽在无形之中。

在女教工们拥进办公室的一刹那，格雷克甚至怀疑自己是不是做了一件庸人自扰的蠢事。不过值班风波之后，格雷克对"庸人自扰"有了新的认知——各取其益且得法恰当是天下无事的根本原因，与庸人自扰毫无关系。

对桂兰而言，值班寝室成为她在蚌山栖息的居所，肯定算得上得益之事，但最让她惊喜的却是前不久意外发现的一本书。

整理图书是桂兰的日常工作，那本薄薄的小册子夹在图书馆书架底层旮旯的一排书中，窄窄的书脊上竟然印着书名，字号小得宛若谷粒，不拿着放大镜仔细辨识根本无法看清。或许因为长期无人借阅，那一排书上面落满灰尘。桂兰十分好奇，这一排书中怎么还会有如此之薄的书，便抽出一看，只见那本小薄书的封面簇新洁净。

书名《出动中的新四军》让桂兰眼前一亮。她翻开扉页发现，此书系汉口群力书店于民国二十七年（1938 年）出版，那正是黄一峰离开雪兰莪奔赴福建龙岩参加新四军的时间。桂兰如获至宝。

桂兰渴望通过这本书了解新四军，尤其想了解黄一峰为什么宁可放弃接手父亲的产业也不顾一切地参加这支队伍的原因。桂兰是学校图书管理员，依照规定不能在上班时私自读书，她便将这本书带到值班寝室阅读。

桂兰没有想到这本书一下子就抓住了她的魂魄，这种感觉是从看到此书第一章"誓师大会"的开篇文字开始有的——

"民国二十七年二月九号清晨，湘鄂赣边区的嘉义村，在四周群山的包围中，似乎还未醒来。这是一个寒冷的残冬早晨，山上的雪与雾混成一团，分不清谁是谁来，在广场的一角突然有一片峭厉的号音回荡在严冬的空气中，像寂静的空山里一声猿啼，那样孤独的但激荡人心地悲嘶着：达底……达大……达达达底大底达底大底达底……达达达底大底达底大底达底……是集合号。"

桂兰断定，黄一峰是被那悠扬的集合号声召唤而来。她想起十年前在莎阿南巴生河畔送别黄一峰的情形。人们争先恐后地与黄一峰话别,而黄一峰则向簇拥着他的人们展示着一张照片,并兴奋不已地说着什么。直到桂兰奋力挤到黄一峰跟前,才看清楚那张照片拍的是一副军人臂章,上面画有一个身背斗笠,左手持枪,右手指向前方的战士,左下角从右向左标明"抗敌"二字。

黄一峰不停地说着:"大家看,这是新四军的臂章,这是新四军的臂章!我们去福建参加新四军!"

与其说是《出动中的新四军》这本书吸引了桂兰,不如说是黄一峰让桂兰对这本书产生了浓厚的兴趣。桂兰觉得这部纪实作品的每个篇章都是为黄一峰而写,光看篇章目录,她就能想象出黄一峰当年为此而激情满怀的神情——

"争取老百姓回家""第一次登上火车""从杭州逃难来的戏班子""北伐以来所未有的军民联欢大会""我要去当兵""待机出击"……

最让桂兰感到不可思议的是,她在书中看到如此描述:"新四军第一支队和第三支队在王村会合了,接到军部的命令,在王村做一个短暂时期的加紧训练后便要出动参加战斗。"

桂兰记得她从邻家用人那里得知,黄一峰去福建龙岩参加的就是新四军第三支队。书中写的王村在安徽歙县,桂兰对照着地图估算,从福建龙岩一路走来,黄一峰所在部队至少行军了两千余公里,怪不得他那时候无暇写信。桂兰不愿意放过书中描写的任何蛛丝马迹,她渴望在书中找到黄一峰的身影或者与黄一峰相关的内容。

这些天,桂兰满脑子都是新四军和黄一峰,以至于礼拜六中午过后,学校即将周末放假,她竟然浑然不觉。直到看到学生们背着书包纷纷向车棚走去,她才恍然大悟:哟,周末了!学校空无一人,自己还值哪门子班?该不该回曹山桥呢?

偏偏遇到雪天。雪州长大的桂兰没见过下雪,这让她想到苏轼的诗句"人生到处知何似,应似飞鸿踏雪泥",便在兴奋中用脚试着踩了踩积雪,跐着脚走了几步。雪中果然留下足迹,只是与无雪的路面感觉不同,轻飘飘得站立不稳。

桂兰本可以去姑姑桂俊英家——实际上,桂兰抵达蚌山的当天,并没有让接站的谢万昌送她去曹山桥。谢万昌的神态与举动令她格外不踏实,但她又说不出具体原因。初来乍到的桂兰觉得一个女孩子出门在外还是小心谨慎为好。她临时决定,暂且不去曹山桥,先去看望姑姑。桂兰找了个理由辞别谢万昌,按照父亲桂俊生给她的地址,坐黄包车来到姑姑桂俊英家。

桂俊英惊喜万分,她原先以为兄长桂俊生可能为生意之事回乡,万万没有想到回来的是侄女。未曾谋面的两人一见如故,亲得不得了。

先是桂俊英的热情感染了桂兰,"我的孩哟""我的乖乖"这种让桂兰既感到亲切又觉得生疏的呼唤扑面而来,瞬间化解了桂兰心中的陌生感和些微的戒备心。接着是桂兰热切的回应,她高兴得竟然原地跳了起来,一点也不像个持重的成熟姑娘。她觉得眼前这位初次见面的姑姑格外熟悉,仿佛姑姑的笑容与话语始终伴随着自己的成长。

桂俊英和桂兰拉着手久久不肯松开,两人笑着互相端详,看不够似的,远远超过嘘寒问暖以及关怀备至的亲热程度。最奇妙的是,她们互视中发现彼此的眉眼间有许多相似之处。姑姑说,鼻子像。桂兰说,眼睛像。两个表弟异口同声地说,脸嘴都像。桂俊英嗔怪道:"熊孩子,哪有讲脸嘴的,那是骂人的话。"家人们哈哈大笑。

自小到大,桂兰常常听父亲桂俊生说"姑舅亲,辈辈亲,打断骨头连着筋"。上中学后,桂兰明白了这句话的含义,说的是爹家姑姑和娘家舅舅在血脉上与自己不可分割。按照淮河两岸的习俗,姨表兄妹或者姐弟之间甚或可以通婚,而"姑血不倒流"则是禁忌,因为这是真正的血亲。

在莎阿南,桂家不像那些祖籍在福建和广东的华人那样有三亲六故各种亲戚关系的牵扯与羁绊。别人家逢年过节走亲串友,好不热闹,桂家则很清静,至多与生意上的熟人互相拜访,增添一点生意之外的人情味而已。

桂兰一直以为父亲说的这种老话带有刻意"捏合"亲戚关系的成分。这虽然可以理解,毕竟父亲只有一个妹妹,但这种以"打断骨头连着筋"的血缘关系来印证感情亲密程度,似乎并没有什么道理。在桂兰看来,"亲"是一种情感反映,亲不亲的前提是有没有共同生活的交融。古人都说友人的情感尚且来自于牵连与交往,互不相识的姑侄之间怎么会有什么超然的至亲感觉呢?

这会,桂兰却不得不信。

亲归亲,但姑姑桂俊英家的住房只有两间。不像蚌山街巷两侧那种逼仄狭小的简陋平房,姑姑家的房子倒是规整亮堂,还带有茅厕。除了姑姑与姑父的卧房以及两个表弟的住房,最特别的是这套房子在厅房居然摆放着一架钢琴。

桂俊英笑着对桂兰说:"蚌山不比曹山桥,俺家的房子还没有你要去住的房子大,不过这房子在街市地界算好的。你爷爷没去南洋的时候,俺们家在曹山桥住的地方叫桂府。你爸来信讲,你们搬到南洋后还叫桂府。俺们现在的住处只能叫'家'而不能称'府',挂不了匾的。城里的家就是这样,实实在在、紧紧凑凑的。"

桂兰本来想问,祖父桂家驹那么疼爱自己女儿,为什么出嫁时没为她置办一套大一点的房子?

哪承想姑姑径直说道:"我出嫁时,你姑父家在曹山桥有房子。你姑父在蚌山上班,每天往返,倒也没有不妥。你爷爷担心我们生活不方便,临走之前把以前我们家在蚌山多年租住的房子买了下来。你姑父拽得很,死活不要,被你爷爷臭骂了一通。你爷爷说,我们不搬过来,他就不走。老人希望我们在城里生活,既然不种田,又不开织场,待在曹山桥弄幌子该?"

说着,桂俊英哈哈笑了起来,"嘻嘻,瞧我这口土话!你知道弄幌子的意思吗?"

"知道,我父亲常说。"桂兰笑着说。

"南洋那边讲话怪斯文的,俺们这里都说俺爸俺妈,你一张嘴就说'我父亲'。"桂俊英又笑了起来。

桂兰很喜欢姑姑桂俊英爽朗大方的性格。桂兰觉得,和姑姑相比,父亲显得过于拘谨与内向。同胞兄妹,差别怎么这么大?

桂兰在姑姑家住了两天,白天黑夜都在听姑姑叙说桂家往事。姑姑讲得最多的是她与桂兰父亲桂俊生的童年趣事。有一次,桂俊生和谢启财约了一群男孩子去芦苇荡里玩耍,桂俊英执意要跟着一起去。男孩子们都嫌桂俊英是累赘,带着一个小女孩肯定不能玩得尽兴。大家互相使了眼色,趁桂俊英不注意,撒腿就跑。桂俊英坐在地上大哭起来。已经跑出很远的桂俊生回头看到,于心不忍,又跑回来接她。

"你爸怕芦苇叶子划伤我,就一直背着我。他用一只手托着我,用另一只手拨开前面的芦苇。最让我开心的是,那一次我们捡了好多野鸭蛋。"桂俊英乐呵呵地说着,边说边用手比画,"芦苇荡很大,靠近湖边的苇丛里才能找到野鸭蛋,那里都是泥滩地,我能感觉到,你爸走起来很费力。"

姑姑桂俊英的讲述让桂兰不由得想起父亲对曹山桥的追忆。两种讲述相得益彰,桂兰却觉察出其中的不同。父亲话语中带着思念,而姑姑的讲述则充满快乐。

桂兰听得入神,脑海中蓦然跳出一首格外熟悉的诗:"旅馆寒灯独不眠,客心何事转凄然。故乡今夜思千里,霜鬓明朝又一年。"

那一年,桂兰代表莎阿南华文中学初中生参加槟城华文书院唐诗朗诵比赛,她朗诵的篇目就是华文老师极力推荐的唐代诗人高适的这首七绝《除夜作》。

华文老师告诉桂兰,高适以边塞诗著称,《燕歌行》之"汉家烟尘在东北,汉将辞家破残贼"的壮阔诗句流芳百世,但很少有人注意到他还写过有浓郁思乡情怀的诗篇。若以此作参赛,定能引起评委老师的关注,从而产生出奇制胜的效果——现在想来,这首七绝的前两句不正是父亲的心境,而后两句则是姑姑的情怀吗?

桂兰的双眼湿润了。

到了第三天,桂兰恍然发现:姑父每天下班与家人共进晚餐后就巧妙地找个理由加班值夜去了。桂兰意识到,她与姑姑桂俊英同住会让姑父连休息的地方都没有。所以,桂兰坚决要求姑姑和姑父送自己回到曹山桥。

桂兰从南洋回到故乡曹山桥不过三四个月光景,却经历了由酷热到降雪的季节转换与气温骤变,这在雪州是无法想象的。

桂兰本想写信告诉父亲桂俊生,和自己经历的事情相比,温度与气候的变化简直算不得什么。不过,这封信写了开头便停下了笔,桂兰顾虑的不是父亲为自己是否安顿下来担忧,而是担心父亲接受不了曹山桥这边如此之大的变化。

最大的变化是,谢家早已不是父亲桂俊生描述的那个样子,而谢万昌则是一个让人捉摸不透的怪人,有时做派上尽显无赖泼皮色彩,而这样的人却能够之乎者也地咬文嚼字。桂兰不想每天回到曹山桥,还有一个难以言说的原因:她想避开谢万昌的滋扰……

福祸

谢府的牌匾现如今依然挂在大门之上,由于长期没有涂漆刷新,原来油光锃亮的黑地字变成灰地白字,而抱柱联上的字迹早已斑斑驳驳、模糊不清，勉强还能看见"谢天下"和"感世间"的痕迹。

曾经气派高大的双扇大门不知什么时候被卸掉，五寸高的门槛也没了踪影。里面的影壁墙已然面朝街道，宛若好端端的皮肉被剜去而露出了骨头。最滑稽的是两侧通向院落的过道则被砌了面对面的两扇小门。

桂家驹离开曹山桥七八年之后的光景，平常吸烟吃酒啥也不耽误的谢旺田忽然患上肺痨，咳嗽、胸闷及至吐血。谢启财心急火燎地从蚌山"宝和堂"请来名震蚌山的郎中张月中。

左邻右舍的人看着谢家进进出出的男女老少个个阴沉着脸，挂着焦虑不安的神情，纷纷猜测谢府里究竟发生了什么。直到张月中下车步入院子的时候，有人认出这位被蚌山人称为"张半仙"的神医，才恍然大悟——老爷子谢旺田身体有恙了。

"我的个乖乖，张半仙从不出诊的！"街道上看热闹的人悄声议论道。

蚌山坊间流传着"月中搭手赛半仙，药到邪驱若等闲"的说法，可见其瞧病本事甚是了得。江湖中人皆明白，所谓坐堂郎中不出诊只是抬高身价的噱头，并不意味着出诊有何禁忌或不妥。谢启财给的出诊费高得翻了几番，且雇了一辆小轿车接送，张月中自然也就放下身段来到曹山桥。

张半仙的到来，似乎给谢家人带来了希望。

蚌山上岁数的人都知道，张月中的祖父在清宫做过御医，咸丰帝驾崩后从京城回蚌山开设了"宝和堂"，而后有"六味煎"秘方传给后人。

"六味煎"中除黄芪每方必配之外，其余五味配伍并不固定，随脉象变化而变化，但无论如何更变，从不超出六味。有笃信者附会道，六味是吉数，对应着六六大顺，故包治百病。如若划拳始终叫喊"五魁首"，看着"喊数"不变，但手指给出的数字却变幻莫测，一旦与

146

对方数字相加对应,照样赢拳。

张半仙给谢旺田望诊把脉瞧舌苔,前后折腾半个时辰,便将谢启财拉到屋外,冲他摇摇头,悄声说了一句"不照了"。

"照"与"管"在蚌山方言中词义相近,"不照了"意指"不行了"。

谢启财急切地问,"六味煎"也不管了吗?

张半仙说,"六味煎"医病不医命,寿数到了。莫说"六味煎","八味煎"也不管斤喽。

谢启财如梦初醒,今年三月三恰好是老爷子虚龄七十三。谢启财与谢启富弟兄俩原本打算给父亲风风光光做一次大寿,谢旺田自然高兴,便嘱咐账房按儿子需求照实支付。没想到宾客名单刚刚拟好,做寿之事被陈老先生断然叫停。"七十三,八十四,阎王不请自己去。今年是坎,做寿之事万万不可。该吃吃,该喝喝,低调过坎,来年再讲。"陈老先生一番话也不过让谢旺田延续了多半年时光。

老天爷收人,收得急。从发现谢旺田出现症状到最后咽气,拢共没几天工夫。谢启财怎么也想不明白,半月前老爷子还主动在家中张罗父子对饮之宴,拿出珍藏几十年的窖藏老酒与儿子分享。席间弥漫着醇酒之香与父慈之情,搞得谢启财与谢启富兄弟二人受宠若惊。哪承想老爷子转眼间撒手人寰,两个儿子和其他家人毫无心理准备。

福无双至,祸不单行,这种晴天霹雳一般的变故让近些年一直病病怏怏的谢旺田老妻伤心过度,一口气没倒上来,次日竟追随着驾鹤西去。

对寻常家庭来讲,老人亡故是一件令人悲伤或者说极度悲伤的事情——报丧、招魂、吊唁、入殓、哭丧,每个环节缺一不可。此处习俗,三日哭灵,七七守孝,百日"叫饭"。

家里钱多钱少的区别在于摆排场或者走过场,钱多者声势浩大,钱少者简单严谨。无论怎样,都要给做儿子的提供一次展现孝子风范的机会。

谢家当属前者,不仅因为富甲一方,而且父母同时双亡在曹山桥是顶破天的丧事。差不多大半个村镇的人都来凭吊,送的挽幛几乎堆了半个房间,仅是鞭炮炸出的碎纸屑就拉了四五辆人力架子车。至于吃饭,只能采用流水席方式,来来往往的人走马灯似的你方吃罢我上桌,谢家甚至无法统计究竟开了多少席,规模远远超过谢万昌百日宴的那一次。

但对谢家而言,悲伤之后的最大问题是家产如何处置。

曹山桥的明眼人都能看出,谢旺田一世精明,而最大的失误在于生前没有为两个儿子分家做好铺垫。

蚌山的很多老话都是两头说,分家的说法也如此。一头说的是"好儿不吃分家饭,好女不穿嫁时衣",强调的就是家和万事兴,别惦记分家的事;另一头说的则为"树大分叉,子大分家",补充的说法更多,诸如"哥东弟西,老三出去",或者"年头分家旺大哥,年尾分家旺小弟",说千道万,到点另起炉灶,这是人生规律。与头一说不同的是,此说的最好路径是做而不言,分就分了,切莫大张旗鼓。

无论怎么惬心贵当,分家也不是值得炫耀的事情。不光曹山桥,方圆几十里,无论贫贱与否,哪户人分了家之后次日见人不是臊眉耷眼的?曹山桥有过四世同堂之家,却如东坡所言"俯啄少许便有余,何至以身为子娱",稀罕之事,不值一提。三代不分家的情形倒不少见,但前提是老人在家说了算。

谢旺田活着时,与其交情甚好的曹山桥私塾陈老先生给他讲过九江"义门陈氏"的故事。陈家三百余年不分家,历十五代,举家近四千人,族谱记载"室无私财,厨无异爨"。此事惊动两朝皇上,唐僖宗御笔亲赐"义门陈氏",而宋朝头三个皇上对陈家亦是赞美有加,赐匾旌表,蠲免杂役。至宋仁宗时,则顾虑其势力超大,恐有隐患,便以陈家孝义过盛,应散至各地作忠孝典范为由,下旨令分家析产。

陈老先生实为"义门陈氏"后人，但他言及此事，并非以此自诩，而是因为谢启财与谢启富皆为其门下弟子。老话常说知夫莫若妻，讲的是生活中朝夕相处久了，对另一半的认识更加透彻。从学业中看人的品行，当属为师者最清楚。陈老先生从二人品性上看出些苗头，有暗示谢旺田早做打算之寓意。

千亩良田是谢家一直以来的骄傲。方志记载，本县自清嘉庆以来拥有五百亩土地者甚为罕见。光绪末年濠州县丞谢晓三为疏通水道之事来曹山桥巡视，事毕有人将其引至谢府饮茶。谢晓三自以为清官，本不想扰民，但听说是本家，且正是伏天，便应允而至。其间，谢晓三感觉话语投机，就没了顾忌，夸赞谢旺田为老谢家赢得脸面，在随从撺掇下，还为谢旺田题写了"大家风范"四字。

谢晓三系皖南休宁人士，晚清举人，几经折腾，至濠州为官。换言之，谢晓三与曹山桥谢家并无族亲瓜葛，尽管他也当着谢旺田的面说到"五百年前是一家"，但这种客套话无人当真。所以，谢晓三的赞誉显然出自真心。可县丞毕竟为区区正八品，低于县令，在官、僚、吏的规制中属于职权不算很大的"僚"。谢旺田嫌人家官小，未将题字装裱悬挂。

其实，"一片冰心在玉壶"的谢旺田完全是为谢晓三着想。别看谢旺田平时足不出户，但因是大户人家，迎来送往之类场面上的事也没少经历。他知道水道疏通期间各级官吏巡视频繁，万一更大的官员在他家中看到题字，恐会引出意外。

谢旺田不算多虑，邻县确曾遇过此类事情。邻县县令历来以性情中人为傲，敬佩"踏花落尽游何处，笑入胡姬酒肆中"的李太白，喝酒作诗多有放荡之举。一日酒后兴起，该县令仓促间便应约为一家人气旺盛的牛肉包子铺题字"牛气冲天"。老板如获至宝，将题字高悬于饭店正墙之上。

没多久，赶巧承宣布政使司的从二品"藩台"来此巡视，看到题字后当场揶揄道:"我的个乖乖,小小七品芝麻官也有题字之瘾?究竟是包子铺牛气冲天,还是他牛气冲天?"

府衙中的人哪个不知晓官大一级压死人的道理,藩台比县令硬生生大出九级,那得压成何等模样?据说,题字的县令听到此话当场吓得尿湿了裤子,丝毫没有显露出"仰天大笑出门去,吾辈岂是蓬蒿人"的太白风范。

谢晓三的题字虽未悬挂,但"大家"之美誉,谢旺田不仅心领,也是极想维护的。

谢旺田担心的关键之点,是财产和土地两分后,谢家势力与声望从此缩水,"大家"之"大"不再,对不住先人。

民国六年(1917 年),京戏盛行,京沪两地总有名角南来北往,搭客运火车必定途经蚌山。此地几位有闲钱的时尚人士集资建了一座大舞台,赶上顺便,就将戏班和名角请来唱京戏。别看蚌山小得不起眼,郑逸秋、段小楼等都在此亮过相。蚌山的大舞台不像乡下那种四下裸露的戏台,不但有顶棚,刮风下雨不碍事,而且还有三百余张座椅,硬是免去了票友站着看戏的劳累。

曹山桥虽说毗邻蚌山,但隔湖如隔天,这里的人婚丧嫁娶请戏班唱的多为调式简单、唱词通俗的拉魂腔,咿咿呀呀的唱法与民间小调相差无几。乡下人面朝土地背朝天,往往跟不上流行的时髦节拍,一时半会还消受不了西皮二黄高亢激昂的"乱弹"。

偏巧有一次蚌山大舞台插空上演一出拉魂腔老戏。桂家驹常去蚌山进货,听说后便拽上谢旺田等几个中年汉子去看戏。谢旺田不像桂家驹那般戏痴,舞台上柳琴的幽板一响,他就昏昏欲睡,看完后连戏名都没记住,唯有一段大生唱词记在脑中:"义夫节妇非等闲,弟敬兄爱友相连,父慈子孝天理性,一家四口保平安。"

谢旺田想象,自己百年之后,两个儿子不分家,出入一个大门,吃饭一口大锅。长子谢启财当家,次子谢启富则像蚌山某些公司副经理那样,扮演辅佐兄长的角色。兄弟情深,妯娌和睦,穰穰满家,其乐融融,老谢家便可世代繁兴。

谢旺田不傻,他知道这只是理想模式,实操难度很大。他的曾祖父当年弟兄众多,就是从分家干起,直至做大。祖父是独子,没有分家之虞,自然风平浪静。谢旺田有个弟弟,但幼年夭折,所以他的父亲也没有遇到这类问题。到了谢旺田这一辈,在没有纳妾的情形下生了两儿两女,龙凤双全,在别人看来简直完美无瑕。

早些年私塾陈老先生给谢家书写过年对联,多为"儿女满堂福如东海,家业兴旺红运高升"之类。幸好头两个孩子是丫头,早早嫁了人,与谢家再无更多瓜葛。剩下两个儿子手心手背都是肉,不分家之外,还有什么更好的方法,他一时半会又想不出来。没想到谢旺田的犹豫与想入非非为后来的变故埋下了隐患。

谢旺田突然亡故后,谢启财以为长子继承父业是天经地义的事情,至于弟弟谢启富,要么拿上仨瓜俩枣出去单过,要么跟着自己打下手。没料想谢启财刚一张口,谢启富的眼睛瞪得如同牛蛋,扯着嗓子喊道:"俺哥,凭什么?"

谢启财说:"凭我是老大。古时候皇上驾崩,也是长子继承。多少年不都是这样?"

谢启富说:"噫嘻!俺爸又不是皇上,你也不是太子!你继承什么的该?"

谢启富一句话就把谢启财噎住,而且谢启富明确要求谢府和千亩良田通通均分,这让谢启财目瞪口呆。

没有父亲的遗嘱,等于没有分家的标准。均分讲起来容易,做起来何其之难。房子坐北朝南,地块桑田沃土,家具高桌低凳,用品金器银皿,孰好孰劣,论起来没完没了。

分家的是非扯了将近一年毫无头绪,最终演变成兄弟反目,以至于动了刀枪。一开始哥俩只是吵吵嘴,你言我语,貌似辩理,实则各说各话。话赶话说不通的时候，两人就动了手。曹山桥的人爱干架，不仅民风使然，也与习武传统相关。打小与私塾同步，男孩子大都拜师学些心意六合拳的招数，出手轻重难控。挂了彩，出了血，兄弟之间的冲突很快升级。

谢启财眼见弟弟胆敢还手，且一拳打得他两眼直冒金星，顿时怒不可遏，冲冠眦裂，抄起习武的砍刀就抢了起来。也算谢启富身手敏捷，一闪身躲了过去，转身就跑。谢启财以为占了上风，拎着砍刀穷追不舍。哪承想谢启富径直跑到老爷子卧室，迅速关上门，找到谢旺田当年打野猪的火铳，迅速装填了火药和铅弹，然后一脚踹开屋门，借着火气顶头，冲着谢启财就扣动了扳机。谢启财头部中枪，应声倒地。

两家媳妇亲眼看见了兄弟互撕的场面，吓得鬼哭狼嚎，而谢启财媳妇则在"啊"的一声号叫后瘫倒在地，从此变得疯癫。

这媳妇年轻时有点姿色，看上去田肥地沃的，身怀六甲时还叮嘱过桂俊英的儿媳妇更易受孕的方法。如今的她不过四十来岁，一直以来白净光洁的眉眼间和额头上像是突然蒙上一层卵子皮，布满了褶子，再加上一夜间生出的满头白发，活脱脱老妇人一般，整日在曹山桥街上疯疯癫癫地自言自语："可怜啊，伤心啊，买个萝卜也糟心啊！"惹得路人唯恐避之不及，纷纷绕道而行。

谢启财虽然当时捡回一条命，却从此人事不知，躺在床上喘了两年气才一命归西。未将谢启财一枪致死使得谢启富避免了以命抵命的刑罚，最终以伤害罪锒铛入狱。

一桩民事纠纷引发的刑事案，又是手足相残，不仅让曹山桥男女老少大惊失色，甚至连湖对岸的蚌山市民都在茶余饭后议论纷纷，以至于"相煎何太急"的曹植旧作成为几家小报竞相使用的标题。由于关注度过高，法官不得不民刑两案并断，末了还是将谢家财产与土地一分为二。

谢旺田在天之灵定然万分后悔，早知如此结果，当初何不二一添作五，对半劈了事？可惜的是，这结果已经与为此产生纠纷的谢启财和谢启富两兄弟无甚关系，他们各自的儿子谢万昌和谢万盛分别成了财产与土地的继承人。

　　照理讲，千亩良田去掉虚数，即使减半也有三四百亩，在曹山桥依旧是大户。这么一大片良田，在风调雨顺年景打下的粮食用人力架子车拉，排着队至少能绵延一两里地，绝对富足有余。

　　可是从小在两代长辈溺爱下长大的谢万昌生性敏感脆弱，禁不住事。父亲与叔父为分家导致的血腥冲突使谢万昌备受刺激，伤心与苦闷之下不知不觉染上吸食鸦片的恶习，再也无心打理佃租营生，任凭曾经的良田就那么荒着。

　　土地这东西从来闲不着，不长庄稼就长草，看上去好像仍然一片绿色，实际却是一片荒芜。家业破败的速度犹如大雪之后从曹山顶上顺着积雪向下出溜——一眨眼的事情。

　　再看谢启富的儿子谢万盛那边，虽说当爹的蹲了大狱，但自己的妈在屋里主事，春耕秋实，佃田收租，生活中的方寸丝毫未乱。关键是谢万盛十七岁那年娶了个媳妇，明事理、有教养、相夫教子、辅佐婆婆，样样做得到位。

　　那媳妇名叫崔菊英，娘家在曹山桥东南十里开外的崔家桥，比谢万盛整整大三岁，果然应了民间"女大三，抱金砖"的说法。都说"妇姑勃豀，婆媳难处"，但谢启富后人的小日子过得和美滋润说明，老话也不见得时时对头，至少也有例外。

　　谢万盛娶媳妇这事说起来蹊跷且奇葩。老爷子谢旺田身强力壮那会，谢家还唱过一出"大麦没熟小麦熟"的戏码，在曹山桥传为笑谈——

　　那年五月半的集市上，谢万盛在拥挤的人群中见到一个东张西望好像正在找人的大姑娘。姑娘梳着一条长及后腰的大辫子，身穿蓝地碎白花对襟收腰上衣,显得清新利索。

曹山桥虽说人口众多,但模样俊俏的姑娘屈指可数,谢万盛大都瞧不上眼。偏偏那条大辫子吸引了谢万盛的眼球,他定睛一看,这姑娘眼生,估摸是外村来赶集的,八成与伙伴走散了。或许是天热衣着单薄的缘故,姑娘胸前凸起得格外醒目,还一颤一颤的。正是生理发育旺盛的岁数,谢万盛看得眼热,身体腾地一下好像有了什么反应。他吞咽了一下口水,本想离去,身子却不听使唤,鬼使神差地凑到了姑娘跟前,觍着脸说:"走,到俺家喝口水!"

姑娘白了他一眼,根本没理会,继续在人群中找人。姑娘瞪他的一刹那,谢万盛看到一张眉清目秀的面孔,这让他越发难以自制。原本笨嘴拙舌的谢万盛也不知从哪里来的勇气,不管不顾地贴近姑娘,咧嘴笑着说:"俺爷是谢旺田,你怕什么的该?喝口水又噎不死人!"

不知是"谢旺田"的名头使然,还是"噎不死人"重话刺激的缘故,反正谢万盛的言语让姑娘愣了一下神。谢万盛趁势连拉带扯把姑娘从熙熙攘攘的人群中拽了出来。没等姑娘反应过来,便被谢万盛拽到谢家的柴火房。人在色欲攻心时往往其应如响,势不可当,谢万盛走的是谢府后门,轻车熟路,知道如何避人。

刚进屋,缓过神来的姑娘说了一句"嘎的该",不谙男女之事却欲火焚身的谢万盛笨手笨脚地直接上手摸了姑娘的前胸。姑娘吓得够呛,连忙后退。谢万盛第一次触摸姑娘的乳房,感觉丰满而有弹性,哪里肯放手,又扑了上去。姑娘开始拼力反抗。两两相搏,终究抵不过小伙子的蛮力,姑娘上衣被扒开,一幅雪白丰腴的画面展现在谢万盛眼前。

谢万盛登时怔住了,由瞬间惊呆到突然爆发,中间大约停顿了半分钟。接下来的事情,由不得姑娘,谢万盛觉得其实也由不得他——他已经完全不能自控。

事情的蹊跷在于,姑娘自始至终都未叫喊,但凡她大呼小叫一声,谢府的人不可能听不到。她只是闷声奋力抵抗,手脚并用踢打着,还用牙咬,但这些都没能阻止谢万盛最终在柴火房里的草垛子上得手。事毕,大辫子姑娘嘤嘤哭着顺原路跑了出去,谢万盛则无事一般提起裤子又去逛集。

次日清晨,谢万盛一觉醒来才感到后怕。他眨眨眼睛,感觉昨日之事像做了一场梦。毕竟谢万盛使用了强迫手段,让人家好端端的一个姑娘破了身,将来如何做人是好?然后谢万盛开始魂不守舍,惶惶不可终日,生怕警察会突然找上门来。

没料想随后一个多月风平浪静,就像什么事情也没有发生过一样。其间谢万盛还故意数次路过驻镇警所门口,伺机向里窥望,没觉出有什么异常迹象。谢万盛窃喜,欣欣然如若微风拂面。谢万盛甚至开始回味那天在紧张与慌乱中产生的一丝美妙感受……

等到肚子微微凸起的姑娘以及她娘家一干人马找上门的时候,谢旺田才知道老二家的浑小子谢万盛在数月之前干了一件伤天害理的事情。

老爷子很早就当着陈老先生的面断言,谢家丰衣足食,两个孙辈成长之年不会做出偷鸡摸狗的勾当。但食色性也,食无虞并不意味着色无事。男人尘根的原动力连着野性,一生不好管束,成年人尚且如此,何况毛头小子?果不其然。

所有来人都带着气势汹汹的表情,还有人拎着棍棒等准备干架的家伙什。谢家是曹山桥坐地大户,人多势众,干架当然不怕。问题是谢家理亏,赔不是都来不及,哪里还敢动手?好在声称是姑娘大哥的领头人把紧张的气氛压了下来,说话语气渐渐和缓,要求也很简单——要么赶紧成亲,免得四里八乡的流言蜚语坏了两家名声;要么告官,说谢家孙子强暴良家妇女。

这怀孕的姑娘正是崔菊英。

谢旺田没得选,即使把孽子之爹谢启富骂得狗血喷头,把伤风败俗的"龟孙"谢万盛揍得鼻青脸肿,木已成舟却是既定事实。

许多人家正经娶亲后忙乎多少年都不见结果,谢万盛这厢歪门邪道干的坏事居然"一枪中的"。苍天在上,到哪里去讲理?谢旺田深感无奈,他知道眼前赔多少钱都解决不了问题,人家姑娘挺着肚子站在那里,一脸的委屈与悲伤,天晓得她会不会一时想不开跳进曹山湖?

仓促之间,谢旺田做出重大决定,三天之内把崔姓姑娘娶进家门。在谢府,当家人谢旺田从来都是一言九鼎,谢家男女老少没话好讲,听着就是。而崔家那些上门兴师问罪的人等的就是这句话。那几天,息事宁人和娶亲过门是谢旺田心中的头等大事。除了无须再聘媒婆,问名纳采、迎亲奠雁(无雁代以鹅或雄鸡,女家以鹅与鸡配之)样样无缺,但一切流程都以尽快完成为最高原则,甚至交换庚帖仅仅走个过场,八字是否合适也顾不得细究。

潦倒

举头三尺有神明,善恶到头终有报。事情的前半截办得不地道,不代表后半截也必定办不好。反之亦然。

命里注定之事有时无法论清辩明。八抬大轿娶来的文静娇妻三年五载之后变成河东狮吼,弄得婆家鸡飞狗跳,谁能想到?而崔菊英的贤惠知礼以及当年为谢家生了一个大胖小子,居然化解了过往所有是非恩怨。年复一年的时光流逝,谁还记得曾经的强暴民女、未婚先孕、"小麦先熟"这些狗屁倒灶的龌龊之事?反倒这一桩来路不正的婚事,成为谢万盛一家在家族重大变故中得以稳固下来的关键。

那孩子按照谢家"旺启万泉,德惠民贤"的谱制,赶上"泉"字辈,起名谢泉盈。

十七岁的谢万盛奉子成婚的时候,他十九岁的堂哥谢万昌还是个童男子。曹山桥有人就做了打油诗以为调侃:"大麦没熟小麦熟,头曲不装二曲壶。生瓜蛋子结籽种,老瓜木囊太糊涂。"

把谢万昌比作老瓜显然不够准确,人家迄今依旧是麻将牌里的白板一枚,饼条万任何痕迹未曾刻下,只不过比谢万昌更加青涩的生瓜蛋子谢万盛先开花结果罢了。

人倒霉喝凉水塞牙缝,这话在某些时候并不夸张。先是爹瘫娘疯,没两年爹娘双亡,生活硬是将谢万昌耗成了孤家寡人。好在瘦死的骆驼比马大,家里积蓄的银两加上接二连三卖地所得,谢万昌时常招呼曹山桥一些酒肉朋友为他提亲说媒。

媒婆们你来我往,仿佛拉魂腔武戏中穿着大靠行头穿场而过的武生。钱没少花,酒没少喝,各种手段都使过,终究徒劳无功。哪家姑娘肯嫁给一个破落地主的儿子,还吸着大烟?有的人家嘴不饶人,说的话更加难听:谢万昌他爹谢启财连破落地主都算不上,一天家也没当过。

几年一晃就过去,谢万盛的儿子谢泉盈眼瞅着快念书了,谢万昌的婚事连个影子都没有。这叔伯兄弟俩虽然平时没有往来,但进出家门偶尔也会碰面。当然即使撞上,两人也互相装作看不见,一扭身就错了过去。

谢万昌最怕见到的是崔菊英给谢万盛生的那个儿子谢泉盈,并非单纯嫉妒,也有见鞍思马的原因——谢家好比一棵大树,爹是长子,自己是长孙,这一支分明是树的主干,却光秃秃的缺枝少叶,分权上则枝繁叶茂。谢万昌难免不撮火烦心。

更要命的是,崔菊英带着孩子谢泉盈遇到谢万昌并不躲闪,还大大方方地让孩子喊大伯。有一次崔菊英竟然主动对谢万昌开口:"他大伯,老一辈有过节,咱又没有错。泉盈是谢家小辈,还望大伯多些担待!"

这场面常常让谢万昌无言以对且无地自容,而崔菊英晃动的前胸更是令他眼神无处搁放,看不是,不看,那东西又像抹了胶似的死死地黏住他的目光。谢万昌索性窝在家里不出门,或者干脆出门后趁天黑再回家。这边冰锅冷灶的凄凉与隔壁热气腾腾的日子形成鲜明对照。曹山桥人也不时感慨谢府今昔的变化。

无论贫富,曹山桥许多人都为谢旺田的突然亡故唏嘘不已。但也就是唏嘘一下罢了,感慨之后,人们该干什么还干什么。所谓朝阳东边亮,晚霞西边红,鸡鸣狗叫,娶妻嫁女,看上去黄昏时分炊烟笼罩下的曹山桥与之前无甚变化。

唯有曹山桥的文化人陈老先生黯然神伤,久久不能自拔。

早年间,陈老先生是桂府与谢府的座上宾,深得两家敬重。但陈老先生骨子里更青睐谢旺田。谢家的营生毕竟终日连着土地,芽种撒下去,施些水肥,庄稼和着阳光茁壮成长,给人以踏实可靠的感觉。桂家驹的织业与买卖,大起大落,盈亏难测,变动中带着不安分。

桂家驹离开曹山桥时,陈老先生虽然也有些失落与不舍,但远不如谢旺田离世对他情感与心理所造成的冲击。陈老先生年轻时眼见得谢家蓬勃兴旺,暮年之际又目睹了这一家人分崩离析后的两种生活情形,加之谢家两个儿子及孙子皆出自其门下,便感慨人生无常。终于在一个阴霾密布的日子,陈老先生在手书陆游《书愤》中的诗句"细雨春芜上林苑,颓垣夜月洛阳宫"之后,身穿整洁如新的长褂悬梁自尽了。

或许不忍心看到谢万昌爹妈相继过世且日子过得越发恓惶潦倒,濠州县保安总队队长谢继业看在老爹谢晓三的面子上,将谢万昌吸纳到保安总队当差。"当差"有别于保安队在役人员。后者肩上杠星多寡校尉有别,勉强算作军队人员。而谢万昌单单落一身没有任何标记的黄皮,只是帽子上缀了一颗青天白日满地红的"纽扣"一般的星徽。

保安队身份特殊,和正规军队相比,用不着东奔西跑以及抛家舍业,更不用说后者忙着打仗还攸关性命;若拿警察对照,又不必风里来雨里去地走街串巷维持治安,偏偏还吃着地方薪饷,拿着长枪短炮,威风八面,动辄可以仗势欺人。

干这差事蛮实惠,就是名声不好:扛枪不打仗,保安不保民,背地里被百姓称作狗子。谢万昌这身行头四六不着,头一次穿着回曹山桥,有人没在他的肩头看见星杠,就悄悄称其为二狗子。

虽说因为不在役,管束较少,还算自在,但每日干些听喝跑腿的差事,被人伺候长大的谢万昌一开始并不适应。幸好这身行头以及队长与他一笔写不出两个谢的特殊关系,让谢万昌在街面与村镇这些地方多了不少吃三喝四的机会,这倒符合他游手好闲以及时不时在普通百姓面前抖抖威风的习性。最重要的是,谢万昌可以按月拿薪,哪怕土地荒着,吃喝也有了着落。

在保安队当差,谢万昌受益最大之处是,在经历了一个多月蚂蚁噬骨般的折磨之后,他戒了大烟,因为谢继业在发给他制服时威胁说,一旦发现他吸大烟,枪毙无赦。

谢启财过世后,一日收拾父亲旧物,谢万昌发现桂俊生许久之前从南洋寄来的信。信上所写内容无外乎都是些日常问候以及保重万福之类的客套话,重要的是信封上有寄信人地址。

谢万昌常听祖父及父亲提及桂家,但仅仅对桂家驹有点模模糊糊的印象,压根不知道桂俊生何等模样,尽管他在襁褓中当着桂俊生等众多人的面滋了祖父一脸尿。他忽然想起小时候听祖父谢旺田说过与桂家割襟之盟的事情。那时懵懂幼稚,谢万昌以为就是长辈间曾经的说笑,及至后来隐约听说桂家在南洋生了女孩,与自己年龄相差无几,也并未留心。

毕竟生在大户人家,谢万昌自幼过着锦衣玉食的日子,何曾操心过长大能否讨到老婆的事。倒是谢启财为幼时谢万昌的张狂之言向陈老先生讨求过四字隶书"童言无忌"以为辟邪,和这事沾点关系。

谢万昌始龀之年,一贯说一不二的谢旺田根本没把孩子他爹谢启财当回事,不由分说便将长孙送到陈老先生那里念私塾。

谢启财心里嘀咕,科举废除二十余年,如今提倡白话文。所谓察势者智,顺势者赢,驭势者独步天下。去蚌山或濠州县城念国立小学显然已成为潮流。人家的孩子背着书包蹦蹦跳跳地去学堂,如同过年般欢天喜地,自家孩子却穿着小马褂跟着迂腐的陈老先生念"之乎者也",这算哪门子事?谢启财几度欲向父亲表达意见,但终于胆怯,未敢张口。

念私塾讲究路数,亦有规则,所谓"比年入学,中年考校",说的是每年都有新生入学,隔年考试一次,绝非背诵不了古文便要挨手板子敲打那般简单。寻常孩子都遵循"一年视离经辨志,三年视敬业乐群,五年视博习亲师,七年视论学取友,谓之小成。九年知类通达,强立而不反,谓之大成"的受教育途径。

谢万昌也不例外。虽说现代科学及文明知识所知不多,但古文古诗他却能背诵许多,摇头晃脑的像个"老八代"。"八代"本指三皇五帝时代,"老八代"则喻指行为方式的过气与老朽。蚌山与曹山桥人常以"老八代"形容小孩子举止缺乏朝气,分明带着嘲弄的成分。

转眼到了博习亲师之时,谢万昌不知受到哪个年长于他的熊孩子教唆,像喝了迷魂汤一般,某一日回家,竟对祖父谢旺田文绉绉地说:"俺爷,娶妻娶贤,纳妾纳色,万昌何年可为?"

听到谢万昌说这话,站在一旁的谢启财气恼得七窍生烟:学识没上道,这等事情倒说得有模有样,抬手便要搋儿子脸,被谢旺田顿时呵斥住。祖辈惯孙,天性使然,老爷子反倒听得哈哈大笑,说:"我的乖乖,好好念书便是,男子汉大丈夫何患无妻?凭俺谢家条件,到时候说媳妇的还不排成长队?"

人急烧香,狗急蓦墙,找不到媳妇的谢万昌就想到"割襟为盟"

这桩往事,撞大运的念想油然而生。

别看谢万昌好吃懒做,头脑却十分灵光。他知道家父谢启财与桂俊生系发小故知,关系甚笃,灵机一动,便假冒父亲谢启财之名给桂俊生去信,以叙旧为名暗示当年长辈意欲桂谢两家结为秦晋之好。说来奇怪,已然变得痞气十足的谢万昌由于念过私塾,文言基础甚好,假父亲口吻套近乎,表达得贴切流畅。

相隔千万里,两家中断联系许久,谢万昌未敢奢望结局能顺应心意。心无羁绊,听之任之,死马权当活马医,谢万昌反倒没了负担。没想到一来二去,桂俊生那边居然有了回音。更让谢万昌喜出望外的是,桂家女儿桂兰有返乡意愿,而且在确定了返乡日期后,桂俊生点名让谢万昌接站。

谢万昌头一眼看到桂兰的时候,目光立刻拉直,木呆呆地半晌说不出话来。谢万昌原以为南洋暑热,那边的姑娘定然肤色偏黑,依照蚌山这一带流行的"一白遮三丑"的标准,相貌上未见得夺人眼目,即使漂亮也应该属于"黑牡丹"一类。没想到桂兰长得白净、水灵又秀气,眉目如画,双瞳剪水,虽然长途旅行不免带着一丝倦怠之色,但依然透着一股本地姑娘没有的洋味。

谢万昌看得出神,身子先酥了半边。谢万昌暗想,桂兰爹妈在这里土生土长,她又是本地坯身,照理讲,应算曹山桥之人,但何以在南洋长大就有如此之大的不同呢?难道"南国有佳人,容华若桃李"讲的是北花南开的事例?谢万昌想着,心里拱出一股难耐的欲火,便琢磨如何将此等水中月或镜中花一般事体变成生活中的真实。

惊诧

那个周末雪天后半晌发生的事情让时兹禾难以忘怀。

那件事情无关肖慧仙自此不再上学——实际上时兹禾不仅没有再受到她絮絮叨叨造话的滋扰,甚至两人最终也未再谋面,尽管很久之后肖慧仙还是与时兹禾建立了一层特殊的关系(此为后话,姑且不言);也无关时昭明与赵翠娥以父母的名义郑重其事地向他谈及肖财旺为其女儿说合亲事,企望他能表达顺应的态度。

谁都知道,以肖财旺历来说一不二的性格以及不达目的誓不罢休的做派,只要时兹禾点头称是,天来卷烟厂未来的老板很可能就是这位蚌山崇正教会学校曾经的游泳健将。

躲避肖慧仙仅仅是起因,而由此诱发了时兹禾追赶桂兰并陪送她回曹山桥也只是表象,也许洋人布鲁托的话一针见血:哪里有什么必然的道理或者言语上的对错,对一个血气方刚的小伙子来说,是不是遇到一个让他喜欢的女人才是关键所在。

怎么才叫喜欢?蚌山人讲:"王八看绿豆——对上眼了。"前半句不好听,但后半句深刻准确。

桂兰骑车进入曹山桥,炉灰渣压实铺就的路面立刻显得宽阔了许多。她很好奇,这样的路面上看不到积雪,雪水好像都渗了下去,而且路面既不泥泞也不打滑,只是平时浅灰色的路面变成暗黑色,显得有些潮湿。桂兰便觉得曹山桥老家的人蛮聪明,怎么能想出这样的铺路方法?

眼看就要到达桂家小院,桂兰就下了车。她将脚踏车靠在小院外的槐树旁,正准备敲门,只见一个人从身后飞快地骑了过来,像带着一股风一般,唰地一下在她身边停住。桂兰着实吓了一跳,定睛一看,是时兹禾出现在她的眼前。只见时兹禾呼哧带喘,满头冒汗。

"桂姐,雪天路滑,我本该护送你的。和你一分开,我就后悔了,赶紧追过来,结果还是没赶上。真不好意思。"

时兹禾说话时并未下车,一只脚支撑在路上,那架势看上去好像马上准备掉头返回。

时兹禾对曹山桥并不陌生，他小时候随父亲来此逛过集市，到崇正念书后也经常在假期与同学来这里玩耍。时兹禾觉得绕湖这段路不算近，桂兰怎么着也得骑行一会，而自己拐进烟墩子街区也就少许工夫，凭借自己身高腿长骑行快的优势，半道追赶上桂兰应该没有问题，没想到竟然耽搁了。时兹禾多少有些沮丧。

　　桂兰有些不相信自己的眼睛，刚才在烟墩子路口与时兹禾分手，她心里顿时觉得空落落的，以至于一路上脑海中闪现的都是时兹禾的身影。这会他却神兵天降一般突然来到自己眼前，这让她喜出望外。

　　在学校车棚前遇到时兹禾，桂兰就十分吃惊，仿佛消失多年的黄一峰突然来到她跟前。除了时兹禾面相稍嫌稚嫩，两人的身高、脸型、神态简直如出一辙，只是黄一峰讲一口绵软温和的国语，而时兹禾的蚌山口音十分明显。"无巧不成书"这句俗语常指事情出现的偶然性，两个相隔千万里且八竿子打不着的人长相如此相像，这算是何等巧合？

　　与时兹禾结伴同行时，桂兰心跳得很厉害，甚至还有些害羞，多亏围巾将自己的面部表情包裹遮掩起来。她暗自告诫自己：时兹禾又不是黄一峰，自己何至于变成这样？

　　但桂兰似乎无法自制刹那间涌动起来的情绪，只要时兹禾张口说话，黄一峰的样子就闪现在她的脑海中，尤其是时兹禾冲着他微微一笑的时候，她就想起那年在莎阿南家门口初见黄一峰的情形——也许人家只是出于礼貌，或者仅仅是邻家大哥向她打招呼的方式，但无论如何，他那"终风且暴，顾我则笑"的神情令她铭心刻骨。如此这般，桂兰甚至记不住一路上自己与时兹禾究竟说了些什么。

　　桂兰的反应迟滞稍许，很快回过神来，口气十分果决地说："看你骑车骑得满头大汗，这么冷的天，千万别着凉了。到我的住处稍稍休息一下再走！"

桂兰的口气一点也不像邀约,反倒有点要求人家强行照办的意思。说起来,桂兰与时兹禾刚刚相识,这么说似乎不够礼貌,与桂兰所受教育以及一直以来温良的性格并不相符。其实,桂兰心细如发,讲话刻意拿捏了分寸。她推测自己至少年长四五岁,既然要人家唤自己为姐姐,又身为学校教工,与学生身份的时兹禾这么说话合乎情理,并不显得生硬别扭。

　　桂兰实际上暗藏的心思是生怕时兹禾又像刚才那样转身离去。她来不及理清自己的思绪:究竟因为时兹禾与黄一峰长相相似,还是因为其他原因? 反正她对时兹禾突然产生了一种莫名的好感,特别想与他多待一会,多说一会话。

　　时兹禾根本没料想桂兰会以不由分说的执拗口吻邀请他进屋,这正合他想说却又无法张口提出的心愿,立即兴奋地从车上跳了下来。

　　从初中到高中,时兹禾在崇正读书将近六年时间,从没见过像桂兰这样充满活力的女老师。时兹禾不喜欢"教工"这个叫法,因为作为学生平时把学校教职员工都称作老师,而且他觉得桂兰更符合他理想中老师应该有的那种样子:温文尔雅,笑容可掬。

　　或许习惯了布鲁托的做派,时兹禾特别讨厌有些做老师的总是在学生面前戴着煞有介事或者装模作样的面具。时兹禾有些清高,很少与女生交往,对女老师也敬而远之。

　　时兹禾仅仅初识桂兰,就发现她爽朗大方,待人亲和。最重要的是,桂兰身材娇小秀美,声音动听,尤其是长长的睫毛下,一双大眼睛忽闪忽闪的,令他感到赏心悦目。

　　开门的女佣看上去年近半百,但显得十分干练利落。她帮着桂兰将脚踏车推进院里,笑着说:"小姐,你可回来了! 谢家少爷来了好几次,打听你何时回来。按你交代的,我们没让他进门。"

　　时兹禾偏巧听到了这句话,他发现桂兰皱了一下眉头。

时兹禾后来才知道，桂兰的姑姑桂俊英按照兄长桂俊生的嘱托，为桂兰挑选女佣格外谨慎——桂家离开曹山桥二十多年，难免物是人非，因此刻意没有在曹山桥挑选熟悉本地人情世故的人，而是在丈夫的舅家——江南的迟家圩子找来与他们沾亲带故的夫妇俩，男的名叫迟近喜做门房，女人迟张氏做用人。亲戚关系远了不知怎样称呼为好，当地人只要同辈，一律唤作老表。按姑父那头算，桂兰把两人称作表舅和表舅母。

时兹禾正要跟随桂兰进去，眼睛余光发现大门不远处的街角有个人影闪了一下。他本能地停住脚步，揉揉眼睛仔细看，并未发现有人，以为是自己的错觉。

桂家这处小院不大，院子右侧是灶房与用人房，正面厅房两侧各有一间卧房。

两人在厅房坐下后，时兹禾先是好奇地打量屋里的一切，然后目光转向桂兰。

"桂姐，为什么你将这里唤做住处？这里不是你家吗？"

"也算是我家吧！"

桂兰意识到时兹禾很敏感，他居然一下子捕捉到自己内心某些隐秘的东西。在桂兰的潜意识中，父母、房子和生活经历是构成家的全部内容。她在南洋出生，雪州的莎阿南是她的所在地。尽管曹山桥的这处小院也是桂家老宅的一部分，说成"家"并无不妥，可是桂兰总觉得这里与她隔着什么——她说不清楚。

没等时兹禾再问，桂兰说道："我家在南洋，在雪州莎阿南伊努翁路十一号。这里只是我的老家。"说罢，桂兰咯咯笑了起来。

"南洋？"时兹禾吃了一惊：那么遥远的地方！他想起他上小学那年爷爷奶奶从苏北老家来蚌山。时兹禾问爷爷，苏北老家离蚌山有多远？爷爷说，坐大鼻子道奇牌大轿车走了三个时辰，走大路、小道，过桥，还要从布满鹅卵石的浅河滩上蹚水而过。

时兹禾的这个印象很深:爷爷奶奶是从很远的地方来的。可是与南洋相比,苏北之远真是小巫见大巫了。

看着时兹禾单纯且真诚的表情,桂兰便将自己回乡的缘由一五一十地说了出来。桂兰娓娓道来,事无巨细、点点滴滴,看似详细,却丝毫没有提及桂家与曹山桥的渊源。

桂兰只是从认识邻家大哥黄一峰讲起,讲到在她成长的岁月中,黄一峰的高大形象总是如影随形地伴随着自己,讲到她在巴生河畔与众多华人为黄一峰回国送行,一直讲到她得知黄一峰在皖南牺牲。

"黄一峰大哥回国参加了新四军,他是为抗战回国的,但是他牺牲了。喏,这本书讲到了黄大哥部队的事情……"桂兰说着,从包里拿出《出动中的新四军》一书给时兹禾看。那本书的封面上印着版画图案:一个腰缠子弹袋的战士站在广袤的大地上,身后隐隐约约是茂密的庄稼。只见他右手高举着步枪,左手握成喇叭状,在拼力地呼唤……

桂兰说的一切都让时兹禾感到陌生而新奇:遥远的莎阿南、帅气的黄一峰、令人神往的新四军……他看着桂兰长长睫毛下那双水汪汪的眼睛,觉得眼前这位漂亮的姐姐很不简单:为了缅怀自己曾经倾慕的心上人,不顾路途遥远而回国找寻他的足迹。她那小巧的身躯中居然蕴含着这么大的力量,时兹禾忽然产生了一种想要保护她的欲念。

"你知道吗? 黄一峰大哥长得特别像你!"桂兰突然说道。

"什么? 和我长得相像? 天底下还有这么巧的事情?"时兹禾觉得很惊奇。

"我第一眼看到你,以为又见到了他,简直不可思议。我以为时间久了,黄一峰大哥的形象在我的脑海中会渐渐淡去,没想到你的出现好像让他复活了。"桂兰说这话的时候,笑容渐渐消失,然后语住脸哭泣起来。

时兹禾一怔，一下子不知如何是好。

"桂姐——"时兹禾轻轻唤道。

桂兰依然哭泣，肩头微微耸动。

时兹禾犹豫片刻，走到桂兰跟前，用一只手轻轻抚着她的肩头，安抚道："桂姐，事情过去这么多年了。黄大哥有自己的追求，他是为理想而牺牲的，你别太难过了！"

桂兰渐渐哭出了声。

时兹禾从没与女人有过这么近的接触，而且遇到这种情况，他也不知道怎样做才能让桂兰平静下来。他站在桂兰身后，弯下腰，不停地轻声唤着"桂姐"。桂兰哭得越发厉害，身子也颤抖起来。时兹禾双手扶住她，希望她能平静下来。

桂兰猛然站了起来，转过身，用力抱住了时兹禾……

早上八点正是曹山湖警所巡夜值更警察换岗之时，可是刚刚听完时兹禾讲述的赵传勇惊出了一身冷汗，坐在那里半响说不出话来，以至于坐在值班室门外等候赵传勇随时召唤的小警察二毛也不好离开。

赵传勇吃惊的不是时兹禾遭遇的惊险。对一个经验丰富的老警察来说，他经历和见识过形形色色的案件：杀人越货、打家劫舍、溜门撬锁……且不说自己脸上落疤那次经由小报传播让人觉得惊心动魄，其实随便拎出一件，都比时兹禾所说的事情严重许多。而时兹禾昨夜经历并未造成恶果，假如发生在赵传勇的辖区，他甚至觉得构不成立案条件，顶多算一次纠纷。

赵传勇知道，这件事情之所以非同小可，是因为时兹禾的遭遇起始于曹山桥桂家小院，且与桂兰有着密切关联。借给时兹禾三个脑袋，他恐怕也不会想到，把他从曹山湖救出来的人不仅是一个年过半百的老警察,而且是桂兰的姑父,果真应了凌濛初《初刻拍案惊奇》卷九所言——"可见天意有定,如此巧合"。

择婿

桂家驹离开曹山桥之前,亲自安排了女儿桂俊英的婚事。

这与谢旺田嫁女儿的做法完全不同。谢旺田看重两点,一是媒婆说合,二是陪嫁丰厚。只要有个殷实人家相中自家丫头,嫁过去生活过得去,谢旺田宁愿多搭些嫁妆。

谢家的头两个孩子都是闺女,谢旺田拿出的陪嫁让许多等待给儿子说媳妇的人家羡慕不已,除了樟木箱、拔步床、状元提盒和子孙宝桶这些标准配备,还装了满满两大箱丝绸,寓意两厢厮守。

至于女婿高矮胖瘦以及人品高下,并不在谢旺田考虑之列。自家女儿几斤几两,谢旺田心知肚明,饶舌调唇的毛病不见得有,但好吃懒做的习性却甚是明显。哪个富贵人家的千金小姐不是娇生惯养长大的?再说了,人家娶媳妇,自己瞎操什么心?谢旺田的精力更多地放在儿子娶媳妇上,他觉得女儿再是心头肉,与延续香火和承继家业相比,实在算不得什么。

桂家驹从不相信媒妁之言,这与他在做买卖中养成的习惯分不开——他在走南闯北的过程中始终拒绝与二道贩子交往,不见真章,介绍来的买卖,对方夸口的利润再高也不接手。那几年桂家驹推掉了许多主动上门要为桂俊英说婆家的媒婆。桂家驹说,自己就这么一个闺女,女婿要亲自选。再多的嫁妆也替代不了父亲对女儿的牵挂与担忧。

谢旺田和陈老先生对桂家驹的做法颇有微词。

有一次谢旺田做东,招呼桂家驹与陈老先生来家喝酒。酒过三巡之后,谢旺田借着酒劲对桂家驹说:"桂兄哪样都好,就是观念太新潮。哪有为闺女找婆家不靠媒婆的?《诗》曰:'伐柯如何? 匪斧不克。取妻如何? 匪媒不得。'咱曹山桥几百年不都是这样过来的?"

其实,这场酒局是谢旺田和陈老先生预谋的,他们着实看不惯桂家驹在择婿一事上固执己见的做派。

谢旺田早年也念过私塾,略通文墨,但学问远不如陈老先生。谢旺田引用《诗经》所言,是事先陈老先生专门所教。

陈老先生自然想到如何维护谢旺田的自尊,并未按私塾讲授那般释疑解惑,而是提前将此十六字写好条幅赠予谢旺田。谢旺田看后免不了一番夸赞,无非笔锋劲道有力之类。陈老先生借机对条幅所写内容如此这般一番解读,然后说:"谢兄做事讲究,儿女大事始终这般,遵规守矩。有道是'嫁女择佳婿,毋索重聘;娶媳求淑女,勿计厚奁'。佳婿淑女何来? 古人早有所言,匪媒不得嘛!"

谢旺田听得飘飘然,便自觉了得。陈老先生断定,《诗经》所言若出自富甲一方的谢旺田之口,效果必然非同寻常。

酒席间,谢旺田说罢,陈老先生立即附和道:"'囊空不办寻春马,眼乱行看择婿车。'谢兄所言极是,离开媒婆,自己会挑花眼的,末了耽误了闺女。"

桂家驹似乎早有准备,笑道:"二位仁兄所言固然有理,但却并不尽然。'刘景择婿杜广,厩卒何惭;挚恂定配马融,门徒有幸。'刘景和挚恂都是何等高人? 杜广给刘景养马,品学兼备,被择为女婿。马融是挚恂的学生,才学过人,挚恂便将女儿嫁给他。刘景对自家老婆说,为女儿挑选夫婿,花了三年时间,没想到自家养马的是个人才,言语中很是自豪。我为自己女儿选女婿,倒不见得找个养马的,至少得找个我和女儿都满意的。"

嫁闺女在桂家驹心目中是大事,丝毫不亚于给儿子娶媳妇。桂家驹打定主意,宁可冒着南洋产业在最初布局阶段并不稳定甚至可能折损的风险,让儿子桂俊生先行打点,自己也要留在曹山桥亲自为女儿择婿。

赵传勇正是桂家驹选中的女婿。

赵家本非曹山桥坐地户。

赵传勇之父乃芜湖白马山人,乡试武举及第,凭借一位在江南太平府做同知的远房老表说情,得以到巡检司供差。在家门口为吏并不符合规制,好在赵父的爵衔不在"九品十八级"之内,俸禄不过每年三十两上下,寻常官差,人微言轻,并不引人关注。赵父顺其自然在府城首县当涂娶妻生子,日居月诸,吃上顿,有下顿,不为富,尚可温饱,强过种田许多,且在衙府做事,风光体面。

清光绪二十七年(1901年),太平府发生了两件事,凑到一起,一下子打乱了赵父的生活节奏。

一是官拜同知的远房表兄从分管盐务和督捕改为分管水利,二是省上来人进行籍贯回避巡查。两件事本无关联,表面上看,衙府内张三李四王五各就其位,各谋其政,照章行事,无甚影响。但对赵父而言,这两件事情居然构成内在联系,直接摧毁了他安于现状的梦想。

省上来人巡查发现,赵父是本地人,违反异地为官的准则,依照规制需转派至他地。老实讲,巡检在官吏序列中属小萝卜头,小到何种程度?酒局上赵父有时向众人伸出小拇指自嘲阶低官微。有职无权的小官差,是否合规,没人太当回事。即便有事,做同知的远房老表通融一下,也就得过且过。以往的确如此。

讲起来同知在府州算大官,排位仅次于知府,名副其实的副手。问题是同知职数太多,且不说正副职之间判若云泥,单就同知而言,讲话是否好使,关键在分管何种事项。

之前老表管盐务和督捕,实权在握。毕竟食盐是紧俏物品,抓人则连着官司,求他办事者门庭若市,所以上下左右易于通融。管水利后很快门可罗雀,说话也不那么灵光了。所以,该着赵父倒霉,他很快被派到濠州县衙,连地方都没得挑。

同为一省,由于隔江,习俗上竟有南蛮北侉之分。南蛮子赵传勇的父亲养成横劲十足习惯,以前有人罩着,没觉着有什么不妥。可他在濠州依然如故,不经意间就得罪许多人,没过多久又被县衙发配到曹山桥做巡检,家眷子女也只好随同下放到曹山桥。

一个区区从九品小吏,从太平府到凤阳府隶下的濠州,从家门口到外乡,供职的官衙层级越来越低不说,又远离故土,赵父心里十分撮火,难免心灰意冷,人生中只剩下"熬"字,想着混到符合"致仕"条件便告老还乡。可是从"不惑"到"花甲",对赵父来说,时间何其漫长!

还好谢旺田以及桂家驹这些有头有脸的乡绅富豪对赵父多有关照,不时请来吃酒或引至蚌山听戏。眼瞅着日子渐渐稳定,环境也从不适应到如鱼得水,赵父也就安于现状。哪承想忽然一日听闻京城厢白旗汉军副都统爱新觉罗·良弼被炸身亡,紧接着传来消息,宣统下诏退位。

初春的太阳照样升起,曹山桥寻常百姓依旧早出晚归,可清廷变成了中华民国政府。曹山桥最大的变化就是来了几个接收大员,而这里的巡检司属于府衙公差。黑地金字的横匾一夜间更换成了白地黑字的竖牌,"曹山桥"三个字没变,只是巡检司改成了警察局派出所。

巡检司原有人员经审查无劣迹便可留用。那天赵父赶去面谈,接受审查。接收大员长得白白净净,梳着偏分头,中山装左上方口袋里插着一支自来水笔。

赵父几十年吃官饭,迎来送往见过世面,看那人神态和装束便以为是京城来人。谁知那人一张嘴让赵父大吃一惊,他讲的竟是江南那边的家乡土语,一打听,原来是繁昌人,与赵父属同府老乡。

"你家繁昌哪里的？"赵父问。

"峨桥的。"接收大员说。

"乖乖,我小时候常去那里赶集!离俺们芜湖白马山二十华里!"赵父感慨道。

审查者与被审查者顿时产生了亲近感,原本两人面对面正襟危坐的姿势刹那间放松许多。接收大员跷起了二郎腿,讲话也不再那么煞有介事,而赵父索性将烟锅塞满烟丝,滋溜滋溜地吸起烟来。

谈话变成聊天,沟通更加顺畅。

接收大员觉着赵父谈吐不凡,为人爽快,大有相见恨晚的意思。赵父则想到结识了接收大员这等老乡,相当于朝里有人,自己被留用后说不定还有机会获得擢升。两人越说越投机,便约好审查结束后在镇子上找家酒馆推杯换盏。

或许时逢暑热时节,赵父过于兴奋,说话间突然中风。先是口吐白沫,烟锅落在桌上,然后他歪斜着从椅子上滑落下去,不到一袋烟工夫竟一命呜呼。

"留用认可书"上没签字画押,等于审查尚未完成。赵父在艮节之刻"翘辫子",硬是错过了当新式警察的机会,真正成为巡检司的末了之鬼。家中顶梁柱坍塌,正在念私塾的赵传勇和母亲因此有乡难返,只好留在了曹山桥。

听任命运浮萍飘荡的赵父虽然一辈子郁郁不得志,但并没有影响儿子赵传勇坚毅品格的形成。赵父死在暑日,虽说遗属悲恸尚未宣泄,但时日却须臾不可耽搁,次日下葬便看出异乡人的孤寂。除了孤儿寡母和曾经在巡检司供职的几位同僚,参加者甚少。

多亏谢旺田和桂家驹帮忙张罗,使些碎银两唤来十数人打鼓敲锣吹唢呐,勉强凑了个场面。身材矮小的赵传勇尚未成年,麻衣白帽,草鞋裹足。外人从远处看着这个半大小子形影相吊,茕茕孑立,很是恓惶,但走近一看,却见他咬着下嘴唇,仅仅流泪却无哭声——

他那时便觉得自己应该顶天立地,把坍塌的家庭支撑起来。

之后,曹山桥人很少再看见赵传勇说话,遇人搭腔,至多点头或摇头。

但作为武举人的后人,赵传勇拳法甚好,乍看貌不惊人,施展起拳脚却张弛有度,内行人便知这小子童子功扎实。凭借早年省吃俭用留下的积蓄,加上母亲帮人缝补浆洗,没几年工夫赵传勇竟长成高大壮实的小伙子,引起桂家驹的关注。

在曹山桥,桂氏织业用工录人历来僧多粥少。做工不同于务农,省却田野中风吹日晒的劳苦不说,毕竟工钱按日发放,手头活泛,日子好过许多,所以想来桂氏织业务工者趋之若鹜。

冬季农闲,谢家活路少了许多,平时在田里打短工的人一窝蜂似的拥到桂氏织业,加上外村来的,募工之日求职者排成长队,每天少说也有半里地。

或许承继了父亲倔强的性格,即便生活困窘,赵传勇也从不屈尊求人,更不会为了糊口去炙手可热的桂氏织业与人争抢饭碗。后来赵传勇进入桂氏织业,完全是桂家驹出面盛情邀请,这在曹山桥仅此一例。

一开始,所有人都甚觉蹊跷,若为雇来做保镖,赵传勇身形尚嫌稚嫩。再说曹山桥算是习武之乡,习武者强手如林,外人岂敢来此惹事? 根本无须此种赘职。

在桂氏织业,女人多被安排照看织机,而男人则在门脸售卖或者扛运布匹。可赵传勇那么刚硬,缺少变通能力与活泛劲,肯定属于没有眼力见的,站柜台还不如挂在门上的幌子有用。

还是谢旺田和陈老先生首先看出了端倪——桂家驹在打赵传勇的主意。

日子就像酿酒,貌似没有大的动静,但一切都在特定的温度下"沤着"。桂家驹刻意不给赵传勇安排固定活路,无非让他跑跑颠颠,捎个话,传个物,也不时唤他来桂府做些不相干的事情,目的就是让他有机会接触桂俊英。

桂俊英长相随娘——她娘当年是濠州县城有名的美人,明眸皓齿,面若桃花。二八年华的桂俊英在曹山桥自然一枝独秀,只是碍于她爹桂家驹的威望,无人敢对她造次。赵传勇也不例外,从来不敢正眼端详桂俊英。一是没胆量,怕人家说他心术不正;二是一看就心跳。赵传勇偷瞄过桂俊英几次,每每如此。

桂俊英倒也不反感赵传勇,甚至有一次桂家驹硬是将赵传勇留在家里吃饭,还特意让他俩挨着就座,桂俊英也没有抵触。饭桌上桂俊英谈笑自若,而赵传勇则闷头吃饭,自始至终头也不敢抬一下。

甭管赵传勇与桂俊英两人各自心境如何,这大局是由桂家驹掌控的,酒酿到时辰就要揭开盖子。

就在桂俊生去南洋数月后的一天,桂家驹先向赵传勇说明了自己的心愿。赵传勇简直大喜过望,脸一下子涨得通红。虽然赵传勇没敢说话,但桂家驹自然明白了他的心思。出乎桂家驹意料的是,事情挑明之后,多年宠惯的女儿却硬是不给一个肯定的回话。

桂家驹随后安慰赵传勇莫急,待为父的他好好再与女儿沟通。谁也没有想到,赵传勇次日便随北伐军出走,而且并未声张,只是给桂家驹留下一张条子:"桂叔,告诉俊英,我去去就回来。"

布局

那张仓促写就的字条让桂家驹看出了赵传勇的心迹与忠勇可靠。从人品上说,赵传勇符合自己的标准,更符合未来女儿生活所需要的信任。一旦这样的人与女儿结为夫妻,自己可以把心放进肚子里,踏踏实实去南洋了。

只是"去去就回来"这样的承诺,看似轻松,却不知道背后还会有多少未知裹挟着赵传勇的命运。

当兵扛枪打仗毕竟不同于在曹山桥集市上拳打脚踢地干架,后者即使干得鼻青脸肿也不影响到点按时吃饭,而前者将脑袋拴在裤腰带上,稍有不慎就成了炮灰。那可就应了桂家驹小时候听奶奶说的一句老话——"好铁不打钉,好男不当兵"。清咸丰年间,十五六岁的父亲仗着年轻气盛,非要跟着太平军走不可,奶奶硬是凭着那样的说辞拦住了父亲。

隔着曹山湖,蚌山那边传来的枪声像除夕夜的鞭炮声,噼里啪啦整夜未停,让桂家驹提心吊胆,惴惴不安。

老天保佑,三个多月后,正月十五刚过不久,曹山桥各家各户为庆贺新年而张灯结彩的印记犹在,桂家驹亲眼看见赵传勇身着摘去星徽的军装精神抖擞地还乡了。

曹山桥轰动了,谁也没有想到,赵家那个三棍子打不出一个屁的"闷葫芦"小子竟成了北伐英雄。

兵龄过短的赵传勇甩胳膊走正步的样子还没有学会,但他踏着夕阳的余晖迈出的轻快脚步已然透露出志得意满的神情。更让曹山桥人啧啧不已的是,赵传勇身边还跟着送他返乡的张瑞琪连长。赵传勇身材高大,而面相白净且显少性的张瑞琪连长矮了他半个头。若不是赵传勇不时向路边看热闹的人介绍说"这是俺连长",许多人几乎以为那人是个卫兵。

桂家驹旋即给赵传勇和桂俊英办了婚礼。这是曹山桥人印象最深的一次婚礼,倒不是因为场面宏大、嫁妆丰厚,而是这件事情从头至尾完全由桂家驹亲手操办,以至于很多人都误以为桂家招了个上门女婿。

桂家驹坦荡透亮,婚礼上头一句话就将事情挑明——

"今天我嫁闺女,俊英跟了传勇,从今往后成了赵家的人。但我老桂声明,无论桂家走到哪里,娘家的大门永远为我闺女敞开。"

曹山桥的人一边兴高采烈地喝着喜酒，一边窃窃私语地议论道："我的个乖乖，桂老板嫁闺女真像桂氏织业外带门脸售卖一般，自产自销一条龙。"

坐在主宾席的谢旺田冲着陈老先生无奈地摇摇头，说："怎么讲才好呢？桂兄就这个熊样！几十年了，一直没变。"

陈老先生独自端起酒杯，一仰脖喝了下去，叹了一口气说："谢公义曰：'天下才共一石，子建独占八斗。'桂兄不输给曹子建，曹山桥才共一石，他占了九斗，非常人也。"

虽说赵父早已过世，但活着时好歹年俸三十两，虽说民国初期银两换纸币有所折损，但省吃俭用总能有点积蓄。再说了，即便穷人，遇到娶媳妇这等大事，砸锅卖铁也要凑够聘金。

脸面之事，不仅仅关乎钱财，可赵家一个子也没有拿出来，不是舍不得或拿不出，而是桂家驹坚决不让拿。

桂家驹对赵传勇说："钱你留着，今后过日子用得上。俊英嫁给你，不见得穿金戴银，但你有一口饭吃，她就不能饿着。"

谢旺田掐着手指头也算不明白，这出戏桂家驹如此唱来究竟图的什么。陈老先生一开始也是浑浑噩噩，但他在赵传勇穿的对襟紫红色新郎服上看出了些许不同。他对谢旺田说："你看传勇胸前佩戴那东西，晃来晃去地吊着，说不定桂兄看重的是那个！"

谢旺田这才注意到，新郎官胸前正中位置挂着红绸缎扎成的大红花，而左胸则悬挂着两块金属物件。谢旺田头一回见到这种配饰，完全不清楚那是什么东西，便扯了扯站在一旁招呼客人的桂家驹的衣袖，问道："桂兄，你女婿胸前戴的幌子该？"

桂家驹笑眯眯地说："我的谢兄哟，你可真是落伍了。北伐！北伐你知道吗？那是北伐成功退伍纪念章和大功奖章！"

曹山湖警所值班室桌子上格外醒目地摆放着濠州警局的警情

通报：

> 保安总队近日在曹山桥发现"通共"书籍《出动中的新四军》，目前尚不清楚该书来路。保安总队已着手侦调，曹山桥警所应予以协助。徐蚌大战在即，为落实国府"守江必守淮"之战略，各警所并分局务必加强治安与巡查，防止共党共军渗入，确保国军"一点两线"之防御阵线安全。

通报前段时间发来时正巧赵传勇当班，他顺手签收后就搁置一旁。身为警佐，资历又老，赵传勇在曹山湖警所扮演所副角色。此类通报大多为例行公文，通常并不紧要，除非涉及该所管辖事项，一般无人关注。赵传勇无意中瞥了一眼，看见"曹山桥"三个字，立刻引起警觉，赶紧细看一遍。

桂俊英和赵传勇已经二十多年没有在曹山桥生活了。

桂俊英嫁给赵传勇后，尽心尽力地扮演着儿媳妇的角色。男人女人互看，性别不同，视角也不同。男人觉得，好儿媳必定是好老婆，倒过来说却不尽然。心甘情愿是女人尽心做儿媳的前提。

赵传勇当年冷不丁参军参战之举着实感动与震撼了桂俊英，她知道那是赵传勇在向自己证明他是真正的男子汉。子弹不长眼，敢去打仗，那得冒多大风险？换言之，那得有多大的胆量？曹山桥的女人们聚堆聊天常说"嫁汉嫁汉，穿衣吃饭"。扯老婆舌头的重要话题之一，就是谁家日子过得好，话里话外隐藏着哪家男人能干、靠得住。

桂俊英从小到大衣食无虞，没有为吃饭之事发愁过，别人过新年才哆哆嗦嗦扯块布料做件新衣，而桂俊英却不时有丝绸旗袍和府绸布套装新添在身。

所以，桂俊英所想之事与别的女人常常不同。赵传勇为她愿意把命豁上，敢作敢为，那就是靠得住的表现，就像她父亲桂家驹那样，三代人已然在曹山桥生根发芽，一旦看准南洋商机，说走就走，并不犹豫。为这样的男人伺候好常年卧病在床的婆婆，有什么不照的呢？

富贵人家的千金小姐变成贤淑能干的媳妇并不容易，以为生活本就应该饭来张口与衣来伸手的桂俊英突然意识到，洒扫庭除和烧火做饭才是平常人家的日子。

赵家自然不能像桂家那样雇有用人，桂俊英躬操井臼，家务居然做得像模像样，躺在病榻上的婆婆不断念叨着儿子命好，竟能娶到如此能干的大家闺秀。

赵传勇每日绕湖骑车去蚌山上班，风雨无阻，虽然辛苦，但觉得小日子过得充实甜美。他甚至开始琢磨是不是找个合适的机会与汪守驷局长说说，看看有没有调到曹山桥警所的可能，以便生活与工作都能兼顾。

父亲与兄长都去了南洋，原本近在咫尺的娘家现如今远在千万里之外，嫁作人妻的桂俊英也以为日子就这样在曹山桥年复一年、日复一日地过下去了。

天有不测风云，也就年把工夫，多年积劳成疾的婆婆撒手人寰。福无双至，祸不单行，兄长桂俊生来信，告知父亲也在南洋病故。两桩丧事让桂俊英伤心欲绝，尤其路途遥远，夫妻俩无法前去奔丧。

赵传勇做主，在桂俊英祖父坟地一侧为岳父修了衣冠冢。丧事完毕，夫妻俩在曹山桥镇子之外的路口，冲着南洋方向长跪不起，痛哭流涕，不能自已。

自此，桂俊英心绪不佳，动辄以泪洗面。赵传勇下决心将家搬到蚌山，住到桂家驹临走前给他们夫妇在蚌山置办的房子里，免得桂俊英睹物思人，不能自拔。

一晃多年过去,赵传勇夫妇只是清明时节回乡扫墓。夫妻俩在那里不仅没有直系亲属,三亲四眷也没有,通常晌午烧纸敬香,祭奠完毕便赶回蚌山,甚至从未像桂家驹考虑好的那样在桂家小院小憩或者住宿。

尽管如此,赵传勇对那里的情况却了如指掌。且不说隔湖相望两边距离不算很远,他和桂俊英毕竟都生长于斯,总有熟人往来于两处。那边的曹山桥警所与他所在的曹山湖警所均为濠州警局管辖,每周固定的警情通报使得赵传勇随时可以掌握那边的动态——论起来"疤叔"算是曹山桥警所的后裔,他爹是那里的老人。尽管巡检司是清朝的机构,但所做事情与后来的警所大致相当,地点也没变。若不是父亲突然病亡,那他就是曹山桥警所第一代元老。

赵传勇是个长虑顾后的人,经过反复琢磨,他下决心将跟随自己多年的心腹谭义宏安排在了那里。

在濠州警界资历老、名气大、威望高,又没有担任一官半职,赵传勇算一个特例。没文凭的赵传勇,在警所干到警佐已经顶到天花板,谁也帮不上忙,包括局长汪守驷。但赵传勇深得汪守驷信赖,其建言与相求之事,汪守驷几乎悉数照办。知情人说,没人能替代赵传勇在汪守驷心目中的位置。

很多人认为,赵传勇与汪守驷的特殊关系与他刚入警局时由谭曙卿说情相关。老长官的面子固然重要,但只是一个方面。论起来两人同在北伐军第一军第三师干过,虽然没有同时吃一锅饭,但汪守驷与警察们凑在一起喝酒的时候, 与赵传勇的共同话题显然更多,那种亲切感和默契感是没打过仗的人难以理解的。当然,干警察这个行当,哪个做局长的不高看警务能力出类拔萃的警员?

二毛的师兄谭义宏拿过警校进修证,跟着赵传勇当徒弟,鞍前马后尽心尽力,干了几年巡警后,便被他推荐到曹山桥警所做了警佐。曹山桥是赵传勇夫妇的故里,把自己人安插在那里,保不准什么时候就能够派上用场。

桂兰回乡,正赶上时局动荡,国民党军队在蚌山频繁调动。自从81师从外地迁至曹山湖一带驻防后,桂俊英便开始为桂兰的安危担心。桂俊英当着桂兰的面抱怨哥哥桂俊生不与她商量,在兵荒马乱时节草率安排桂兰回国。

桂俊英显然错怪了自家兄长,如果不是桂兰郁积多年的心结与执意返乡的意愿,做父亲的怎会舍得让自己女儿前往一个丝毫不熟悉的地方?尽管这个地方是她真正的故乡。桂兰笑了笑,并未解释。虽然姑姑桂俊英有所担心,但桂兰每每想到黄一峰在当年那种艰难困苦之时毅然决然地回国参加抗战,便觉得自己此时返乡没有什么不妥,或许她也能像黄一峰那样找到自己的人生道路。

桂俊英几次要求桂兰搬到蚌山与她同住,桂兰都执意不肯。桂俊英当然知道自家住房并不宽敞,桂兰住过来后多有不便。但桂俊英的担心与日俱增:一个姑娘家的,人生地不熟,独自住在曹山桥桂家小院,万一有事,自己在蚌山终归有些距离,不能随时照应。桂俊英最牵挂的,是不知道桂兰有何打算,是长期留在家乡,还是过一段时间就返回南洋?桂兰这个岁数了,难道还不考虑自己的终身大事吗?想到这些,桂俊英又在心里埋怨起哥哥桂俊生来。

赵传勇安慰桂俊英说,有舅家远亲与桂兰住在一起,既是陪伴,也可以照顾她的生活起居,至少短时间内没有太大问题。赵传勇说,他已叮嘱谭义宏,平日里多给些照护。

回来后没有多久,桂兰发现,谢万昌时常以各种借口来桂家小院找她。一开始桂兰并未介意,她以为谢万昌或许只是出于父辈情分,想尽一下地主之谊而已。况且自己返乡时,也是父亲写信嘱咐谢万昌接站的。

但桂兰很快意识到其中可能有些问题,因为父亲桂俊生的故旧发小谢启财早已故去,这令她十分纳闷。桂兰悄悄地溜到谢府大门看了一眼,完全没有父亲讲述的那般豪气壮阔,大门成了门洞,一副破败景象。她不知道那个与父亲通信的谢启财究竟是谁,其中又藏有什么猫腻。

谢万昌三天两头造访,说些无关痛痒的话题,桂兰便觉得其中有些不妥。特别令桂兰感到别扭的是,每每谢万昌来访,目光从不与她的目光交流,却总是在她身上滴溜溜打转,分明不怀好意。尽管桂兰应聘崇正之后周末才回到曹山桥,但丝毫不影响谢万昌的如期而至。这让桂兰不胜其烦。

桂兰将谢万昌如此这般的情形告诉了姑姑和姑父。

桂俊英猛然想起二十多年前父亲桂家驹与谢启财的父亲谢旺田在酒桌上的约定。桂俊英那时十八九岁,两家举办"双喜之庆"宴会,她就在现场,看得出两家长辈或许是认真之举。

不过,站在姑姑的角度,当时的桂俊英就不像父亲桂家驹那样顾忌与谢旺田知己故交的关系,也不像兄长桂俊生那样,既要考虑自家父亲的感受,还要权衡与谢启财的关系。桂俊英觉得"割襟之盟"那种事情,在那种特定背景下倒是增进两家情谊的一种方式,热闹一下或者娱乐一番都不为过,只是不能过于认真。这么多年过去,旧事重提就显得滑稽可笑了。时过境迁,物是人非,陈年旧事,再次提起,毫无意义,如同久放的食物早已发霉变质,不提也罢。

况且桂兰出生在南洋, 成长经历与曹山桥以及谢万昌毫无关系。莫说指腹为婚的约定,即使正式订婚,如果不妥,亦可毁约。甚至结婚多年的夫妻离婚,在上海和南京早已见怪不怪。

至于谢家发生变故后,谢万昌的情况桂俊英也有所耳闻。好端端的大财主后代,不干正经营生,跑到保安队做劳什子"二狗子",真是莫名其妙,搁在蚌山就是十足的二流子。

桂俊英想,找不到媳妇的谢万昌没准真的在打桂兰的主意。桂俊英抱怨兄长的原因之一就是兄长居然让谢万昌而不是她这个姑姑去蚌山火车站接桂兰。这等于给谢万昌接触桂兰提供了条件。

桂俊英的提醒让赵传勇对曹山桥发生的一切格外关注。看完警情通报,赵传勇推断,这件事八成是谢万昌干的。保安队平日里蜷缩在濠州城里,没事不会动辄去乡镇,只有"二狗子"谢万昌三天两头回曹山桥。

赵传勇琢磨,《出动中的新四军》这样的书籍怎么会出现在曹山桥,又如何会落在谢万昌手中?桂兰回国就是为在皖南事变中牺牲的新四军战士黄一峰而来,莫非这本书是桂兰的?赵传勇越想越觉得此事与谢万昌脱不开干系。

可是,治安类事情本不归保安总队管辖,他们总是越俎代庖。没见他们打仗或者去黄泥铺那一带山区剿匪,他们却常常插手地方治安,搞得警局很是被动,局长汪守驷为此牢骚满腹。有消息说,有一次局长汪守驷与保安总队队长谢继业在县府会议上发生了争执。

按赵传勇推算与估测,从时兹禾头一次去曹山桥,谢万昌可能就开始"盯梢"了。他或许以为时兹禾是横亘在他与桂兰之间的障碍。赵传勇不得不开始琢磨下一步如何解决这件事情,而"解决"本身看来不能完全凭借他的警察身份。

赵传勇想,如果谢万昌色欲膨胀而不能得手,或许会假公济私,出手报复,桂兰因此会面临危险,而马上要上大学的时兹禾也可能被无端地扯进此事。

情悟

时兹禾很久没有缓过神来。

时兹禾当时觉得十分意外,因为桂兰刚刚说到黄一峰便情绪失控,一下子就将他抱住,痛哭不已。时兹禾不清楚究竟是自己与黄一峰长得相像诱发了她压抑许久的情感,还是因为别的什么原因。他无法确定。

时兹禾能确定的是自己的感觉。

认识桂兰只不过短短半天时间——他们可能在崇正碰过面,但这种碰面如同时兹禾与许多并非同班级的女生碰面一样,不能算作相识,至多属于擦肩而过的校园相遇罢了。长这么大,除了母亲赵翠娥和妹妹时兹婕,他好像从没与女人有过这么近距离的接触。

时兹禾以前没有意识到这个问题,自从与布鲁托聊过,他就开始琢磨,或许因为自己过于内向与腼腆,抑或因为没有遇到让自己心动的女人,所以他始终没有机会得知会从女人那里获得什么令他欣喜或者向往的感受。

从在学校车棚前相遇,到结伴同行,直至再次追赶桂兰并且来到她的住地,时兹禾仿佛在半天时间里完成了一个男人对一个女人从好奇,到产生兴趣,继而无法自制地想与她继续接触的全部过程。时兹禾甚至陷入遐想:如果想方设法找他造话的那个人不是肖慧仙而是桂兰,那该是一件多么美妙的事情!

无论如何,时兹禾真切地感受到这个娇小秀美的女人紧紧地抱着自己。时兹禾在回家的路上还不时用一只手握着车把,另一只胳膊抬至鼻前,不断嗅闻着桂兰在他身上留下的淡淡余香。他回忆着事情发生的全部过程,就像在街头上拉洋片一样,一幅幅画面十分清晰:桂兰坐在那里哭泣;他走到她身后想拍拍她的肩膀以表安抚;桂兰猛然站起来,转过身用力地抱住了他。

时兹禾当时毫无准备,甚至不知所措,以至于他的双手一直垂在身体两侧。这个场面完全不像他在外国小说中看到的情形——女人踮着脚尖用双手搂住男人的肩头,而男人则揽住女人纤细的腰身。时兹禾在紧张万分之后,内心居然开始怦怦地剧烈跳动起来。慌乱之中,时兹禾第一次体会到女人带给他的软玉温香:柔柔的、软软的,馨香浸肺,难以名状。

虽然桂兰哭泣一阵后就松开了双手,又坐了下来,拿出手帕擦拭眼泪,一切又恢复如常,但时兹禾却呆呆地站在原地,内心久久无法平静。

那天,时兹禾回到家中已然亥时。他本打算悄悄地溜回自己的卧房,却见母亲赵翠娥坐在一楼厅房的沙发上织着毛线活。他只好停下脚步。

时兹禾其实早已料到,周末时分,无论多晚母亲都会等他回家,不仅仅因为他每个礼拜才回家一次。在悉知母亲秉性这一点上,时兹禾觉得自己不亚于父亲,只不过父子二人的着眼点不尽一致。

在时昭明看来,赵翠娥为娘后远不像在上海做舞女那样洒脱——每日穿着高跟鞋噔噔作响地走着一字步,一副神采飞扬、目中无人的样子。三个孩子尚小时,时昭明多次劝说赵翠娥不要如此琐碎地盯着锅碗瓢盆和柴米油盐,这些杂事完全可以雇个保姆来做,何苦把自己弄得那么辛苦。

时昭明甚至把大明星宣景琳的照片从置物柜上取了下来,刻意放在厅房茶几上,企望这幅明星照片能够以更加醒目的存在方式引起赵翠娥的关注,从而让她意识到外面的生活依旧很美好。直到有一天时昭明这样的做法惹恼了赵翠娥,她吼叫似的嚷道:"净说快活腔!一家人睁眼睛就要吃饭,我不管你管?"

时兹禾并不知道母亲年轻时的风采,但他了解母亲现在的心思。赵翠娥特别担心儿子时兹禾继承父亲时昭明身上某些从老家带来的禀赋——豪气十足当中掺杂着粗枝大叶,为人仗义之时常常不计后果,最要命的是把简单粗糙的生活方式当成值得夸耀的优点:我这人好相处,不讲究!

"怎么可以这样?你是在上海生活过的呀!"这是赵翠娥常常抱

怨时昭明的话。当这种话赵翠娥说给时兹禾听的时候，就会变成："喏，应该这样，这样就好啦！以后你应该去上海陶冶熏陶的呀！"即使时兹禾住校后每周回来一次，赵翠娥也会不厌其烦地与时兹禾聊上一会，无外乎这般叮嘱或者那般吩咐。

在外应酬或者家中来客，父亲时昭明常常喜欢拍着胸脯以苏北人自诩，母亲更是以自己是上海人为荣，"我们上海如何如何"成了她的口头禅。时兹禾有时也觉得无法理解，父母虽然在生活中刻意保持着各自故乡的意识与习惯，但偏偏在家中讲话却充满了蚌山腔调。且不说自己从小就说本地话，父亲在应酬交往中的讲话习惯历来随行就市，谈天说地，猜拳行令，无一不是蚌山话当道，就连母亲赵翠娥也不例外。

"嘎的该，大雪天，回来这么晚？"赵翠娥没有停下手中的织针，低着头说。

"和同学研习作业。"略显兴奋却又有些不安的时兹禾头一回向母亲撒了谎。

"你爸猫尿喝多了，睡了。"赵翠娥抬头看着他说。

"哦，俺妈……"时兹禾不知说什么才好。他尽量与母亲保持距离，生怕她嗅到自己从另一个女人身上沾染来的香气。

"没有别的事吧？"敏感的赵翠娥盯着时兹禾的眼睛问。

"没有。"时兹禾没敢抬头。

高中毕业会考的日子越来越近，但周末休息之后，时兹禾的思绪反而无法集中了。时兹禾想，果然寻常不来事，来事不寻常。肖慧仙堵上门来这件事倒还好办，不搭理、不接茬，还能奈我何？偏偏那晚母亲赵翠娥不顾天色已晚，絮絮叨叨与他聊天，谈及有没有可能去上海念大学之事。这让时兹禾倍感压力。

时兹禾上届有两位留级的学兄，两人三年前会考成绩皆佳，便有些飘飘然，在众人哄抬下，打探过上海几所大学的情况。时任校监鲍朴一好大喜功，闻讯后格外兴奋，想着崇正若有学生在上海念大学，自然极有面子，便向校董会和教育局夸下海口："俺们崇正的学生个个都是佼佼者，别的不敢说，考到上海的圣约翰大学还不是小菜一碟？"

上海极司菲尔路上的圣约翰大学之所以第一时间跳进鲍朴一的脑海，以至于他脱口而出，是因为他理所当然地以为，那所大学也是教会所办，与崇正来路相当。物以类聚，人以群分，同为教会所办，或许在录取时会对崇正的考生有所关照。鲍朴一越想越觉得是这么个理，于是就撺掇那两位学生报考。

哪晓得事情并不简单，省立大学和个别来蚌山选生的外地大学仅凭会考成绩便可择优录取，但凡拟去外地上大学的人，均需持高中毕业证去当地学校报名考试。去外地考试和在本地等待录取，机会是二选一的。换言之，一旦考不上外地大学，即便符合本地大学录取条件，也将失去入学机会。

两位学生便生出顾虑，吭吭哧哧没有表态。大话既出，覆水难收，鲍朴一有些急眼，便答应为两人提供往返路费和上海旅社住宿费，还煽呼道："可以顺便去霞飞路逛逛的！"

两位学生还在犹豫时，各自家长却被鲍朴一给出的条件说动了，就跟着鲍朴一一起做自家孩子的工作。最终两家人结伴，带着孩子便去了上海报名考试。结果令人大跌眼镜，一人没有考上，另一人虽被录取，可是没多久便被劝退，原因竟是那里的老师皆以上海方言讲课，那位考上的学生系蚌山土生土长，哪里听得懂上海方言？

鲍朴一校监想到自己在蚌山也是有头有脸的人物，自觉丢了面子，就不辞辛劳，亲自去上海圣约翰大学找人家理论。招生负责人姓戴，名维斯，是地道上海人，戴着眼镜，西装笔挺，指着报上登载的"简章"很斯文地对鲍朴一说："喏，这里讲得清楚伐？上海方言教学。

吾尼(我们)是东方的哈佛,侬去哈佛,人家还用英语讲课好不啦?"

戴维斯讲话的逻辑好生奇怪,人家哈佛上课讲英语与东方的哈佛讲方言有什么内在关联?聪明绝顶的鲍朴一竟然被"套"住,一下子又挑不出毛病,气得直翻白眼,只好悻悻地回到蚌山。

鲍朴一校监担心家长找碴,只好同意两位学生回崇正留读一年,免除学杂费。眼瞅着今年会考在即,现任校监格雷克不知是对本校教学质量有所担心,还是前任校监鲍朴一对他有过交代,这几年在鼓励学生报考外地大学方面只字未提。

时兹禾留了个心眼,故意把三年前发生的事情说成是在去年,把"留级生"移花接木到与他同班,而且仅仅说到那位没考上的学兄,尤其强调了那人本该已经坐在省大敬敷书院的教室里,遥遥地望着滚滚东去的长江水,吟诵着"要看银山拍天浪,开窗放入大江来",现在却与他一起为高中会考忙碌。

时兹禾的意思再明白不过,去上海考一下固然可以,但风险不仅是考不上,而且没有机会再回崇正重读。格雷克校监才不会像自以为聪明的鲍朴一那样,为了虚头巴脑的面子,宁愿去做吃哑巴亏的傻事。

至于另一位被劝退的学生,时兹禾知道,那可是头发丝挽豆腐,压根不能提。他太了解母亲赵翠娥的秉性,一旦说了劝退原因,母亲立即就会接话:"上海话有啥好哇尼(难懂)哦?老娘来教你好的啦!"

那天晚上,一向倒头即睡的时兹禾几乎彻夜无眠,眼睁睁地望着天花板——母亲的絮叨倒没有给他平添更多烦恼。这种絮叨从他记事起就伴随始终,随着渐渐长大,他已经知道如何应对。有时母亲赵翠娥在絮叨结束之后会补充一句,用来揭穿他的心理——"我晓得,你听了,左耳进右耳出!噫嘻!"

每当此时,时兹禾就会觉得十分好笑。"噫嘻"是近乎消失的古汉语,时兹禾在高中国文课本中找到过依据——东汉经学家郑玄解释说:"噫嘻,有所多大之声也。"这么老掉牙的感叹用语,居然顽强地保留在蚌山人的口语中。母亲分明已经被蚌山深深地同化,却依旧坚守着"我们上海如何如何"。

时兹禾睡不着,根本原因是他的眼前全是桂兰的身影。

礼拜一上课,时兹禾完全没有听进去讲台上的老师在讲些什么,心神不宁的他虽然双眼紧盯老师,做出一副认真听讲的样子,心中却想着是否应该再与桂兰见一次面,以确定她现在的真实想法。

下课后,时兹禾终于鼓起勇气,蹒跚着来到学校图书馆。时兹禾担心此时来见桂兰的理由不充分,反而显得自己很莽撞,便想到可以把征求她的意见作为理由——母亲反复叮嘱他报考上海的大学,桂兰对此有什么建议呢?想到此,时兹禾心里踏实了许多。

临近考试,没有什么人来图书馆借书,里面显得空荡荡的。看到时兹禾进来,桂兰立刻露出笑脸,向他挥手打了招呼,并示意他来借书台跟前。

隔着柜台,时兹禾犹豫了一下,然后怯怯地小声说:"桂姐!"

桂兰将食指放在嘴前,做出嘘声的样子,略显俏皮地说:"应该叫桂老师的。"

时兹禾恍然悟到不妥,便说:"桂老师,前天我离开后,你感觉好些了吗?我当时特别担心你的情绪。"

桂兰笑道:"好多了。"

时兹禾不知说什么才好,吞吞吐吐地说:"我以为……"

桂兰说:"我也不知道自己怎么会那样,也许是你让我产生了睹物思人或者触景生情的感觉吧。你千万别介意呀!我现在已经彻底释怀了。谢谢你周末冒雪送我回家,还反复宽慰我。我真幸运,在蚌山能遇到你这样的好弟弟!"

桂兰如此一说,时兹禾固然难免有些失落,但激荡的心绪却一下子平静下来。

时兹禾想,桂兰从国外回来,或许交往当中表达习惯与蚌山不同。可在蚌山,一个姑娘拥抱一个男孩子,那得是多大的一件事哟!时兹禾只是在电影里和外国小说中见过如此情景,虽说蚌山人喜欢把上海的各种时尚挂在嘴边,但生活中的男女相拥,他不仅没有见过,甚至也没有听说过。他自己竟然成为现实中拥抱的对象,如果无动于衷,麻木不仁,那才称奇道绝呢。

在图书馆,时兹禾想象中的两种情形都没有出现:一是桂兰热烈相迎,充分展示她的性格;二是像他一样略显尴尬,说话吞吞吐吐,尽力掩饰自己内心的情感。时兹禾以为,前一种情形起码可以化解他当下"不知所措"的困窘,至于以后如何进展,那就顺其自然;后一种情形恰恰说明她与自己心心相印,这就需要自己显出男子汉的勇气,果断迈出需要将事情挑明的下一步。

时兹禾蓦然想起刚上高中时看过的沈从文的小说《八骏图》,自己简直就像作品中的主人公达士先生,总以为哪个女孩子自作多情,原来自作多情的恰恰是他自己。

时兹禾瞬间脸红了,他企望用蹲下来提拉袜子的动作遮掩一下,没料想桂兰将半个身子探出柜台,贴近他的耳边悄悄说:"我正想告诉你一件事。"

时兹禾抬起头,问:"什么事?"

桂兰的声音依旧很小:"我那本书在家里找不到了。"

时兹禾一愣:"哪本书?"

回乡数月的桂兰已经知道时局的复杂,在蚌山当下的环境中,"新四军"如同"解放军",在公开场合提及是禁忌,便故意含糊地说:"那本讲黄一峰大哥所在部队的书,薄薄的小册子。"

时兹禾恍然大悟,说:"就是那本叫……"

桂兰赶紧摆摆手，打断时兹禾的话并会意地点了点头，说："我昨天去看望姑姑和姑父，表舅和表舅母想到附近有驻军，经常有散兵游勇出没，担心我的安全，执意要陪我一起去。回家后我便发现那本书不见了。"

　　时兹禾想起那天的情形，连忙说："桂姐，周末去你家，在门口，我好像看到有人在不远处的巷子拐角朝我们张望。我下意识地看了一眼，那人一闪身不见了。我以为看花眼了，没当回事。"

　　桂兰沉思了一下，说："那人可能是谢万昌。我怀疑就是他……"

　　"谢万昌是谁？"

　　"说来话长。这和我家在曹山桥的一段往事相关。但往事并不重要，重要的是现在的谢万昌可能心怀鬼胎。他是濠州保安总队的人，曹山桥的人都叫他二狗子。"

　　"桂姐，哦，桂老师，那你可得当心！"

　　"我会当心的。"

　　"我不知道你说谢万昌心怀鬼胎指的是什么，但恐怕不是好人所为。如果需要我做什么，桂老师可以随时吩咐。"

　　"放心吧！我的姑父是警察。他虽然不在曹山桥，但在那里做了周密的安排。安全上不会有问题。哦，对啦，你现在最需要做的就是为会考好好准备。"

　　"也请桂老师放心！我的功课没问题。"

　　"布鲁托老师好几次和我提到你，说你读书和体育都很优秀。他特别希望有机会推荐你去欧洲读书。"

　　桂兰的话让时兹禾感觉很温暖。他觉得崇正这两位外来的老师很特别，他们的想法以及与人交往的方式与其他老师差别很大，好像自己每次与他们交谈都愿意敞开心扉。

　　"桂老师，我母亲希望我报考上海的大学。你觉得我能考上吗？"

　　桂兰沉吟了一下，说："以你的成绩看，应该没有问题。但去哪里上大学,或者去做什么,别人的建议只能供你参考,关键在于你的真实想法。就是说,未来你想做什么、做什么最有意义和价值,是你做出选择的前提。"

时兹禾听着,若有所思地点点头。

桂兰接着说:"我敬佩黄一峰大哥,他大学毕业后本可以继承父业当矿山老板,可是遇到祖国危难,他毅然决然回国并参加了新四军……"

桂兰话说到此,下意识地停顿了一下,环顾四周,发现图书馆里只剩下时兹禾和自己,继续说:"我回来后,本想去皖南祭奠黄一峰大哥。周末你送我回家的时候,我甚至还突发奇想,等到你会考结束,让你陪我一起去。我的这个想法没变,只是眼下时局动乱,可能要再等一段时间。我不能像现在这样无所事事地在曹山桥和蚌山待着。我想找到黄一峰大哥追寻人生的道路,他能为之舍命的事情一定具有特别的意义。我如果不做些什么,就对不起他。他不能白白牺牲。"

时兹禾十分惊讶,他没想到桂兰会讲出这番话来。凭着他与桂兰半天多的接触,他以为桂兰不过就是一个比自己大不了几岁且让自己心动的成熟姑娘,她豁达、善良以及具有蚌山姑娘鲜有的气韵,哪承想她的精神世界如此丰富。望着她那白里透红的面庞,时兹禾好像看到一个与前天相见不尽一样的桂兰。看来,桂兰爱上的黄一峰,不仅仅是一个高大帅气的男人,也是她心中的偶像。

想到周末晚上自己千思万虑、辗转不寐的原因,时兹禾不免有些自惭形秽。

欲望

假借已故父亲谢启财之名给桂俊生写信的最终目标已达成,桂俊生信以为真，竟然在回信中叮嘱谢万昌接站，而且信中并未明说桂兰返乡的缘由，以至于谢万昌可以据此判断桂兰有可能是为"割襟为盟"之"续缘"而来，但谢万昌依然没有完全将此事当真。

谢万昌的放纵潦倒与寻常的泼皮无赖不同，后者无性于形，他却无性于心。谢万昌在骨子里属于懦弱之人，娇生惯养铸就的任性往往禁不住风吹浪打，遇事每每退却且自暴自弃。与念过私塾的人相比，谢万昌算是另类，有道是"不知理义，生于不学"——并非未曾念书，而是念而不学，就像汉钟离所言，"说尽千般玄妙理，未必君心信也么"。可在四里八乡草民莽汉之中，谢万昌终究师出陈老先生门下，怎么可能诸事浑浑噩噩？

以己度人，谢万昌知道自己作为破败财主家庭的后人加之困窘的现状，实际上无法真正面对来自南洋富庶人家的千金小姐。况且纸包不住火，隐瞒和欺骗总不能长久。

谢万昌之所以执意如此这般，只不过是将"割襟为盟"的约定当作溺水人抓住的最后一根稻草。有草没草搂一耙子，又不耽误自己吃喝。万一成了，说不定有钱的桂家还能助他一臂之力。如此这般，东山再起、超越谢万盛这一谢家旁支就不是白日做梦。他谢万昌没准会像祖父谢旺财那样，成为曹山桥众人瞩目的中心。

每每酒醉之后，谢万昌就沉溺在这样的幻想之中。

谢万昌虽未婚娶，但四处鬼混，在吃喝嫖赌当中阅遍高矮胖瘦与黑白香臭，对女人也算有过见识。而桂兰俏丽的容颜，仿佛年画上走出来的美人，这让谢万昌惊叹万分。曹山桥、蚌山以及濠州何曾有过如此美貌艳丽与气韵不凡的女人？自己更加不配的念想刚刚闪过，淫心辄起的谢万昌便动了别的念头——这样的女人，娶来肯定无望，但哪怕与其有一夜鱼水之欢，也算没有白活。

谢万昌隔三岔五来桂家，不仅令桂兰不厌其烦，以至于后来门房迟近喜和用人迟张氏连院门都不会为他打开，而且不明就里的谢建业也对谢万昌动辄请假或者无缘无故从保安队消失的做法忍无可忍,几番打算不再顾及老爷子的面子,将其除名。

自从桂兰入职崇正变成每周回来一次,谢万昌就把周末下午当成唯一的机会。所谓机会,无外乎他远远躲在暗处,等待桂兰返家。若能碰面,谢万昌定然觍着脸凑上去搭话一番,然后再伺机行事。

贼心不死的谢万昌不但知难不退,反倒想起陈老先生当年讲过的诗篇:"有一美人兮,见之不忘。一日不见兮,思之如狂。"谢万昌早已忘记陈老先生是如何释篇解读的,却清楚地记得陈老先生一边将着飘飘长须,一边摇头晃脑地吟读"思之如狂"的诗句,一副陶醉其中的神情。谢万昌觉得自己的"思之如狂"捆绑着"割襟之盟"的约定,于情于理都说得过去,自然不能轻易撒手。

谢万昌从"思之如狂"到突然变得行为疯狂,全然因为他在那个雪后周末的下午看到身材高大的时兹禾随同桂兰走进桂家小院。那小伙子看上去帅气十足,与他猥琐的长相相比,简直有天壤之别。谢万昌顿时妒火中烧,他委实不明白:就算桂兰看不上自己,可她从南洋回乡不过短短数月,怎么就搭上了一个相好?

谢万昌悻悻地回到家中,无处发泄,便喝起闷酒。没料想仅剩的半瓶酒一口气喝完后并未解除郁闷,便摇摇晃晃拎着空酒瓶外出沽酒。天色渐黑,幸好烟酒铺离家不远,灌了一瓶散装酒的谢万昌深一脚浅一脚地回家,进大门时,与正要出门的崔菊英撞了个满怀。

"他大伯,你这是出去喝酒了?"崔菊英问。

谢万昌并未搭话,摇晃着朝自家那一侧的小门走去,没承想一个趔趄差点摔倒。崔菊英也是好意,顺手扶了谢万昌一把,偏偏谢万昌不领情,抬手一挡,不偏不倚,手背正巧碰到崔菊英的乳房。

"哟,他大伯,你这是嘎的该?"

"什么嘎的该?你别碰我,我回家!"

"嘻嘻!我哪里碰你?是你碰到我了!"

两人对话貌似稀松平常,但话里有话也是句句不瓤。谢万昌的意思分明是,你个小骚货,我爹和你公公不共戴天,势不两立,我作为谢启财的儿子,用得着你谢万盛的媳妇扶吗?崔菊英则显然在说,你什么意思?我好心好意想帮你,你却狗咬吕洞宾不识好人心,趁机摸我奶子占便宜!

崔菊英不到三十岁,又养过孩子,乳房饱满柔软,虽说谢万昌是无意间触碰,但瞬间产生了过电一般的感觉,心里不免咯噔一下,醉意立刻消去许多。尽管两家互不往来,但谢万昌身为孩子大伯的身份却无法更改。他马上意识到,继续打嘴上官司不见得占得了上风,说不定还会引出更多麻烦,便没敢再接话,头一扭匆匆进了自家小门。

酒劲的升腾与色意的诱发混杂在一起,加上对桂兰的渴求与垂涎,那一晚,谢万昌在自家屋里自斟自饮,上演着"醉后不知天在水,满船清梦压星河"的独角戏,真个是喝得昏天黑地、乾坤颠倒。

次日晌午,谢万昌清醒了许多,但散装酒的后劲大,酒意犹存。酒壮尿人胆的谢万昌径直向桂家小院走去。他边走边琢磨,如今这种境况,莫不如破罐子破摔,干脆直截了当地问桂兰:"桂谢两家的约定既然在你那里不作数,你大老远地回到曹山桥弄幌子该?搞得我心神不宁,坐卧不安。"

与当年桂府位于曹山桥中心不同,桂家小院在镇子偏北之处,这里巷宽户疏,住家并不密集。

桂兰刚回来那会不明就里,谢万昌数次造访竟得以进入此处小院。后来,谢万昌吃了几次闭门羹,就知道来了也白搭,只能在小院外徘徊,见机行事。谢万昌盘算,此番敲门,里面不作答便罢,只管用力敲打,以引起街坊注意。谢万昌揣测,桂兰是大家闺秀,肯定要面子,不会任凭他敲打,自然便开门。让谢万昌万万没有想到的是,待他举起手正要敲门时,定睛一看,大门上居然挂着硕大的铜锁。

谢万昌多次来过桂家小院，即使桂兰不在家，家中门房与用人看家护院，从未离开过。大门紧锁让谢万昌心生疑窦，莫非桂兰担心自己又来滋扰而搬离了此处？谢万昌踟蹰中发现院墙外生长着一棵碗口粗的槐树，他眉头一纵，计上心来，心想，索性借着槐树翻进院子瞧瞧，看看他们是否真的搬走了。

　　谢万昌四下张望，发现周围没人，便顺着槐树爬了上去，从一人多高的树干分叉处一迈腿，竟然可以骑到墙上，然后顺势跳进了院子里。

第三篇　兰时音徽

出手

窗外沙沙的落雨声像没有起伏变化的音乐,沉闷而无趣,在击打着屋顶琉璃瓦的同时也掩盖了此刻的敲门声,不仅值夜班回家在卧房休息的赵传勇没有听到,就连会弹钢琴且对声音十分敏感的桂俊英也没有觉察。她在厅房忙着给赵传勇熨烫警服的同时,思绪还陷在前不久桂兰跟她提及的事情上。

"姑姑,我跟您说件事。好神奇哟,崇正有个应届高中生长得非常像黄一峰。"

桂俊英很早就知道黄一峰其人。哥哥桂俊生在来信中跟她讲过,黄一峰是桂兰的心仪之人、暗恋对象,十年前牺牲在皖南。桂俊生希望桂俊英这个做姑姑的能帮助桂兰早日解脱出来。

"你喜欢他吗?"桂俊英用打趣的口吻问。

"喜欢呀! 每次看到他,我就会想起黄一峰。"桂兰笑着答。

"那你没想过以后与他会怎么样?"桂俊英故意问。

"姑姑不能这样说笑哟!他就是学校的一名学生。如果说以后会怎样，我最多也就把他当成弟弟，我比他大五六岁呢。"桂兰用嗔怪的口吻说。

"乔治·桑比肖邦还大五六岁呢！"桂俊英说笑起来。

桂俊英是曹山桥唯一会弹钢琴的人，但她的钢琴水平不高，能弹的曲目仅限于肖邦的《A小调圆舞曲》。这不怪桂俊英。当年桂家驹给她找的钢琴教师，是蚌山人口中常说的二半吊子，那教师知道的肖邦的逸闻趣事比其所掌握的钢琴知识还要多。

桂家驹买钢琴纯属偶然。那段时间桂家驹常为生意之事往返于上海和曹山桥。有一次，桂家驹在上海霞飞路一家流光溢彩的大店铺里看到这个物件，有个漂亮的洋人姑娘现场演奏，看着养眼，听着悦耳，桂家驹马上想到自家女儿桂俊英，当即付钱买下。店家告诉桂家驹，教堂里的洋人大多都会弹钢琴，请来教教即可。

桂俊英念私塾那会，蚌山既没有教堂，也没有洋人。桂家驹费尽周折在淮河对岸的一家育婴堂找到一位法国嬷嬷，听说能摆弄钢琴，便软磨硬泡请来为桂俊英教授，并付给不菲的报酬。

后来桂家驹才知道事情并不简单，且不说跟着学一两次连门都摸不到，而且那嬷嬷并非行家。最要命的是，每次接送那法国嬷嬷，来回渡河加上绕着曹山湖行走不方便不说，曹山桥围观看热闹的人挤得附近水泄不通。没多久，桂家驹下决心结束桂俊英在陈老先生私塾的学业，把她转到蚌山念书，一年高小、三年初中和三年高中，一晃就是七年。

那时蚌山还没有像崇正这样的寄宿学校，桂家驹只能在学校附近专门租下一套条件上好的民房，搬来钢琴，并雇聘了保姆照料桂俊英的起居。每到周末，桂家驹则接女儿回曹山桥。

虽说桂俊英住在蚌山，但钢琴课却没有持续多久，原因是嬷嬷力不从心，无法胜任教授钢琴的工作。此外，嬷嬷既觉着少劳多获有愧于上帝，又担心被大区主教发现她私下捞钱而遭到斥责。所以，那架钢琴最终只能成为桂俊英自娱自乐的工具。

不管怎么说，学弹钢琴是桂俊英离开曹山桥私塾的重要契机。陈老先生不明就里，为这事对桂家驹颇有微词，几次明说或暗示桂家驹瞧不起他的学问，宁可不嫌麻烦把桂俊英送到蚌山念书，也不愿意让女儿跟着他念私塾。

早些年，曹山桥的孩子几乎都是陈老先生的门生，但多数以识文断字为目标，念了三五年便辍学了事。接下来男孩子或者学些手艺谋生，或者下田干活帮衬父母；女孩子则留在家中学习缝纫、刺绣一类女红。

桂谢两家的子女无一例外都在陈老先生那里从"之乎者也"发蒙起步。除了桂俊英在"五年视博习亲师"之后转入蚌山念小学，桂谢两家的其他孩子均依照私塾惯例修习九年方才结业。

桂家驹向陈老先生解释了自己的想法——

"男孩子学业多少未有止境，将来谋生的社会亦是课堂，化民易俗乃终身之事。女孩子则不同，俊英在你这里获得启蒙，还需浸润现代科学与艺术。毕竟现在是民国了，城里有些开化事务，现在不学，嫁人之后就难了。"

曹山桥是大村镇，除去个别赤贫家庭，念书的孩子也不少。学生或去或留，陈老先生才管不过来，但他特别在意桂谢两家的孩子。谢府和桂府在陈老先生心中始终占有重要位置。不过说起来这都是许多年前的事情。到了桂俊生兄妹以及谢启财兄弟之后的下一代，大部分孩子纷纷去濠州念书，少数有门路的则去蚌山，谢万昌与谢万盛这样的倒成了例外。

桂家驹南下莎阿南之前，给桂俊英留下一笔钱财，并专门向女婿赵传勇做了交代——

"此钱数目不少,若仅仅用于生活,一生无虞。若为商用,小本起步也可维系多年。如何使用,一切悉听俊英安排,但你是她的夫婿,可建议,亦可反对。"

赵传勇知道,岳丈桂家驹能以小小的曹山桥为中心,做出华东一带独领风骚的织业买卖,如此成功,全在于他深谋远虑。桂家驹留钱,绝非对他这个女婿不信任。相反,桂家驹之所以鄙弃富豪商贾或者文人雅士,而将身家薄脊、学识浅显的赵传勇择为女婿,就是相信赵传勇的为人。

财多情寡、学厚性浮的情形不少见,而赵传勇的坚韧恰恰可以让女儿桂俊英过上踏实的日子。但赵传勇做警察,总有风险。脸上落疤那次,桂俊英哭着埋怨赵传勇,又提及父亲给她留钱之事,直至把话说透:"传勇,你可得好生小心。当年父亲说合我们,我只不过需要时间想想,并没有拒绝。你却招呼不打就去打仗,赌上命向我证明心意。现在我们成家了,你还是这样不管不顾,万一你躲闪不及怎么办?即使家里有钱,我也不愿意做寡妇。嫁给你,我就打算跟你过一辈子的。"

桂俊英这番话说得赵传勇心头为之一动。他恍然大悟,尽管岳父所留钱财可作为桂俊英之"保险"托底,但终须以自己的小心谨慎为前提。男人或英勇或仗义,看似在世人面前彰显了品格,可对妻子来说很多时候却意味着自私。既然夫妻本为同林鸟,哪能声誉当头自己飞?

赵传勇开始有所顾忌,不仅想到自己的平安关涉桂俊英的挂牵,还想到她身为警察家眷也可能面临危险。桂俊英本想开个小卖铺,赵传勇果断劝她打消念头:自己干着警察差事,整日里捕匪抓盗,天晓得在外面会得罪或者结仇于哪路妖魔鬼怪。赵传勇琢磨,一旦时局平稳,以桂俊英的学识,至少可以去做一名小学教员。正当而稳定的职业起码不至于像开小卖铺那样操心费事。

赵传勇近来越发烦心，蚌山这边情势眼睄着一天比一天紧张，津浦铁路线上的运兵列车往来不断。而谭义宏上周来家，专门讲到近期81师活动频繁，粮草辎重进进出出，曹山桥那片乡野之地竟然也不安生。

桂俊英早已习惯了在家操持家务，偶尔烦闷，会弹弹钢琴。桂家驹当年想到钢琴声会搅扰邻舍，专门选择了巷子深处的这套住房。房子不算很大，但建筑讲究，厚墙高窗，冬暖夏凉且隔音效果很好。桂俊英一边熨烫衣服，一边想着桂兰与自己对话时流露的神情，不由得哑然失笑。桂俊英抬头看看窗外，雨点不时随风飘落到窗玻璃上，发出啪嗒啪嗒的声响。

敲门声仍在响着，动静不大，但持续不断。节奏又与寻常的"嘭嘭嘭"三下连敲不同，先是急促的"嘭嘭"两下，然后再舒缓地敲击三下，循环往复。

熨完警服后，桂俊英又来取挂在大门背后的衣服，这才听到响声。她正想开门，忽然间觉得这敲门声好生奇怪，仿佛不是敲门，而是刻意打着某种节拍。桂俊英头一回遇到这种情形，不免有些担心，赶紧来到卧房告诉了赵传勇。

赵传勇一个鲤鱼打挺坐了起来，披上衣服，抓起刚刚给警佐职位以上的警察配发的驳壳枪，迅速来到门口。

敲门声依然如故。赵传勇仔细辨听，觉得拍击的节奏非常耳熟，一时又想不起在哪里听过。他使了个眼色，让桂俊英退到卧房门后以房门为遮掩，举起驳壳枪，然后猛地拉开大门。只见两个穿蓑衣戴斗笠且卷着裤腿的汉子站在门外，像是刚刚从水田里插秧出来一般。

其中一个汉子摘下滴着水的斗笠，笑吟吟地对赵传勇说："传勇兄弟好！枪口不对自己人，这是规矩，还记得吗？"

说话者四十来岁，寸头，个子不高，面容白皙光洁，显得利索干练。刚开门的一刹那，赵传勇一愣，觉得眼前这人看着面熟。或许来人的这身装束太特别，赵传勇怎么也没有辨认出来。以自己警察生涯练就的洞若观火之本领，这种状况很少出现。但那人一张口说话，赵传勇便如梦初醒，瞬间想起来人究竟是谁，自然也就想起了那种特别的敲门节奏是怎么回事。

赵传勇转头兴奋地朝桂俊英喊道："俊英，你看谁来了？ 是俺连长，俺们北伐军 1 军 3 师的张连长！"

赵传勇开门的时候，桂俊英就躲在卧房门后悄悄打量着来人，她也觉得此人似曾相识。赵传勇一说，她一下子想起二十年前奉谭曙卿之命送赵传勇返乡的那个矮个子广东人张瑞琪。

桂俊英之所以印象深刻，是因为张瑞琪为了参加次日赵传勇和她的婚礼，担着超时违纪的风险在曹山桥多逗留了一天。赵传勇新郎服胸前的那两枚奖章，就是张瑞琪在婚礼之前亲手别上去的。

桂俊英记忆犹新的是，她当时好奇地问张瑞琪连长："这是什么的该？"

张连长笑着说："新娘子，这个东西可是无价之宝。别看有钱人什么都能买到，唯有它买不到。这可是你家传勇用命换来的！"

看着脱去蓑衣的张瑞琪与赵传勇紧紧抱在一起，桂俊英的眼睛湿润了。

赵传勇仿佛打开了话匣子，滔滔不绝地对桂俊英说："刚才张连长敲门，用的是三星鼓节奏。他是故意的，他在考我能不能想起来。三星鼓是广东舞狮中的击鼓节奏，我当兵的第二天，张连长就逼着我牢牢记住，那是俺们连进攻时的鼓号。二十年没听了，耳熟，就是想不起来了。我的个乖乖，当年三星鼓一响，俺们连的士气就上来了！当时在蚌山干仗，最难打的就是蒋家岗。俊英，你知道的，蒋家岗小巷密布，好多巷子只能一人过去。我就是听着击鼓声冲进去的。"

"你就是在蒋家岗最窄的那条巷子里受的伤。"张瑞琪说。

"可不是吗？多亏你的卫兵林树伟来得及时,在你的掩护下,他把我从巷子里拖了出去。"赵传勇说。

"你在巷子里四处穿梭,一个人干掉十多个安国军,占咱们连歼敌数的一半,要不然能破格提拔你为连长？"张瑞琪说。

"你这是……"寒暄过后,赵传勇看着张瑞琪的装束,露出不解的神情。

张瑞琪笑着说:"你这个'疤叔'在蚌山警界赫赫有名,目标太大,我不乔装打扮一下,担心引起别人的注意。"

跟随张瑞琪一起来的那个年轻小伙子说:"他现在是我们……"

张瑞琪冲着年轻人摆摆手,然后对赵传勇说:"且听本连长慢慢道来。"

原来赵传勇退伍后不久,张瑞琪跟着3师南下入闽。诚若古人所言,"乌衣巷在何人住,回首令人忆谢家",鞍前马后跟着南征北战的一众广东籍兵士讲起前后判若两人的谭曙卿也是感慨万分。早年谭曙卿骁勇善战,弹透胸背,仍裹伤力战,深得上下敬佩,曾获大总统驰电嘉奖。

"四·一二"之后,已然兼任福建省代理主席的谭曙卿竟然成为反共打手,不仅捕杀福州的共产党人,而且对自己的下属也毫不留情。一旦查证其共党身份,杀起来绝不心慈手软。

张瑞琪万万没有想到,自己的卫兵林树伟竟是中共党员。林树伟的身份暴露后即刻面临抓捕。张瑞琪得知消息时,抓人的宪兵队正在赶来的路上。

尽管张瑞琪不是中共党员,但林树伟与他是战场上结下的莫逆之交。张瑞琪二话没说,随即率连里数十位意气相投的广东籍战友连夜出逃。在广州东校场一位手握实权的高级参谋的协助与安排下,他们一众径直奔往江西九江。

到达九江后,他们旋即被编入4军24师。他们这才知道,24师师长正是北伐时赫赫有名的独立团团长叶挺。

　　听到这里,笑意一直写在脸上的赵传勇马上变得紧张起来——岂止知道叶挺,他甚至熟知叶挺担任军长的新四军以及后来发生的皖南事变。他疑惑地看着久未谋面的张瑞琪。

　　张瑞琪笑着说:"传勇啊,瞧你眼睛瞪得像牛蛋!对,你猜得没错!我们后来又改编成11军25师,整建制参加了南昌起义。那可是石破天惊的大事。"

　　张瑞琪略略停顿了一下,语气变得沉重起来——

　　"起义之后部队南下,咱们连几个你认识的老兵都在揭阳山湖汾水战役中牺牲了,其中就有林树伟。他和我都是海丰人。树伟葬在了揭阳山湖。那地方离我们老家还有两百公里,不过那是广东地界,树伟也算是叶落归根了。后来,我和幸存下来的人都去了井冈山。"

　　"那你现在是……"赵传勇欲言又止。

　　张瑞琪哈哈大笑起来,说:"我听说在蚌山,疤叔的名号可是让地痞流氓闻风丧胆的。你这个好汉总不会为我后来的变化而大惊小怪吧!南昌起义之后,我就成了这个——"

　　张瑞琪将双手食指与中指交叉互搭,摆出"共"字形,说:"后来,井冈山中央红军长征,我留了下来,在南方打了几年游击战。抗战开始后,我们被编入新四军。我在皖南事变中突围出来了,不然今天就没有机会见你赵传勇喽!"

　　赵传勇惊讶得瞪大双眼,赶紧对桂俊英说:"你去门外看看有没有可疑的人。"

　　桂俊英匆匆走到窗口看了看,马上转回身,悄声向张瑞琪问道:"他张连长,你认识一个叫黄一峰的人吗?他是南洋华侨,在皖南事变中牺牲的。"

　　张瑞琪说:"我知道许多南洋归国华侨都在三支队。战地服务团也有一些。但我在一支队。弟妹为什么打听这个人？"

赵传勇说："说来话长，俺家俊英的娘家侄女半年前从南洋回来。她就是为那个叫黄一峰的人回来的。她知道他牺牲在皖南，多少年都放不下，一定要回来看看他牺牲的地方。现在兵荒马乱的，我们没敢让她去。"

张瑞琪沉默了许久，在屋里来回踱步，似乎在想着什么。他猛然抬起头，语气坚定地说："南洋的许多华侨青年都很爱国，令人敬佩。时间不会太久，我们很快就要建立一个新中国。黄一峰和我的那些战友不会白白牺牲的。"

赵传勇听说自己的救命恩人林树伟牺牲的消息很意外，尽管那是很久之前的事了。而张瑞琪连长将林树伟和黄一峰的名字列在一起，让他若有所思地点点头，似乎明白了些什么。

张瑞琪接着说："传勇，你是我带的兵，兵龄不长，但给我留下的印象最深。我知道你的秉性与为人，有胆识，不怕死，正直豪爽。不瞒你说，这么久没见面，我们这次来蚌山之前，也对你做了详细了解。果不其然，你与以前一样，绝对靠得住。幸亏我们做了功课，你原来脸上可是没有疤的。现在的疤叔名震蚌山，不亚于当年蚌山战役中的战斗英雄！"

赵传勇霍地一下子站起来，斩钉截铁地说："连长，要不是你和林树伟当年在巷战中出手相救，我得的军功章早就随着裹尸布一起入土喽。3师的各位老长官待我不薄，老连长是我当年直接的长官，也是我敬佩之人，有什么任务尽管下达！"

张瑞琪指着同来的年轻人对赵传勇说："老皇历不提也罢。但我们这次来，的确有事找你。他叫周浩，是我们华野敌工部的同志。"

周浩笑着对赵传勇说："传勇前辈原来是张瑞琪连长的部下，我现在是张瑞琪科长的部下。"

张瑞琪拍着赵传勇的肩膀说道："你们一个是曾经的战友，一个是现在的战友。只是我的身份与以前不同了,我现在是人民解放军的一员。我今天送周浩同志来找你,就为一件事:请你设法让曹山桥警所的谭义宏与81师葛开祥师长的副官项同飞联系上。据我们了解,谭义宏与项同飞是姨表兄弟关系。周浩要和项同飞见面,越快越好。"

蓦墙

也就是仗着酒劲尚未消退以及不断拱起的欲火,平时即便借给谢万昌几个胆,他也不敢从这么高的墙上往下跳。

谢万昌这副德行早被老爷子谢旺田看在眼里,最终也是无奈几许。谢旺田虽然对隔辈的两个孙子谢万昌和谢万盛同样疼爱有加,但长子长孙,树干正根,老爷子嘴上不说,心里更偏向年长两岁的谢万昌。但自从谢万昌幼小之年傻乎乎地说到"娶妻娶贤,纳妾纳色"之后,谢旺田就意识到这孩子长大之后多半禁不起风浪,担不起大事。

曹山桥老人有个说法——贪财好色,胆小懦弱。虽然说的是成年之人,但男孩子三岁看大,七岁看老,却是八九不离十。与谢万昌不同,谢万盛从小彪性十足,未来成就未可预判,但胆大妄为却定然会给他带来另一番景象。

日后两个孙子的表现也印证了谢旺田的判断并无失当。

谢万盛打小大大咧咧,粗粗拉拉,三天不打,上房揭瓦,被陈老先生戏称为曹山桥九千恶之孩子。谢旺田不解,问其何意,陈老先生说,万恶滔天,淫乱为先。这孩子作恶多端,却从不招惹女色,长大端的是一条汉子。

哪承想谢万盛寻常不沾色,沾色却不寻常。在集市上相中崔菊英那会,谢万盛嘴上的胡子还没有长出几根,且软了吧唧如同汗毛,可这愣头小子不分青红皂白把姑娘弄到家中柴火房"破瓜",连淘米的过程都没有,硬是将生米做成熟饭。

而谢万昌素来喜好在红裙绿袄、花前月下之类事体上腻歪,整日在大姑娘小媳妇扎堆的地方厮混,姐姐长妹妹短地挂在嘴上。他十五六岁时不知从哪里弄到一本香艳小说,躲在被窝里偷看,趁机用手自我折腾,做些不堪之事。而正经事体在谢万昌那里往往不见结果。

至于谢万昌的婚配,父死母亡,家道中落,错失媒婆说合的最佳时机固然是一个方面,关键时刻怯懦毕露也是重要原因。不少人家的花心男丁,三天两头在外面偷鸡摸狗,吃些野食,万一蓦摸到合适女子,或者告诉父母,或者请媒婆出面,将采撷野花变成园艺栽培,也不妨是一条路子。谢万昌居然也做不到。

所以,谢万昌跳进桂家小院的一刹那,便开始后悔。腿脚摔得生疼让他清醒不少,尤其他匆匆巡看一圈,发现柴垛灶火、衣物用品等生活物件样样各归其位,丝毫没有人走家搬的意思。谢万昌立刻担心起来,万一桂兰回来撞见,不仅事情会弄得无法收拾,而且私闯民宅的罪名或许会让他不堪承受。

谢万昌正打算赶紧离开,无意中目光溜到厅房八仙桌上搁着的一本书。在好奇心的驱使下谢万昌竟在紧张之际拿起来瞄了一眼。封面上画有一人举枪呐喊,而书名立时将谢万昌的目光拉直——出动中的新四军!

"新四军"三个字单独横排,字体硕大,格外醒目。

谢万昌差点惊叫出来,我的个乖乖,桂兰竟然在阅读"通共"书籍!

谢万昌下意识地将上嘴唇与鼻孔挤在一起,狠狠吸了一口气,就像当初吸大烟的面部表情一样。他自己也觉着奇怪,竟然有了兴奋之感,脑瓜子瞬间变得清醒起来,线索为先,佐证为重——这是保安总队办案的要则。

谢万昌想,谁都不能以在桂兰家中发现此书便认定桂兰私藏"通共"书籍。桂兰很容易找到理由为自己开脱:书是在外面捡的,拿回来撕开卷烟待客,引火烧灶,糊窗贴门……

果然天无绝人之路,水有无尽之流,谢万昌在书中扉页上发现了"崇正教会学校图书馆"的印章。曹山桥哪个人不晓得桂家千金如今在崇正教会学校图书馆工作?这书分明就是桂兰借回来看的。谢万昌如获至宝,立时计上心来。

保安总队职责归属县区,但编配及薪饷却统领于省上。肩抗两杠两星、足踏牛皮高靴的谢建业自认为在濠州算个人物,有时并不把县长陈山宗及警察局长汪守驷放在眼里。为配合国民党部队频繁调动部署,防止军情泄露,一直忙于侦调各类通共案件的谢建业,常常默许像谢万昌这样的非在役人员身兼保警双职,以违规越矩的方式搜寻线索。

保警分责明明是王八屁股——龟腚(规定),刑事侦查或者民事调查都有规则与路径,这就是警察的事。保安总队管着地面的防务与剿匪,除非警局遭遇特殊情形而申请保安总队支持,否则治安一类事务也无须过问。谢建业凭什么让"二狗子"们煞有介事地到处侦调?为此,汪守驷局长与谢建业矛盾很大,两人吹胡子瞪眼干嘴仗的事情没少发生,甚至还有一次拔枪互相威胁。

遇到这种情形,县长陈山宗就和稀泥。

"嘎的该?嘎的该?有话好好说,有事多商量!"陈山宗说话的口吻好像不是县长,而是每日收纳着四方布施的和尚,能阿弥陀佛的,何苦非得立见高下?

说话不硬气固然与他手无兵权相关,其实最重要的是陈山宗心里盘算着小九九——蚌山当下正面临单独设市,一旦省里完成流程,那么大一块区域从此就不归濠州管辖。

管与不管,差别何其之大?所谓通共案件或其他紧要事件,一多半都发生在城市规模越发有模有样的蚌山,其他乡野村镇虽也偶尔"冒泡",但都是些鸡毛蒜皮的琐事。眼巴前多一事不如少一事,无须动辄较真。此事说来话长,且按下不表。

平时管束不甚严格,无须早晨扛枪出操,且可以自由自在四下走动,并不意味着无事可干或者可不干事。保安总队像谢万昌这样的役外人员,横行招摇、混吃蒙喝的也有,但别人或多或少都能编出一些"科"应付交差——最离谱的是,有人发现一只公鸡翅膀上捆扎着一束红绸布,竟将此作为联系共党的暗号嫌疑上报,最终查证,那是一只待卖之鸡,养鸡人临时有事外出,担心买家拿错,扎上红绸作为标记而已。可自从谢万昌入队,除了领饷,没见他做过什么。

这也难怪,谢万昌的心思压根不在这里,除了琢磨如何与桂兰搭上关系,剩下的就是与狐朋狗友凑到一堆喝酒。莫说谢建业给了他一份吃饷的差事干不好,他爷爷谢旺田给他留下几百亩土地还不就这么撂着?即便不会种地,佃田还不会?谢万昌就是懒得花费心思与气力。

谢万昌为此没少挨谢建业的骂。骂得最难听的一次,谢建业指着谢万昌的鼻子吼道:"你他妈的隔三岔五见不着人影,见天都弄幌子该?再不干些正事,以后别姓谢了。老谢家有你这样的人,我都觉得丢人现眼!"

谢建业他爹谢晓三给谢万昌他爷谢旺田的题字"大家风范"虽然一直未能得以在谢家悬挂,但谢旺田却将其视为传家珍宝。题字本身的笔力是否雄强圆厚,气势是否遒劲有力,在谢旺田心目中根本不重要。至于当时因谢晓三官阶偏低而影响了题字"亮相",也不过是谢旺田为了免于惹事采取的权宜之计。实际上每隔一些时日,谢旺田总会小心翼翼地将这幅题字铺展在厅房的八仙桌上,反复玩味欣赏。

"大家"之于谢旺田有着多重含义。

家大业大、人丁兴旺是其一。陈老先生常给谢旺田说及陈氏祖先曾经创造的名震数百年的宏大家族之伟业,令其震撼。谢旺田不敢奢望如此,想着谢家若能绵延三五代而共食一爨就算烧高香了。

名扬四方、影响硕大是其二。史上能入县志者寥若晨星,或为达官显宦,或有广袤良田,谢家因后者而令人敬仰。

谢姓乃大姓人家,谢晓三说人亦是说己,百家诸姓,唯此为大是其三。谢晓三之所以如此题写,也是受到谢府大门抱柱联"谢天下勤俭古来正道"的启发,"谢天下"本意为"致谢天下",含混着看,硬是能读出"谢家天下"之意。虽说谢旺田才情不及陈老先生,睿智逊于桂家驹,但谢晓三笔下这点意思还是看得十分明白。

谢启财与谢启富闹分家时,这幅题字被判给了谢启财,理由是字画类家产若非文物,应归于精神财富,按民俗惯例,由长子继承更为妥帖。

"荣枯本是无常数,何必当风使尽帆",凌濛初此言当有放之四海而皆准的意思,这会用到谢启财身上简直偏毫未差。谢家财富,无论虚的实的,连同谢晓三当年趁喝茶的工夫顺便写就的墨宝"大家风范",也只是在他名下过了一遭,便到了谢万昌手中。

想着自己身为曹山桥"大家"谢姓之正宗嫡出传人,如今被同样姓谢的上司如此辱骂,谢万昌不免有些戚戚然。

也不知哪里冒出来的果决劲头,谢万昌毫不犹豫地将《出动中的新四军》一书的扉页撕下,揣入怀中。他觉得自己的绝佳时机蓦然降临,不禁喜出望外。所谓"绝佳"之概念是谢万昌心头真实所想,因其具备一石二鸟的效果。

将此书交予保安总队,也算自己发现了线索,达成交差之目的,省得保安总队那些人总以为自己常回曹山桥就是为了勾搭南洋回来的那个姑娘。至少，谢建业不会再将他视为无能之辈。至于这线索对保安队有什么意义和价值，谢万昌并不在意。

公鸡翅膀扎着的红绸布都可以作为线索上交，我谢万昌在曹山桥发现一本写共产党和新四军的红色书籍，怎么说也比那只公鸡的价值高出许多吧？

让谢万昌得意万分的是，那张撕下来的扉页盖着崇正的印章，是板上钉钉的铁证，桂兰无话可说。即使一本小书未见得能让她背上"通共"的罪名，但此情此景之下，阅读这类红色书籍，在濠州看守所关上十天半个月还不是小菜一碟？

谢万昌以为自己有了与桂兰讨价还价的法宝。若桂兰遂了他，盖章的扉页可以当面一把火烧掉，权当没有此事。接下来，桂谢两家重续"割襟之盟"，一切皆大欢喜。倘若桂兰固执己见，他便可将此铁证作为补充线索上交保安总队。

谢万昌煞有介事地向谢建业描述了如何在曹山桥某条小巷的背阴处发现这本遗落在地上的小书，并表示自己每每回家都会趁机在各个街巷巡查一番。

眼见得谢建业脸上露出笑容，还拍了拍谢万昌的肩膀，顺嘴说："嗯，81师驻地离曹山桥不远，周边情况复杂，多回去瞧瞧也好。有什么可疑情况随时汇报！"谢万昌频频点头称是，忽然有了一种天降大任之感。

从谢建业的屋里出来，谢万昌见保安队的人纷纷朝他挤出笑脸，以示招呼，他顿时自觉非同凡响，便昂首挺胸，双臂略朝外弯曲地撑起，摆出很有气势的样子，完全不似之前走路总是溜着墙根，低头弯腰迈着小碎步。

谢万昌也觉得奇怪，他只不过做了一件假公济私的小事，而且故意打了埋伏，何以过去针眼大的胆量一下子变大了？不但敢想，竟也敢做了。

谢万昌索性一路做起白日梦,幻想与桂兰成亲之时,身着白色西服、头戴礼帽、拄着文明棍的岳丈桂俊生从南洋赶回来,派头十足地在婚礼现场向四方乡亲隆重介绍他这位乘龙快婿。

　　谢万昌想得出神,到了曹山桥的街道,还半眯缝着双眼,嘴咧得像倒置的八万,惹得路人不知内情,纷纷绕行。

　　白日做梦就像醉酒后胡思乱想,肆无忌惮且无所顾忌,谢万昌这么想着也觉得十分快慰。进家门的时候,也不知为何,谢万昌刻意回头看了一眼对面谢万盛家的小门,登时想起那晚外出沽酒与崔菊英相遇的情形。

　　想的原因当然与上次无意间触碰崔菊英的乳房有关。谢万昌虽非故意,印象却很深,那感觉就像隆冬时节碰到日头高照时晒过的棉被,感觉暄乎而温暖。当晚心烦意乱地独自酗酒时,谢万昌还暗自想:这娘们生养过孩子,奶子怎么还这么饱满? 人心不足蛇吞象,他甚至有些遗憾,怎么恰好是手背而不是手心碰到呢?

　　讲实话,谢万盛奉子成婚对谢万昌刺激蛮大。自小到大,谢万昌从没把这个堂弟放在眼里。哪承想这厮竟然能够凭借非常手段娶来一个丰满成熟、心灵手巧的媳妇,而他谢万盛只能够眼巴巴地看着祖父谢旺田为自己张罗婚事。

　　崔菊英给老谢家贡献了"泉"字辈第一人,这让谢万昌心里很不是滋味。按照自然顺序,此事本非他莫属。可偏偏后来者居上,生生将他谢万昌晾在一旁。外人常拿此事取笑,谢万昌当然恼怒。若非祖父谢旺田生怕家丑外扬而不断压着,他数度打算发作。

　　最让谢万昌感到不堪的是,谢泉盈出生后,没了崔菊英有孕在身的顾忌,谢万盛瘌狼渴疾一般,每每不肯歇息,入夜后谢府前院娇喘与呻吟之声不绝于耳。想来也是,那时谢万盛刚满十八,正是血气方刚与不懂得节制的岁数。

　　谢府深宅大院,祖辈谢旺田夫妇住在后院,倒无影响。中院住着父辈谢启财与谢启富两对夫妻，也无大碍。而谢万昌的卧房与谢万盛小两口的新房同为一进院东西两侧的厢房，中间相隔不过十来米，响动声之大，谢万昌将脑袋捂在被窝里也听得真切，只好见天忍受着煎熬。

也是机缘巧合，谢万昌刚刚从自家院子一角的茅厕解手出来，就听到墙那边叽叽喳喳地说着什么，还夹杂着老妇人的哭声。

谢万昌驻足侧耳一听，原来是谢万盛的舅舅去世了。谢万昌管谢万盛的母亲叫婶子，亲眷关系之近仅次于父母。两家现在虽不来往，但彼此熟悉过往情况。婶子娘家爹妈死得早，娘家大哥将其养大，并为她找的婆家。长兄如父，恩重如山。按习俗，谢万盛的父母也就是死者的妹妹和妹夫理应去五十里开外的小李集奔丧。可是妹夫谢启富仍在濠州大狱吃牢饭，只能由儿子谢万盛代劳，陪同母亲前往。

谢万昌琢磨，他们这一去没有三两天根本回不来。崔菊英独自在家照看孩子，这让谢万昌顿时胡思乱想起来。若有可能在造话的当口，再假装不小心将那软物触碰一下，也算了了他每每撞面便心猿意马的心愿。

乡下急火之事诸多，唯有奔丧事项须臾耽搁不得。晌午议论方罢，谢万盛和母亲下午就匆匆出了门。

谢万昌在自家院子听到隔壁叮嘱崔菊英看好孩子以及离家关门的响动后，便开始如坐针毡。夜幕刚刚降临，谢万昌顾不得吃饭，一口气灌下半瓶二曲酒，吁着酒气，将头探出自家小门，眼见街道黑黢黢的并无人影，便径自走过去，敲了敲对面的小门。

"哪个？"崔菊英在院子里问。

"菊英，是我。"谢万昌自己也吃了一惊，竟然第一次唤她的名字。

或许谢万昌担心街面上隔墙有耳,低声悄语的答话让院子里的崔菊英并未听清,她接着问:"你是哪个?"

"我是万昌。"谢万昌耐住性子回答。

"哦,他大伯呀。嘎的该?"崔菊英依旧在院子里问。

"我想借个簸箕使一下,家里的不晓得掖哪里喽。"谢万昌信口胡诌道。

两家明明老死不相往来,谢万昌却冷不丁张嘴索借物品,崔菊英的语气中倒没有流露出觉得意外的意思,甚至没有对一个大老爷们夜幕降临之时干吗使用簸箕表示质疑,她只是淡淡地说:"天黑了,他奶奶和你兄弟不在家,不方便,明天再说吧!"崔菊英话说得委婉,就是不给开门。崔菊英此时对借称的使用足以看出她这个谢家儿媳妇的能力。婆婆和丈夫,在她口中,一个借儿子谢泉盈之口,另一个则出自谢万昌的视角,家族中的人伦关系在不经意间被捏合在了一起。

谢万昌心里悻悻然,骂骂咧咧地念叨着"这娘们蛮守妇道",便回到自家院中。

以往每每是崔菊英主动搭腔,语气中还带着尊重与谦恭,这使得谢万昌误以为敲开崔菊英家的门并非难事。在谢万昌潜意识中,不想搭理崔菊英是一回事,但凡他谢万昌自己愿意,给个竹竿,那崔菊英就会顺着爬上来。

以谢万昌对崔菊英的判断,有两条理由不会出离得太远。其一,谢万昌觉得崔菊英对他在保安总队做事有惧怕心理。别看曹山桥的人背地里瞧不起他这身"二狗子"黄皮,一旦他拉下脸杵到谁跟前,包括崔菊英在内,心里不发怵是假的。哪个不害怕脑袋上猛然落一个谁也说不清楚的罪名,吃不了兜着走?其二,谢万昌觉得崔菊英骨子里就是一个水性杨花的女人。

想想若干年前那天的事,确有蹊跷之处。谢万盛不分青红皂白强占崔菊英固然猪狗不如,但崔菊英自始至终未呼喊救命,显然不合常理。究竟是谢万盛强暴动粗,还是崔菊英有意就范,抑或是强暴与有意两相结合,谁能够说得清楚?

崔家一大帮子人上门来闹事的时候,谢旺田脑瓜子转圈就想过这个问题,只不过眼见得人家姑娘肚子微微凸起,分明有孕在身,且确为谢万盛所播之种,想着还是就坡下驴、息事宁人为上。

其实,谢万盛犯事那会,谢万昌恰在家中。事后谢万昌多次想过,他若听到声响,定然会迅疾赶来,不说出手相救或者帮着解围什么的,起码顺便可以看看凝脂白玉般的景致。

要不说想入非非与人心隔肚皮从来两相呼应,谢万昌瞎琢磨的事与崔菊英八竿子打不着。

崔菊英就是一个乡下出身的小媳妇,没见过什么世面,想天想地的事情借给她一个脑瓜也不会。遇到谢万盛精虫上脑做出不管不顾的龌龊之事,性子刚烈的女人或许会以死相拼。可平日里温婉绵顺的崔菊英除了惊恐不安,必然伴随着害羞怕臊,哪里还敢放开嗓子唤人?反倒事后崔家人看出姑娘似有身孕端倪,才知道造孽者乃谢旺田家中后人,先是怒不可遏,摆出拼命的架势,然后态度才陡然一转,纷纷说出"赖上他"这样的话语。

老崔家五男二女,赶上了武王的造化,子嗣繁衍必定福星高照。偏偏崔菊英行幺,打小受宠,自然眼头偏高,几次推掉媒婆说合的人家,一不小心将自己拖到二十岁,错过了嫁人的最佳时机。

虽说横遭意外,坎坎坷坷之中奉子成婚,但崔菊英从不觉得矮人一头。待嫁闺中靠父母,嫁人之后靠婆家,撒娇或贤淑,习性之转换,角色之扮演,在崔菊英看来都是天经地义的事情。

寻常人家出身的女子,尊奉"财多财少,活着就好"的信条,该干什么就干什么,对谢家纠纷不以为然。况且谢家问题出在祖辈,与她及其下一代毫不搭嘎。这也是她频频与谢万昌说话而没有觉得不妥的原因。再说,谢万昌孤家寡人,整日里冰锅冷灶,平时多些问候又有何妨?

吃了闭门羹的谢万昌此时已然淫心辄起,如热锅上的蚂蚁来回踱步。直到隔壁再无动静,谢万昌估摸,亥时已至,崔菊英与孩子定然入睡。莫不如设法去那边偷窥一番,过个眼瘾也算没有白费心思。门敲不开,只能另辟蹊径。谢万昌想到前不久在桂家小院所为,不仅积攒了胆量,还知道了翻墙的便捷,不由分说,搬来梯子搭在墙上,小心翼翼爬了上去,一咬牙跳了下去。

果然,崔菊英家的院子里静悄悄的,月光洒下惨白的光亮将他在地上照出影子。谢万昌定了定神,蹑手蹑脚摸到崔菊英卧房窗下,侧耳倾听,屋里隐约传来崔菊英与孩子熟睡的喘息声。

谢万昌一下子变得格外兴奋,他想象着既然崔菊英对自己一向温和有加,不吝嘘寒问暖,何不借此机会讨个便宜。谢万昌在窗下和门口徘徊着,盘算着如何才能进去。他舔了舔手指,正想在窗户纸上戳个洞,看看里面的情形再做打算,突然院门处传来敲门声。

谢万昌顿时魂不守舍,吓出一身冷汗。他甚至还没有分清那敲门之声究竟来自崔菊英家家门,还是自家家门,敲门声再次响起。谢万昌此时最害怕崔菊英被敲门声惊醒。万一她起身出来,与他在院中撞上,那场面将无法收拾。

谢万昌本能地冲到门口,拉开门闩。

借着月光之亮,谢万昌看到曹山桥警所的警官谭义宏站在自家门口。听到开门响动,谭义宏转过身来,露出疑惑的神情。

“哟,万昌,这么晚了你还在你兄弟家?”

听那口吻,谢万昌断定谭义宏并不知道谢万盛陪母亲回了娘家,心里略感踏实,就顺嘴扯谎道:“我和万盛说点儿家里的事情。”

“你们兄弟之间和好了?那可是咱们曹山桥的大好事!你爷谢旺田老先生健在的时候常说家和万事兴,就该这样。兄弟同心,其利断金嘛！"

心慌意乱的谢万昌赶紧走了出来，顺手关上崔菊英家的大门，问："谭警官找我有事吗？"

"有点儿事。所里接到警局通知，让我们协助保安总队调查一本书的来路。今天我去局里，听说那本书是你发现的。我巡夜路过这里，看到你家里灯亮着，就想问问你情况。"

谢万昌一惊，保安总队怎么将我"出卖"了？不是讲好的保密嘛。不过谢万昌转念一想，这种事情根本瞒不住，既然说了那本书是在曹山桥发现的，整个保安总队，除了他，怎么可能还会再有旁人？

谢万昌说："那好，咱们去屋里说！"

谢万昌一推门，发现自家门从里面上了闩。他猛然意识到，刚才自己敲门未果而返家闭户，终究是跳墙进的崔菊英家……

置喙

小警察二毛很纳闷，即便将昨夜之事视作案件，例行聆讯不过十来分钟即可告结，可疤叔赵传勇居然一个时辰方才出来。更有甚者，疤叔还将时兹禾送到警所大门外。这里是办案与办事的地方，能来此处的，要么被抓而来，要么不得不来。前者往往满脸惊恐不安，后者通常带着献媚的笑颜。二毛心里啧啧道：昨夜背进来，今晌送出去，这小伙子如贵客一般，果然不同寻常。

昨晚巡夜时，疤叔交代，今天晌午办私差，让二毛与他一起去曹山桥见谭义宏。

赵传勇没有告诉二毛，他们昨晚巡夜和今日面见谭义宏都是幌子。赵传勇接到张瑞琪的消息：保安队明天有行动，搜查曹山桥。张瑞琪和赵传勇商议，他们借此机会里应外合，在安排撤退事宜的同时，将桂兰带到解放区。赵传勇借巡夜之名查看曹山湖湖畔的撤退线路以及保安队可能在何处设卡检查。

实际上,昨夜究竟发生了什么事情,疤叔赵传勇在时兹禾吃水烙馍的时候就已经了如指掌。后面所聊是另一个话题。赵传勇正打算告诉时兹禾无须再为昨夜之事担忧,可以回家安心等待省大的录取通知书时,时兹禾却冷不丁问道:"疤叔,我如果报考警校,将来当一名像您这样的警察,您觉得我合适吗?"

赵传勇当时就愣住了,他不是因为自己第一次被人以"您"字相称而觉得惊奇,而是因为他没想到一个高中生会想到如此问题——赵传勇一直以为崇正云集着蚌山的才子才女,他们当中大多数人会从事教书、文员之类体面的职业,或者会去上海、南京这种大城市的银行或商业机构谋事,而像警察这种有把子力气、有股子胆量就能干的行当,恐怕与他们的人生选择相去甚远。

虽说警察当中除了自己这种"粗人",徒弟谭义宏也算念过书,毕竟有一张警校的进修文凭,但在崇正这些真正的秀才面前,那算不得真正的学识。赵传勇上下打量着时兹禾,一时间不知如何回答是好。

赵传勇印象最深的,是时兹禾在警所门口向他鞠躬告别的时候说的一句话:"疤叔,您和别的警察不一样,您有正义感,有自己的操守。如果警察都像您这样,坏人就没有容身之地。"

赵传勇本来想说,警察个人拥有正义感和操守十分重要,可人的力量毕竟有限,但他觉得这个问题过于复杂,一两句话又说不清楚,便只好嘴上嗯嗯应承着,脸上依旧挂着笑。不过,时兹禾的话还是让赵传勇深受触动,他着实没有想到自己行之如常的做法能让一个单纯的青年产生如此想法。他过去做事,凭借的只是蛮勇和从小养成的行事准则。现在的年轻人不同了,念过书的人有自己的想法。

时兹禾完全没有想到,自从上次在学校图书馆与桂兰见面,就再也没见到她的身影。

因为忙于准备会考,时兹禾许久没去图书馆,当然其中也有他心理上略感别扭的"芥蒂"一时半会尚未消除的缘故。毕竟桂兰的热情大方与坦诚相待相当于将他排除在可以亲密接触的范围之外。怎么说桂兰也是第一个让时兹禾心动的女孩子。在蚌山,哪里有二十三四岁的女人被称作女孩子的呢——"女孩子"是时兹禾给桂兰定义的特有概念,他从内心深处不愿意承认她是比自己大四五岁的姐姐或者干脆说是一个成熟的女人。

后来有人无意中跟时兹禾说到图书馆来了个新管理员,讲一口浓重的蚌山话,比之前那个满嘴轻柔国语的管理员显得土气不少。时兹禾这才意识到可能出了什么问题,用布鲁托讲授英文课时最喜欢说的一句话就是——"Something is wrong."。

时兹禾鼓足勇气,在会考前一天委婉地向布鲁托打听桂兰的消息。布鲁托诧异地看了看时兹禾,问道:"如今是冲刺的最后关头。现在全校总动员,所有高中老师都在为你们会考忙碌,连我这个体育老师都不例外,我连周末主持弥撒都取消了。你怎么还有时间打探图书馆老师的行踪?"

"我上次借书时问过桂老师报考上海的几所大学的问题,她说考虑一下再告诉我,可是这段时间一直没见到她。"时兹禾的回答显得沉稳许多,不像之前说及肖慧仙的事情那样心里发虚,看不出丝毫破绽。

"我听说她家里有事,请了长假。我认为你的当务之急是考出好成绩。至少被省大录取应该做到万无一失。至于报考上海的大学,你只要有了高中毕业证书,那不是随时可以决定吗?"布鲁托拍了拍时兹禾的肩膀,接着说,"以我对你的了解,考上海或者其他地方的大学应该不是问题。我一直琢磨,你是不是可以考虑出国留学呢?"

时兹禾坐在考场里并不专心,答题时脑子总是分神,还带着某

218

种隐忧,完全不像布鲁托期盼的那样轻装上阵。他一直在想桂兰为何突然不来上班。布鲁托说她家里有事,这明显是请假时使用的托词。桂兰家在南洋,孤身在此,能有何事?即使将她在蚌山的姑姑算作家人,她也不至于请长假呀!

分神并没有影响时兹禾的会考成绩。

时兹禾看会考榜单时,女孩子们在他身边叽叽喳喳地议论着,话语多为艳羡与赞许。得知自己的会考成绩在崇正名列前茅的时兹禾,第一个念头就是将这个喜讯告诉桂兰。他想让桂兰为自己高兴。

时兹禾知道,此时最迫切想获悉他成绩的人是母亲赵翠娥。父亲时昭明也可算作一个——父亲的含蓄始终不及母亲的表露无遗令他印象深刻。时兹禾并不觉得意外,父母对自己特别的关爱似乎与生俱来,无论他愿意与否,这种关爱一直归他所有,他以为不会丢失。

还有布鲁托。在崇正,没有其他人能像布鲁托那般关注和信任时兹禾。这个洋人自从在时兹禾身上发现了自己曾经的影子,就始终希望他对时兹禾的支持能够最终印证自己的判断。

父母的信任与企盼包含着亲情,布鲁托的信任则是友人之间的心灵相通。时兹禾对这些了然于胸。

可是,时兹禾无法控制自己的心绪。他觉得,此刻没有什么事情能够比他去见桂兰更为重要。他曾经问过布鲁托,为什么自己常有冲动之举,有时明明知道此事不该如此,却还要不顾一切地拼力去做?

布鲁托说,那是心魔所致。布鲁托作为神父所言,万般皆与鬼神相关。时兹禾不以为然。但此刻时兹禾的内心深处的确有一种力量推动着他,让他无论如何都要尽快赶往曹山桥,第一时间告诉桂兰。

"仲可怀也"——时兹禾觉得自己简直就像《诗经·将仲子》中描

写的那位怀春的娇娘,一心牵挂着仲子,顾不得父母、兄长以及周遭其他人的言语和看法。只是时兹禾略感失落:终究仲子与他一样,是翩翩少年,而牵挂者却是娇娘。

想到这里,时兹禾又觉得自己偏狭:桂兰分明不是那位深爱着仲子的娇娘,凭什么让人家牵挂?自己仅仅是她的朋友、知己或者弟弟而已。

时兹禾从车棚推出脚踏车,正打算出发,却见布鲁托从教学楼里匆匆忙忙地走了出来。布鲁托一把抓住时兹禾的脚踏车车把,生生将时兹禾吓了一跳。

"禾,不出所料,按照中国旧时说法,你是新科状元。真心祝贺你!"

"谢谢你,布鲁托。谢谢你一直以来的鼓励和支持!"

也不知什么时候养成的习惯,对布鲁托,时兹禾历来直呼其名,觉得如此更加亲切。布鲁托也乐得这样。时兹禾当然知道,布鲁托与其他意大利人不一样。譬如格雷克,若称呼他时无校监或博士头衔相随,便不开心,认为说话人缺乏教养。这与蚌山很多老师十分相像。

只是,时兹禾嘴上表示着感谢,脚下却没有停下来的意思。他做出马上骑车要走的姿态。

"禾,我现在一定要请你喝杯咖啡。喝咖啡用不了多长时间,然后你再回家与你的父母分享这份喜悦。"

时兹禾很意外,布鲁托从不勉强别人,凡事都以商量的口吻说出,此番却说"一定"。而布鲁托以为他要回家,更令他尴尬。外人看不出,敏感的时兹禾每每遇到这种情形,内心便起伏动荡,好像做了错事。

时兹禾赶紧停下脚步,怔怔地看着布鲁托,心想:蚌山又不是上海,去哪里喝咖啡?

布鲁托不由分说，从时兹禾手中夺过脚踏车，骑上车，说："我骑车，你坐车。我们这就走。"

等时兹禾缓过神来，布鲁托已经将车骑到位于二马路的东亚饭店门口。

时兹禾不像那些纨绔子弟，对这些繁华热闹之地熟门熟路。他只是在路过的时候扭头看过一眼，知道二马路上有一座豪华壮观的西洋式建筑而已。

趁布鲁托停车上锁的工夫，时兹禾抬头看了看东亚饭店面朝街角的门脸——两根方柱通向三层楼，底层与二层楼中间是拱形门，三层则是半圆形的"山花"，镶嵌着扇面式字框，浮雕字"东亚饭店"赫然在目。

时兹禾恍然大悟，母亲赵翠娥曾经跟他说过，这家饭店一层大堂的一角，有一家叫作维多利亚的咖啡馆。母亲说的时候两眼放着光："乖乖，那里咖啡的味道不次于上海黑猫舞厅的咖啡。"

有一次母亲赵翠娥兴致很高，执意要带时昭明与时兹禾一起去喝咖啡。时昭明说："我只喝六安贡茶，喝不了那洋玩意儿，像中药汤似的又苦又涩。"时兹禾记得自己顺着父亲的话头说道："我不喝茶，也不喝咖啡。"

布鲁托点了两杯意式浓缩咖啡，便与时兹禾面对面坐在一张小圆桌旁。

时兹禾觉得眼前的咖啡杯小得可以一掌而握，与父亲的大茶杯相比，简直是天冠地屦。时兹禾试着抿了一口咖啡，苦得他立刻皱起眉头。

布鲁托笑着说："这是我老家的喝法。"

时兹禾说："这么少，这么苦，怎么解渴？"

布鲁托大笑起来："禾，喝咖啡不是为了解渴。"

时兹禾也笑了。

布鲁托说:"一直没有告诉你,我的父亲病了。我马上就要回国了。这次回去,可能不会再来了。"

时兹禾一愣,问:"这是什么时候的事情?"

布鲁托说:"前段时间家里写信告诉我的。前几天又拍来电报,说父亲病情严重了。我很纠结,想看到你的成绩后再走。现在我放心了,打算明天就走。"

时兹禾忽然很感动:眼前这位体育老师和游泳教练竟然如此看重自己的会考,为了不影响自己的心情,甚至在考前隐瞒了实情。布鲁托果真将自己当成了朋友。

时兹禾说:"我一直以为你会始终在我身边帮助我,就像我在泳池中奋力向前游的时候,你在池边大声鼓励着我。"

布鲁托笑着说:"我从你身上看到了当年的我。我希望你能够成就一番事业,不仅仅是游泳。"说着,布鲁托从衣兜里拿出一个盒状物品,它被彩纸包裹着,显得很精美。

布鲁托伸手把它递给时兹禾。

时兹禾接过来,拿在手上翻来覆去地看。

"禾,你可以拆开看看。这是我送给你的临别礼物,是一副泳镜。这副泳镜曾经陪伴我参加过第一届欧洲游泳锦标赛,是我青春的象征,送给你做个纪念。"

突如其来的消息让时兹禾深感意外,之前他丝毫没有看出布鲁托要回国的迹象。前几天时兹禾向布鲁托打听桂兰的消息,也没看出他有任何流露,他甚至还责怪时兹禾临考在即还心神不定。

时兹禾在崇正是个孤傲的人,唯有布鲁托在他心中是个特殊存在。布鲁托是兄长,也是朋友,更像是无话不说的心灵知己。时兹禾翻了翻自己的口袋,竟然没有找到什么可以送给布鲁托作纪念的东西。他有些懊丧。

"好啦,你该回家向你父母报喜了。我也要回去收拾物品了。但愿我们以后能够有缘再见。"布鲁托站了起来,隔着小圆桌伸过胳膊,拍了拍时兹禾的肩膀。

时兹禾瞬间眼睛湿润了。他立即起身,后退了一步,郑重其事地说:"布鲁托,我一直把你当成最好的朋友。没想到你这么快就要回国!分手时我想认真地叫你一声老师。布鲁托老师,谢谢你!"时兹禾说着,深深地鞠了一躬。

狰狞

桂兰周末回到曹山桥家中,门房迟近喜递给她一封信,说是从院子大门门缝处塞进来的。

自从谢万昌不断来家滋扰,桂兰叮嘱后,门房迟近喜就留了心眼。每次有人敲门,但凡知道谢万昌在门外,迟近喜绝不开门。那封信塞进来的时候并无动静,待迟近喜发现后,赶紧开门张望,却没有看到人影。

信封没有落款,仅写着"桂兰小姐亲启"。

桂兰匆匆打开一看,心里一惊——

> 桂兰小姐台鉴。贵府丢失书籍《出动中的新四军》目下在鄙人手中。书中扉页盖有"崇正教会学校图书馆"字样,足以证明两点:其一,桂小姐在徐蚌大战前夕阅读左翼红色书籍甚为不妥,轻说倾向有疑,重说则有通共之嫌;其二,贵校由教会所办,本不该介入政治,却擅自收藏红色书籍,面临查封与接受警讯之风险。若想化解此事,拿回此书,明日戌时日暮时分在曹山桥麦谷场面议。

与信封相同,毛笔书写的信函亦无落款。

桂兰认真端详,字体是工整小楷,有些眼熟,似乎在哪里见过,一时半会又想不起来。桂兰思前想后,不知此书是如何丢失的。自打她在曹山桥桂家小院安顿下来,家中始终有人。唯一一次举家外出,是迟近喜夫妇陪同她去姑姑家。桂兰隐约记得,这本书就放在厅房八仙桌上,回来却不见了踪影。翻箱倒柜也没有找到。院门没有被撬开的痕迹,院中也不似有来人迹象。假如家中进了贼人,其他物品并无丢失,显然不合常理。难道贼人专门以偷此书为目的?桂兰百思不得其解。

更让桂兰纳闷的是,这封匿名信绝非寻常人士所写。她在崇正虽不代课,但也可间接感知到学生中词不达意、文理不通者不在少数。若仅从文法判断,此信文字考究,言简意赅,岂是贼人或泼皮之类所为?

桂兰想了许久,决定去麦谷场见见这个声称拿到此书之人。是何许人,居然拿一本小书大做文章?居心与目的何在?

桂兰起初想唤上时兹禾陪同自己前往。她觉得这个单纯的小伙子聪明伶俐、反应敏捷,虽然接触不多,但给人感觉踏实可靠。

桂兰觉得不可思议,每次见到时兹禾,她就会不由自主地想起黄一峰,心里也会涟漪阵阵,带着甜意,如沐春风,仿佛眼前充满霞光。这种感受很特别,让桂兰瞬间觉得生活依旧美好,应该为这份美好而继续努力。

桂兰想起自己上高中时,因躲避日寇对南洋华人的追杀,华文中学转到山中丛林上课。国文老师眼含泪水讲到"欢友兰时往,逍逍匿音徽"这句诗,桂兰脑海中刹那间闪现出"逍逍匿音徽"的黄一峰,不免潸然泪下。但桂兰知道,兰时乃春时,毕竟是美好的时光。桂兰之"兰",时兹禾之"时",何其巧合呀?难道此"兰时"预示着美好的时光就在不远的将来?

只是时兹禾近日面临会考,不便打扰。何况通知时兹禾还需往返蚌山,耗时费力。若让门房迟近喜一同前往,恐也不妥,毕竟他年岁已高,行动不便,万一与歹人冲撞起来,反成累赘,可能使得事情更加复杂。

桂兰想到了独自前去的风险。身为警察的姑父赵传勇几番交代她,曹山桥三教九流、五行八作混杂其间,并不安宁。谢旺田和桂家驹当盛的年月,势力独大,加之曹山桥警所的维持,治安尚好。如今各色人等横行,黄昏或晚间独自出门需格外小心。

桂兰揣度,麦谷场终究是开阔之处,又濒临镇子边缘。黄昏时分天色未暗,万一有事,呼唤起来,附近之人想必可以看见或听到。再说,对方说到"化解"与"面议",那就有所图求,无非钱财,随身带上应对的数目就好。

其实,作为崇正教会学校的图书管理员,桂兰知道图书丢失或损毁顶多算作轻微失职。她原来在莱佛士学院念书时,同宿舍有个念图书管理专业的同学说过,正规图书馆每年丢失图书不超过2%至5%都属正常。崇正的学生数量与图书收藏远不如大学那么多,但丢失几本书并不是什么大不了的事情。

桂兰唯一担心的是,万一如对方所说将崇正扯进一桩莫名其妙的政治事件之中,尽管无缘无故,却也令人窝心——想必当年崇正购进此书正是国共合作、联手抗战之时,并无这般禁忌。而当下却是解放军和国民党军队在徐蚌之间爆发大战的前夕,因一本小书而引起剪不断理还乱的是是非非,学校无论如何都会怪罪于自己。尤其那位凡事认死理的格雷克校监,不知会恼羞成怒成何种样子。

至于对方所说通共嫌疑,桂兰反倒不以为然。新四军确为共产党所领导,但其全称则是国民革命军新编第四军。况且,说破天自己不过读了一本书而已。假如真有如此官司,桂兰想象着各种说理与说法,并不在意去面对。

天之所恶,孰知其故。九泉之下的谢旺田八成知道谢万昌何以至此。祖孙之间或有灵犀相通,只是各自取舍的角度不同,谢万昌竟然想到祖父当年为他举办百日宴的地方。

遁入恶行怪圈而不能自拔的谢万昌此时变得诡计多端。他打算在麦谷场与桂兰摊牌,先当面将"割襟为盟"那件陈年旧事从头捋起,再亮出手中掌握的"铁证",或许能迷惑一下对故乡与往事浑然不觉的桂兰。谢万昌根本不指望桂兰心甘情愿,他只是企盼在这个人烟稀少的地方寻机一晌贪欢,至少他觉得自己不能白忙乎一番。

虽是盛夏,但尚未入伏,黄昏时分倒不显得酷暑难耐。

桂兰人生地不熟,虽然约定的地点就在镇子附近,但她还是向数人打探后方才找到路径。桂兰回乡数月,平时往返于蚌山,从未踏足过田间小道。眼见得路面坎坷凹凸,她便小心翼翼,以免绊了自己。

乡间小道的景致随时令变化而大不相同。仲春麦芽返青,极目眺望,漫漫的葱绿色绵延到远方;小满时节看到的却是齐腰高的金色麦浪随风摇曳。而此时玉米长得一人多高,繁密茂盛,桂兰目力所至唯剩脚下的小路。微风吹过,四周不时响起窸窸窣窣的声音,仿佛有人跟随似的,桂兰不免有些害怕。

幸好从镇子到麦谷场的这段路不算很长,桂兰担心夜色降临,想着早些了断此事,走路若小跑一般。不一会眼前突然开阔起来——桂兰知道,麦谷场到了。

桂兰环顾一圈,四周满目青纱帐,一两亩地大小的空地上一个人影也没有。戌时日暮,天色由亮转暗并非渐渐而至,日头在西侧的曹山之巅先是剩下半截,然后像是失去支撑,忽地没入,瞬间就昏黑一片。所以,桂兰知道不能久留,眼见无人等候,十分气愤,转身便往回走。

只听得对面的青纱帐里传来一声叫喊——

"哎,哎,桂兰小姐,请留步——"

桂兰抬头一看,只见一个人从青纱帐中匆匆忙忙地钻了出来,头顶的中分发型随着跑动的节奏上下起伏着。那人一边挥手,一边朝桂兰这边跑来。

"桂兰小姐,是我,是我,莫担心呀!"

桂兰定睛一看,认出来人是谢万昌。

"怎么是你?"桂兰惊讶得睁大双眼。

谢万昌嘿嘿笑道:"桂大小姐不远万里回到故乡,俺们谢家和你们桂家是世交,鄙人有义务带你认识一些地方。这个地方是……"

桂兰打断他的话,愤怒地问道:"是你偷了我的书?"

谢万昌看到桂兰因为生气而脸色绯红,显得越发俊俏迷人,心里兴奋得难以抑制,痒痒的且伴着跃跃欲试的冲动。想到每每在桂家小院吃到闭门羹而无可奈何,哪承想只不过稍微使些手段,竟可以将一个高傲的美人引到这个无人造访的空旷之地,如此相约方式简直妙不可言。

谢万昌有些得意忘形,奸笑道:"嘿嘿,偷书这话多难听。若是拿了金银财宝,也不枉一个'偷'字。古人讲,'惟古于词必己出,降而不能乃剽贼'。抄袭人家文辞才算偷,我这算是借来看看而已。"谢万昌没有直接回答,但并未否认自己入室窃取此书的事实。

"私闯民宅,你这是犯罪行为!"桂兰指着谢万昌的鼻子怒斥。

"犯罪?桂兰小姐,鄙人身为保安总队成员,怀揣尚方宝剑,肩负搜寻通共线索之重任,哪里不能去?你现在已有嫌疑,证据在我手中。"谢万昌说着从怀里掏出那张盖有崇正图书馆印章的扉页,冲着桂兰晃了晃。

桂兰很惊讶,谢万昌居然将书中扉页撕下,而书却不知所踪,便猜想他可能用此书打起了什么主意。

桂兰此前还只是觉得谢万昌猥琐和虚伪,未曾想此人如此下作。她忽然想起，在莎阿南家中，她曾经瞥过一眼谢启财写给父亲桂俊生的信。信中字体与门房迟进喜交给她的匿名信中的字体完全一样。

桂兰回到曹山桥才知道，谢启财早已过世。现在想来，所谓谢启财来信完全是由谢万昌一手炮制。谢万昌假借其父谢启财之名，欺骗了远在南洋的桂俊生。桂兰思忖，多亏父亲桂俊生留了心眼，在给"谢启财"的复信中，既没有答复践约之事，同时又另外发电报叮嘱桂俊英做好周密安排。

此时的桂兰十分庆幸自己的敏感，初到蚌山的当天，她在谢万昌的眼神和动作中就感到了某些拗别，当即决定以先去姑姑家为由婉拒了让谢万昌送自己去曹山桥。尽管于情于理在当时的情境下未见得妥当，毕竟人家是应桂俊生信中要求而来，但桂兰初来乍到，两眼一抹黑，不得不枉突徙薪，以免意外。

日后几番接触，桂兰越发觉得谢万昌与自己曾经的想象相去甚远——那种想象是凭借父亲桂俊生关于一个在百日宴上当众滋尿男婴的讲述，以及谢万昌那张梳着大分头、嘴角上扬、略显傲气的照片带给她的——"自古想象皆神话，唯有世事惊煞人"，果然应了桂家小院厅房那副挂了几十年的对联所言，于是，桂兰果断地将其拒之门外。

桂兰谨慎地后退了几步，质问道："谢万昌，你打算干什么？"

谢万昌色眯眯地看着桂兰，嬉皮笑脸地说："桂兰小姐，容我多言几句。家祖当年在此地为我摆设百日宴，据说众多宾客听闻令尊与家父在这里言及你我联姻之事。虽说时过境迁、物是人非，但我未娶、你未嫁。我们两人依旧可以尊奉先辈遗愿，做成鸳鸯佳偶——"

桂兰愤愤地说："谢万昌，听你所言，看你书信，想必你也念过私塾，应该知晓什么是毁廉蔑耻。这都是什么年代啦，那种陈腐旧事居然还好意思挂在嘴上。我回曹山桥，自当有事情可做，与你毫无干系。而你想入非非，又做了如此下作之事，入室盗书，以为拿捏住了我的把柄。我虽然生长在海外，但懂得两家世交情深皆源自礼数。我敬佩桂谢两家祖辈与父辈的为人，也为他们之间的情谊而骄傲。但我也明确告诉你，我为谢家后人有你这样的败类而感到羞耻！"

桂兰一番话说得谢万昌恼羞成怒。他气急败坏地说："少废话，桂家小姐！今天我们之间务必有个结果。你若随了我的意愿，这个铁证就此销毁，权当没有此事。你若继续执迷不悟，那我就上缴保安总队。对不起，那就得劳你去濠州看守所蹲着，等待大刑伺候喽。当然啦，我们还有另一种解决办法。就算'割襟之盟'不作数了，我们也别白白背个名声。你怎么着也得让我尝个鲜吧——"

谢万昌说着，淫笑着伸手去摸桂兰的脸。

桂兰顿时怒不可遏，一闪身躲了过去，回手一记耳光打在谢万昌的脸上。

谢万昌大吃一惊，他完全没有想到眼前这个小巧的女人竟然毫不胆怯。他双手捂住脸，迟疑了一下，然后迅即张开双臂，猛地扑了上去，口中喊道："你这个小娘们儿胆子不小，胆敢动手揍我？看我怎么收拾你！"

桂兰被谢万昌紧紧抓住，一时挣脱不得，便大声喊道："来人呀——"

桂兰的反抗更加激发了谢万昌的淫欲之心，他扯住桂兰的衣领，用力往下撕扯，同时恶狠狠地说："臭娘们儿，你在这里叫喊管熊的斤，这地方现在鬼都不会有，哪里会有人来？"

"哪个讲的？"

说时迟，那时快，青纱帐里突然响起一个男人雄浑的声音——

"谢万昌，你瞧瞧我是人还是鬼？"

谢万昌吓得魂飞魄散，立即松开手，转头朝传来声音的方向看去——

未央

赵传勇对谭义宏恩重如山，保举与提携都是小事，除了感情甚笃的师徒关系，谭义宏最难忘的，是师父在生死攸关之时毫不犹豫地出手救过他的性命。

赵传勇脸上落疤那次，本是师徒同行抓捕持刀逃犯。谭义宏仗着年轻，又想在师父面前表现，一个箭步冲到前面，却忽略了逃犯性情凶残且身手不凡。那逃犯边跑边从腰间抽出匕首，谭义宏对此并未察觉。赵传勇发现逃犯奔跑速度突然放缓，担心其中有诈，冲着谭义宏喊道——

"当心！"

也就眨眼工夫，逃犯回手就是一刺。幸亏赵传勇眼疾手快，迎着划过的弧形刀锋一把推开谭义宏，一侧脸扑了上去。事后，谭义宏才意识到，若不是师父赵传勇动作迅捷，逃犯匕首落下的弧线会正好划过自己的脖子。

至于警佐是升任所副的必要台阶，囿于岗位限制，想在众多巡警中脱颖而出，难于上青天，谭义宏对此更是心知肚明。赵传勇习武出身，又打过仗，性情耿直透亮，一辈子不求人。没有赵传勇搁下面子在局长汪守驷跟前极力推荐，谭义宏当然去不了曹山桥警所。尽管曹山桥地处集镇，不如蚌山繁华热闹，但"人活脸，树活皮"，哪个做警察的愿意一辈子扛着人字杠的巡警肩牌在街上晃悠呢？

一日为师终身为父，救人一命胜造七级浮屠，赵传勇在谭义宏心目中的分量可想而知。因而，但凡赵传勇交代的事情，谭义宏从来不惜夙兴夜寐，肝脑涂地。

自从桂兰跟姑姑与姑父说及谢万昌有不轨的心迹与行为后，赵传勇便叮嘱谭义宏暗中留心。谭义宏心领神会，暗中留心意味着既不能让桂兰知情,免得她有所顾虑,影响她在曹山桥的正常生活,又要保证她的安全。

对谢万昌,谭义宏则是悄悄地盯梢,绝不能让他有所察觉。毕竟谢万昌的背后站着保安总队的谢建业,他与自己的顶头上司汪守驷表面上各司其职,互不相干,实际上矛盾重重,几近势不两立。所以,赵传勇和谭义宏都知道,没有确凿的证据,轻易不能惊动谢万昌。

濠州警局协查《出动中的新四军》一书的通报发出后,赵传勇觉得事态越发严重。他侧面问过桂兰是否在曹山桥遗落过什么书籍,桂兰还觉得蹊跷:姑父何以得知此事?蒙在鼓里的桂兰完全没有意识到危险已然悄悄来临。

赵传勇推测,汪守驷局长似乎也抵挡不住来自谢建业那边的压力,"协查"肯定是对保安总队的一种妥协。

当然,汪守驷局长死活不肯承认。警情通报发出的次日,汪守驷在警局会议上拍着桌子吼道:"本该老子干的事情,他谢建业非干不可。让他去干吧,老子这回协查!让天底下的人都笑话他多管闲事!"

话虽如此,但寻查《出动中的新四军》一书来路毕竟成了曹山桥警所不得不做的一件事情。毫不知情的桂兰依旧每周来往于蚌山与曹山桥之间,殊不知赵传勇的压力与日俱增,而谭义宏则将此事引发的各种苗头尽力消除。

谭义宏对曹山桥的情况了如指掌。和其他警察凭经验办事不同,念过书的谭义宏喜欢边看户籍档案边琢磨事,诸如哪家哪户生老病死,嫁女娶妻,迁入销户,本籍祖籍,几千口子人他不见得都熟识相知,但只要提上一嘴,他大致都有些印象。

谭义宏知道当年曹山桥垂拱而治,享誉一方,与桂谢两家的掌门人桂家驹与谢旺田密不可分。一旦遇到打架斗殴、邻里纠纷或者婆媳不睦之类狗屁倒灶的事情,很多时候警所出面都不见得比谢旺田或者桂家驹往那里一站好使。威望与势力摆在那里,谁不服就别在这里混日子。

如今且不说在曹山桥难得见到上安下顺、弊绝风清的情形，就连曾经德望一方的谢家也出了像谢万昌这样伤风败俗、惹是生非的"猫猴子"。

谭义宏原来压根没把谢万昌当回事。他倒不是懂得谢旺田那一代人悉知的"好色者多为胆小鬼"的老理，主要是谢万昌那会吸大烟，谭义宏没少抓他，时不时拎到警所里教训一番。这种人烟瘾上来，涕泗横流，痛不欲生，一点为人品色也没有。要不是看在谢旺田当年没少给曹山桥做事的份上，早就把他送到濠州警局看守所蹲班房了。在谭义宏的印象中，谢万昌这种人骨子里属于怕事的主，掀不起什么风浪。

没承想自打谢万昌穿上"二狗子"的制服，这上不了台面的狗肉还真把自己当成了一盘菜。早先在街面上碰到，谢万昌点头哈腰生怕礼数不周。如今再撞面，谢万昌判若两人，常常抬头挺胸的，假装看不见。那意思分明就是：你警局，我保安队，瓦罐和土坯子——一窑货，谁能把谁怎么样？现在的谢万昌不仅兴风作浪，而且行为上越发肆无忌惮，不但打桂兰的主意，甚至还对自家弟媳妇动了邪念。谭义宏早就看着谢万昌不顺眼，一直想找机会收拾他一下。

夏日的夕阳在炊烟袅袅时分依旧没有落下的意思。

谭义宏不经意间从警所窗子向外面的主街看了一眼，刚巧瞥见桂兰匆匆朝镇子外面走去。她没有骑脚踏车，显然不是去蚌山，而顺着这个方向走出镇子，则是广袤的玉米地。

谭义宏立刻警觉起来，马上来到警所大门口，探出头向两边张望。也就片刻工夫，他发现谢万昌出现在街面上，向着桂兰走的方向鬼鬼祟祟地跟在后面。

难道谢万昌在打桂兰的坏主意？谭义宏想起赵传勇的叮嘱，立即转身回去揣上驳壳枪,然后悄悄地寻踪而去。

远远地看着桂兰拐进通往麦谷场的小路,谭义宏的视线被青纱帐遮住。他发现跟在桂兰后面的谢万昌钻进了玉米地。谭义宏确信,谢万昌是抄近道去了麦谷场。谭义宏三步并作两步也钻进青纱帐,他轻轻地拨开一人多高的玉米秆,蹑手蹑脚地跟着。色胆包天的谢万昌完全没有想到此时谭义宏就跟在后面。

隐藏在青纱帐里的谭义宏目睹了谢万昌的所作所为,顿时火冒三丈。按说职责所系,人证物证皆在,谭义宏完全可以立即以调戏民女为由抓捕谢万昌,但想到前几日赵传勇所嘱,他灵机一动,决定用特殊方式拿住谢万昌。

"谢万昌,你看看我是哪个? 是鬼还是人? "

谭义宏并未拔枪,他只是一边说,一边将桂兰揽在自己的身后。刚刚经历了紧张、惊恐和愤怒的桂兰,乍一看到谭义宏,瞬间如释重负。

桂兰忽然想起来,有一次在姑姑家吃饭,姑父专门唤来谭义宏介绍他们相识。桂兰每周从崇正回来一次,从不觉得自己在曹山桥的生活与警察有什么关系,哪想到再次见面却是在青纱帐包围着的麦谷场。

谢万昌被吓得一屁股坐在地上,浑身颤抖不已。待看清来人是谭义宏后,谢万昌结结巴巴地说:"哦,是谭……谭警官,你吓死俺了。我……我在这里向桂兰小姐了解一下那本书的情况。"

谭义宏强压怒火,故意说道:"先不说那本书的事。我正要告诉你,我昨天见到了你兄弟谢万盛,他陪他娘去舅家奔丧刚刚回来。我记得两天前的晚上你还去万盛家说事。难道你兄弟是踩着风火轮去他舅家奔丧的? "

谢万昌听出了谭义宏话中带话,意识到他那天翻墙偷窥崔菊英并企图不轨的行为被谭义宏发现。他知道,这件事情一旦被谢万盛知道,那个二杆子劲头十足的堂兄弟会跟他拼命。想想自家爹谢启财与谢万盛他爹谢启富火拼的结果,谢万昌不寒而栗。

谢万昌那晚翻墙进入谢万盛家,遭遇谭义宏"堵门",心里始终忐忑不安。

谢万昌估计,崔菊英无论如何都不知道自己曾在她的窗下企图偷窥。至于她家院门明明上闩关闭而一大早发现院门虚掩,至多以为粗心大意忘了而已。

但谢万昌最怕这件事情三方对质。崔菊英可能浑浑噩噩,全然不知,这倒问题不大。谢万昌自己肯定守口如瓶,故作糊涂,装傻充愣也能赖过去。唯有谭义宏心知肚明。他眼瞅着自己从谢万盛家出来,而自家大门偏偏又上了闩。谭义宏若当面说破此事,真相大白,谢万昌顷刻间就会成为人人喊打的过街老鼠。昨天谢万盛回来,谢万昌在家一直担心堂弟过来兴师问罪,幸好没有动静。他以为这件事情就这样神不知鬼不觉过去了,哪想到谭义宏今日再次提起。

谢万昌颤颤巍巍地说:"谭大哥,我发誓那天什么事情也没有做。我一开始敲门借簸箕,万盛媳妇没开门。我急用,就跳墙过去了。东西还没找到,你那边就敲门了。我也是担惊受怕,一慌神,就开了门。谭警官,我说的句句属实,你可千万别跟我家万盛兄弟乱讲。"

谭义宏冷笑道:"谢万昌,你也是念过私塾的人,张嘴就胡扯!半夜翻墙去你兄弟媳妇家借簸箕,鬼才相信!"

桂兰听得惊讶万分。人面兽心和衣冠禽兽这些带有极端色彩的词汇,用在谢万昌身上竟然如此贴切。谁能想到谢万昌说话写文貌似锦心绣口,却做着如此行同狗彘之事。

怪不得华文学校的老师常常借用古人之言告诫学生:"从善如登,从恶如崩。"书念歪了,人居然会堕落到这种程度。联想到自己那本书丢失,看来果然是谢万昌翻墙进屋窃走的。

"我是借簸箕,你可以问问万盛媳妇。"谢万昌继续狡辩。

234

"大半夜的,老天爷晓得你做了什么丧尽天良的事情!好,我会随你心愿,正好找你兄弟有事要问,顺便也向万盛媳妇了解一下情况。"谭义宏说。

谢万昌听到谭义宏如此一说,语调中立刻带着哭腔说:"那还是别问了!求你了,谭大哥!万昌我平时多有不恭,还望谭警官多多包涵!"

谭义宏见此情形,便趁机说:"要不要和你兄弟谢万盛说这件事,关键看你的态度。我刚才看见你拿着一张书页,把它给我,可管?"

"管!管!"谢万昌头点得像拨浪鼓,连忙从怀里拿出那张扉页,递给谭义宏。

谭义宏接过那张扉页,溜了一眼,然后让桂兰看看,并会意地朝桂兰点点头。

谭义宏对谢万昌说:"既然你可以把这张扉页撕下来,那就说明它对那本书没什么用了。反正你已经将书上缴保安总队,干脆我们就把这张废纸撕碎耶熊。"

"耶熊"一词极具当地色彩,含有"拉倒"或者"算屄"之类的嘲弄意味。说罢,谭义宏就手将那张扉页撕了个粉碎,抬手一扬,纸屑纷纷扬扬撒了一地。

宏图

除了谭义宏,曹山桥没人知道周浩悄悄地住在这里的一处隐秘之地。

依照华野敌工部部属,周浩的主要任务是策动81师起义。一旦成功,战事打响后81师立即宣布起义,调转枪口,配合解放军部队歼灭淮河南岸国民党守军。

在曹山桥,每月初五、十五两次集市大有不同。

初五集市以布匹交易为主,规模稍小,赶集的多为江淮一带的布匹商人。桂氏织业南迁后,此处织业仅存零星作坊,形不成规模。不过讲起来当年也是先有集市,后有桂氏。后者兴旺后与集市也算相得益彰。没了张屠户,不吃混毛猪。初五集市一如既往,只是摊位上多了毛线和衣服之类的货品。

十五则是大集,日杂百货、生鲜果蔬、粮油米面、家禽牲畜,无所不有。集市上熙熙攘攘,热闹非凡。说起来,蚌山二马路的百货公司时尚新潮,货物应有尽有,但乡下人宁可走远路,也要来曹山桥赶集。四里八乡的赶集人并不都为买货而来,闲逛与凑热闹也是寻常乡下人解闷的方式,热闹与欢快很多时候就是众人彼此拥挤着或者互相观望着凑成的。

曹山桥的集市坐落在镇子主街。集市尽头的路边有一个孤零零半人高的正方形石台,上面矗立着一块斑斑驳驳的石碑。

石碑上刻有无名氏所作诗一首:"花鼓玉雕风车摇,结伴相拥曹山桥。喝罢油茶听戏去,悠闲落拓赛富豪。"

曹山桥因集市而兴,这石台和石碑就如同集市和镇子的标志,无论修路还是建房,谁都得绕开它。老一辈人说,石台和石碑很早就有,没人说得清来历。陈老先生曾经陪着濠州来的专业人士考据过,最终也没有说法。

赵传勇第一次带着张瑞琪和周浩来到这里与谭义宏会面,选择的就是五月十五赶大集的日子,曹山桥主街上挤得水泄不通。

谭义宏是聪明人,专门安排诸人在集市路旁的一家油茶店面谈。张瑞琪对曹山桥不算陌生,二十多年前随北伐军途经这里,逗留过两天,后来又送赵传勇回乡并在此处参加了一场颇具规模的婚礼,但两次来都没赶上集市,多少有些遗憾。

张瑞琪看着外面络绎不绝的人流,当时就判定,周浩住在曹山桥最为安全。这里人口众多,鱼龙混杂,不像周边小村子,陌生人进村十分显眼,隐身于此,外人不易发现。

把谭义宏选定为配合与协助周浩开展工作的人,并非简单的小事。张瑞琪事前对谭义宏的背景做了周密的调查。除了谭义宏与项同飞这层特殊关系,他作为赵传勇的徒弟,非常忠诚可靠。

还有一点更加重要,连赵传勇也没有想到,谭义宏的爹娘及媳妇都在山东兖州老家——那里刚刚成为解放区。这段时间谭义宏多次接到家中来信,说家乡发生了巨大变化,许多亲属还报名参加了运输队,推着家乡特有的独轮车为前线解放军部队运送补给。

不像其他警察工作之余常常聚堆喝酒,警校毕业的谭义宏平时喜欢看报,对时局有自己的估判。他坚信用不了多久解放军大部队就会渡过淮河,开进蚌山。到那时,曹山桥自然也就成了解放区。所以,赵传勇将张瑞琪的安排悄悄告诉谭义宏的时候,谭义宏的内心十分激动。

81 师师部许多人都知道项同飞副官在曹山桥有个亲戚。也是由于驻守三线缘故,管束上不比徐州、宿县那边一线和二线部队严苛,项同飞总会有些空闲,抽空去曹山桥看望过几次谭义宏。

讲起来项同飞自己都有些不好意思,每次都是空手去,返回却满载而归。当地土特产都是谭义宏硬塞到项同飞手中的,让他回去顺便犒劳一下同僚。同僚人数众多,军械、军需、医务及通讯等处,根本顾不过来,项同飞仅仅与副官处和参谋处分享,两处日常交往甚密,常常不分彼此。

有一次,谭义宏准备了一提篮濠州石榴让项同飞带了回去。参谋处的人多为甘肃和宁夏人,见到石榴十分稀罕,不知如何下口。有位陕西临潼籍副官笑嘻嘻地拿出小刀在石榴皮上纵向划出几道裂痕,扒开外皮,剥下石榴籽吃了起来。

几位参谋看着觉得有趣,如法炮制。先是一粒一粒品尝,接着索性剥下一把,一并送入口中,然后纷纷夸赞味道甜美。那副官感叹道,不吃还好,吃了反而想家。项同飞问为什么。那副官说,濠州石榴让他想起陕西老家的临潼石榴。众人啧啧感叹,睹物思乡,继而又对项同飞说,西北军老部队的人能在千里之外江淮一带的镇子里遇到亲戚,实属不易。我们也能跟着沾光。

葛开祥师长恰巧进来,听到众人说话,插嘴道:"这有什么,当兵的行走四方,什么情况不会遇到?说话就到俺老家了。那里的萝卜清脆可口,一点儿不比石榴差。"

众人皆露出惊讶的表情:葛师长常年驻守西北,竟是皖人。项同飞担任师长副官,心头猛然一惊:可不是嘛,葛开祥师长老家在蒙城,离这里不过百十华里,坐小车也就一袋烟的工夫。

项同飞副官是葛开祥师长的心腹,早知他有易帜的想法。

以项同飞对师长葛开祥的判断,假如81师部署在接近徐州的第一线,说不定早就起义了。这倒不是说是否起义取决于战事爆发的可能性,或者解放军是否派人前来接洽,而是与上下左右的默契程度密切相关。

项同飞天天跟着师长葛开祥在下面部队转悠,底下的人听招呼绝无问题,一声令下,三个团即刻可以拉走。

关键是68军军长刘汝珍的态度。葛开祥在刘汝珍跟前暗示或明示了好几回,得到的回应都是不反对。葛开祥一路带兵走来,知道易帜之事极为敏感,顶头上司的不反对与鼎力支持大不相同。葛开祥打算见机行事。

那天在曹山桥油茶店面叙,赵传勇反复交代谭义宏,周浩的安全必须做到万无一失。

赵传勇是个粗中有细的人。他的老连长张瑞琪交办的事情,他当然会一丝不苟。其实,赵传勇还另有考量。他希望周浩的任务能够平安顺利地完成,返回部队时可以将桂兰一并带走。

桂兰多次向赵传勇和桂俊英说,如果有机会,她很想找到黄一峰曾经服役的部队。赵传勇觉得,张瑞琪和周浩都会支持桂兰的想法。周浩在曹山桥住下后,赵传勇叮嘱桂兰立即辞去崇正教会学校图书馆的工作,在家随时听候消息。为避免引起校方关注,桂兰采取了先请假再辞职的做法。

第一次去81师的时候,谭义宏换了农人装束,赶着马车送周浩前往。周浩一副商人打扮,装作去81师送货。

到了驻地门口,项同飞又引领周浩与葛开祥见面。谭义宏则在外面等候。后来,熟门熟路的周浩又单独去了两次。

葛开祥与周浩最终达成共识,起义之事定在冬日之初。周浩通过交通员将这一情况报告了张瑞琪。大家都很兴奋,盼着这一天早日到来。

两人最后一次见面时,葛开祥异常兴奋,悄悄在师部请周浩喝酒,让项同飞一并参加。项同飞很有成就感,想到表哥谭义宏一直为此事忙碌,便打算将其唤来共同庆贺。但在最后一刻,项同飞放弃了这个想法。他觉得眼下时局复杂且多变,无论如何都得留个后手,不能让外人知道在曹山桥当警察的表哥谭义宏参与了此事。

项同飞的谨慎小心果然起了作用。

谁也没有料到,刚刚进入农历六月,南京国防部政工局局长邓文仪以慰问之名突然造访81师。

这种情形甚为罕见。

国防部那些大员的眼头历来很高,通常只会去兵团指挥部所在地,有时上方有要求,顶多去军部这一级虚晃一枪,常常凳子没坐热转身就走,无论怎样都不会来师级作战部队,更何况像81师这样的杂牌军。

所以,当邓文仪一行的车队威风凛凛地驶进 81 师驻地时,站成一溜的将校军官们一边做出热烈欢迎的姿态,一边都暗自纳闷,这个时候你们不去徐州、宿县和固镇那些军情吃紧的一线部队,跑到淮河以南相对安稳的三线部队干啥?大家纷纷猜测,这帮家伙无非是选个离南京不远的地方,走马观花,做做样子罢了。

不管怎么说,国防部来人了。尽管邓文仪并不分管作战,但 68 军军长刘汝珍是明白人,政工局管的事都是顶破天的,督战和军心,哪一项都连着帽子和脑袋。刘汝珍一点不敢怠慢,着急忙慌地从设在四十里开外小堆集的军部赶到 81 师前来陪同,一照面就满脸堆笑,说着各种恭维话。

邓文仪确非等闲之辈,说是局长,但资历甚老,是黄埔军校一期毕业生,早年做过蒋介石的侍从秘书和副官,十年前就扛上中将肩章,自然派头十足。当着葛开祥和刘汝珍的面,邓文仪先是冠冕堂皇地讲了一番"守江必守淮"的大道理,私下里却向刘汝珍夸下海口,大战之后为 81 师并 68 军邀功请赏。

军长这顶帽子看着不小,但中间隔着兵团,刘汝珍寻常根本见不着国防部官员的人影,偶尔陪同自家长官与这些人谋面,还捞不到说话的机会。没交情,不熟稔,刘汝珍自然也就不清楚这帮人讲话的深浅。但刘汝珍老奸巨猾,一路倚仗其兄长兼顶头上司——第八兵团司令刘汝明的关照而加官晋爵,一路走来从不吃亏。

68 军不算嫡系,不受重视不说,也没有崭露头角的可能。长此以往,养成了既不想打仗而导致损兵折将,又不想得罪国防部的潜意识。葛开祥最初向刘汝珍报告起义想法时,他只是以"嗯嗯,知道了"之类的话语支应着,并没有明确态度。反倒是经过此番邓文仪的一通鼓噪,刘汝珍觉得有空子可钻,便打算扣押周浩,将他送往南京邀功请赏。

行伍出身的葛开祥想法过于简单,以为刘汝珍既然不反对起义,也就不会横生枝节,把谈判过程以及周浩的相关情况都如数向刘汝珍做了汇报。哪知道这下子让刘汝珍掌握了许多细节。背着葛开祥,刘汝珍直接下令,通告地方当局,抓捕周浩。

按说,抓捕共军前来策动起义人员,本来是军方的事,与地方上没什么关系,可刘汝珍滑头至极,两头都给自己留下回旋余地。抓住之后去南京邀赏的好处归自己;万一抓不住,即使解放军那边知晓情况,也与自己无关。七弯八拐,抓捕周浩的差事交给了濠州保安总队。

事情来得突然,葛开祥猝不及防。

幸好周浩每次谈完便匆匆离开,且住地始终未透露半句。葛开祥叮嘱项同飞,设法告知周浩迅速撤离,必要时,派少量部队协助配合,但务必不能让军部的人知道。

好不容易达成意向, 刘汝珍一句话让葛开祥的努力化为泡影,这自然让他义愤填膺。他愤愤地对项同飞说:"这帮孙子整天琢磨的不是升官就是发财,对民众深陷水火之事漠不关心。老子早晚起义,跟着共产党干。"

葛开祥果然最终没有食言。后来,解放军发起渡江战役,驻守江西弋阳的葛开祥果断甩开 68 军,率 81 师起义。此为后话,按下不表。

对谢万昌而言,麦谷场发生的一切让他鸡飞蛋打。

上缴了《出动中的新四军》一书,没有盖着印章的扉页作为佐证,相当于聋子的耳朵,纯粹摆设而已。这活算是白干了。即使谢万昌撕破脸想说这书是他在桂兰家里偷的,也没法张口。行为下作丑陋不说,桂兰死活不承认他也没招。

谢万昌这厢异想天开,以为拿捏住桂兰的把柄,眼看就要美梦成真,谁料想谭义宏冷不丁横插一杠子,美梦瞬间化为泡影。偏偏他那点烂事恰恰又被别人尽数掌握。

谢万昌对谭义宏恨得咬牙切齿。

原本垂头丧气的谢万昌接到保安总队新的指令,在曹山桥一带搜捕一个叫周浩的共军,如同打了鸡血一般又精神抖擞起来。谢建业最初不想让谢万昌参与此事,认为他烂泥扶不上墙,可思来想去,这厮到底是曹山桥人,保安总队没人比他更熟悉那里的情况,反正自己带队,将他吸纳进来也无妨。

谢建业知道,上百号人呼啦啦赶到曹山桥,目标太大,没等搜查,人早就跑得无影无踪,所以先派人将几个进出镇子的路口封住,然后便打算挨家挨户搜查。

谢万昌一看,便有些担心,且不说仅靠这百十号人在偌大的曹山桥查找一遍,没有几个时辰,绝无可能,万一哪一路人马闯进自己家中,难免会发生顺手牵羊占便宜的事情。老话说,破家值万贯,虽说谢家到了谢万昌这一代破落了,但家里总有些老爷子留下的坛坛罐罐能够换钱。况且谢建业他爹谢晓三题写的"大家风范"作为传家宝还存在家中。保安队不算正规军,侉张为幻、贪图小利者不在少数。

谢万昌硬着头皮说:"谢总队长,最好兵分几路,分头搜索,若落日之前不能结束,可能就麻烦了。镇子主街区情况最为复杂,商户众多,住家庞杂,在下愿意亲自前往。"

谢建业听得一愣,没想到素来游手好闲且一事无成的谢万昌在此时刻不吝谏言,而且言之有理。他瞥了一眼谢万昌,只见他耸了一下肩膀,把即将从肩头滑落的枪带顶了回去,眼巴巴的神情中露出煞有介事的样子,心想这家伙今日不比往常,也就同意了。

谢万昌这次回曹山桥果然与以往不同,因为执行要务,子弹袋缠在腰间,肩上斜挎着盒子炮,好不神气。

给谢万昌配发枪弹的时候,谢建业专门嘱咐,子弹不长眼,没事时不能拿出来瞎比画。实际上,保安总队接受的任务很明确,人要活捉,必须毫发无损。带枪只是装样子,骇人而已。

谢万昌盼枪已久,生怕谢建业变卦,连连点头称是。以前没枪,仅凭一身黄皮,曹山桥的人对谢万昌虽有忌惮,但不至于老远见了就退避三舍。这次荷枪实弹地回去,保管让那些不把他当回事的人骨寒毛竖。

谢万昌以前隐约听说,警察虽可配枪,但警局有明文规定,普通警员只能肩背长枪,无任务时枪械还需入库。警佐以上人员配发的手枪可以随身携带。

说实话,麦谷场上遇到谭义宏,除了自己做了亏心事,谭义宏身上的驳壳枪也是让谢万昌胆战心惊而自觉矮人一头的重要原因。谢万昌此番故意将盒子炮斜挎在右胯之前,尽管如此佩戴不符合枪贴后臀的规定,但为显张扬,也就顾不了许多。

谢万昌暗自思忖,如此行头,不仅看上去有股子威风凛凛的劲头,更重要的是让谭义宏之流瞧瞧,我谢万昌虽然没有扛着肩章,但级别至少不低于警佐。

小鸡不撒尿,各有各的道。谢万昌三言两语居然让老谋深算的谢建业上了他的"套",大出意料,自然窃喜。谢万昌才不在乎能不能抓到周浩。对上能否交差是谢建业的事,至于自己和保安队百十号人谁尽心谁敷衍,何以评价?

"几处早莺争暖树,谁家新燕啄春泥",白居易都知道群鸟落树筑巢历来各自为政,谁人可以看出哪一只更为突出醒目?滥竽充数的巧妙之处就在于人多。只要将曾经的谢府划在他谢万昌的搜查区域内,那就万事大吉。

谢万昌带着几个保安队的人在主街展开搜寻的时候,忽然意识到他忽略了一个重大问题。放眼望去,鳞次栉比众多商铺的那头是丹楹刻桷的谢府,而这头却是暗红色大门始终敞开的曹山桥警所。

谢万昌还没来得及请示谢建业警所是否也应列在搜查范围之内,保安队的人已经四下散去。

迷蒙

谢万昌站在警所门口踟蹰徘徊,拿不定主意是否应该进去,尤其盘算着假如撞到谭义宏应该如何张口搭腔。

谢万昌一直懊恼自己两桩糗事都被谭义宏撞见——后一桩干脆就是被人家当场抓住,以至于不得不当场认怂服软,搞得原本牢牢握在手中的杀手锏不翼而飞。毕竟奉命搜查共军藏匿人员是一条冠冕堂皇的理由,进到警所在谭义宏面前晃一圈,张扬一下,也算挽回点面子。

没等谢万昌想明白,身后一位端着长枪的保安队人员催促他赶紧离开,并谐谑地嚷道:"老谢,你磨磨叽叽弄晃的该?这里是警所!"

谢万昌头一歪,问道:"警所怎么了? 人藏在警所咋办? "

拿长枪的保安队员说:"噫嘻! 你是吃多了还是脑子进水了? 你还不如去问一下咱谢总队长,人藏在保安队咋办?大水要冲龙王庙,你真打算一家人不认一家人?"

这句话突然提醒了谢万昌,虽说谢万昌将主街区域的搜查揽在自己名下,为的是自家住处免遭滋扰,但这并不妨碍自己照章办事搜查谢万盛家。自打那次翻墙遭遇谭义宏"撞破",谢万昌总觉得心里就像堵了块石头,好像不在崔菊英跟前发泄一次,郁闷就疏解不了一般。

谢万昌手一挥,便带着几个人直奔谢府而去。那几个保安队兵丁都是头一回来曹山桥,仰头看着高大的门楼,见到顶端书写的"谢府"两个大字虽显斑驳,却依稀可辨,而大门不见了踪影,裸露着的硕大门框好像一只怪兽张着大口。

有一人问道："老谢,谢府可是你家?还要搜吗?"

谢万昌指着一侧小门,说:"这边是俺家,当然不用搜。"然后他转过身子对那几人说,"对面是我兄弟家。我也是天公地道,不徇私情,必须搜查。拜托各位在门口守着,我自己进去搜搜即可。"

谢万昌想着自己带枪而来,不必有所顾忌,便敲了敲门。

开门的正巧是崔菊英。她见谢万昌披弹挂枪立于门口,立时怔住,露出惊恐的表情,原本扶在门框上的双手吓得收了回来,交叉抱在胸前。

"他大伯,你这是嘎的该?怪骇人的。"

"我们在执行公务,逐户搜查共军藏匿人员。请配合一下,闪开!"

谢万昌趁机用手拨开崔菊英,挺起胸膛便朝院子里走去。崔菊英膀子肉乎乎的,挨着的一刹那,谢万昌心里咯噔一下:这娘们真像熟透的果子,根本不能碰,碰了就想吃一口,好像那晚意外触碰到她乳房的感觉,心里痒痒的。

"哪个?哪个?"声到人未到,谢万盛扯着大嗓门急吼吼地从屋里走出来。

谢万昌与谢万盛四目相对,两人一下子都愣住了。

比邻而居的两位堂兄弟尽管隔墙时常听到彼此声音,却是许多日子没有相见。寻常出门若听到对面有响动,两人总是刻意回避。谢万昌印象中一副娃娃脸的谢万盛居然留着一脸大胡子,头发乱蓬蓬的,活像黄泥铺那一带的土匪。而谢万盛也几乎不敢相认,谢万昌颧骨高耸,稀疏的头发已经遮盖不住头顶。

"你来俺家弄幌子的该?"还是谢万盛先开口说话,同时伸出双臂,做出阻拦的样子。

谢万昌原本有些胆怯,既顾忌谢万盛得知自己翻墙入院之事,又担心谢万盛要横发飙,但想到院子外还站着几个保安队的人,自己又肩背盒子炮,就装出轻松的样子说:"鄙人奉命挨家挨户搜查藏匿在曹山桥的共军,全镇一视同仁,谁家也不能例外。你最好回避一下,配合我们的搜查。"

谢万昌说着,用手拍了拍斜挎在身上的盒子炮。

看到谢万昌摸枪的动作,谢万盛马上火冒三丈,指着谢万昌鼻子说道:"你想嘎的该?有本事你把枪拿出来!你乌鼻子照眼的,也不看看这是谁家?"

谢万昌没想到谢万盛对他荷枪实弹的装扮毫不在意,正犹豫是否拔枪震慑他一下,却见崔菊英冲了过来,挡在两人之间。崔菊英或许是回过神来,见势不妙,赶紧过来打圆场。

"他大伯,有话好好说,都是自家弟兄,别伤了和气。"崔菊英一边说着,一边推搡着谢万盛,试图将两人拉开距离。

谢万昌扭过脸对崔菊英说:"和气又不是我谢万昌伤的,老一辈已经搞成这样了,怪哪个呢?我现在只是执行公务。"

谢万盛听了这话,越发恼火,跳脚骂道:"滚出去!谢万昌,你这个小✕养的!到俺家撒什么野?"

"娘该——"一声号叫突然从后院传来,只见谢万盛的母亲颠着小脚、捯着碎步疾速走了过来。只见她气呼呼地手指自家儿子斥责道:"万盛,你这个天杀的六叶子货,瞎骂哪个?你们弟兄不讲话就算了,但祖先的牌位还在,老天爷还在看着,不能乱骂的。他是你大妈养的,不是小✕养的!老谢家的人哪个不是正生正养的该?"

说着,谢万盛他娘双手高高举起,然后弯腰拍着自己双腿,连续反复这般,类似鞠躬的动作,同时哭号着说:"我的个娘该,老谢家前辈子造了什么孽哟,怎么生了这样的后代?"

谢万昌一看这架势,脑袋一下就大了,转身一溜烟蹿了出去。

时家今日的晚饭明显与以往不同。

寻常餐桌上有肉菜便无鱼。一旦红烧鱼或糖醋鱼装在椭圆形鱼盘里端上来,时兹禾与时兹苗的第一反应就是:"坏了,这顿饭没肉吃了!"一荤三素的搭配中,鱼与豆腐总是相伴,而红烧肉当道时,黄色的鸡蛋与绿色的辣椒跟着就来。在蚌山,时昭明家里的伙食并不奢侈,但常年保持这般,就属上乘。

　　这一切都归因于赵翠娥"会过"。

　　蚌山是个务实的城市,"会过"是对中年女人的最佳评价,如同说姑娘与少妇"俊俏"一样。这些评价通通来自女人,起初是媒婆的描述,后来则是邻里街坊女人们扎堆时扯老婆舌头的结论。

　　男人们寻常不对女人做正面评价,逼着问,就说一句"还可以",逼急了则以"真带劲"封顶,挂在嘴边最多的则是"败家娘们儿"。

　　赵翠娥算是讲究的女人,逛街与玩牌的时候,从来都把自己当成贵妇,妆容精致,衣着得体。别人的女人至多早晚在脸上搽些双妹牌雪花膏,更廉价的面友润肤膏掺些水涂在脸上也凑合。赵翠娥嫁给时昭明以后就开始使用蜜丝佛陀,美国货,价格自然高出许多。来到蚌山后,蜜丝佛陀不好买,改成夏士莲,依旧是大牌子。唯有一日三餐,赵翠娥始终精打细算,一分钱也不肯多花。

　　蚌山没有上海繁华不是原因,时昭明的收入足以支撑全家保持较高的生活水准。这是赵翠娥由上海带来的难以改变的习惯。在她的观念中,穿金戴银与梳妆打扮都是生活中的点缀,一日三餐才是生活常态。面友润肤膏掺水搽脸是品位低,不讲究;算计好每日的饭钱则被认为会过日子。这是两套评价体系,都能见出女人的高下。尽管赵翠娥的蚌山口音越来越浓,但她在内心深处依然将自己看成上海人。

　　今日晚餐鸡鸭鱼肉齐备,餐桌上的盘子已经交叉叠摞,几乎相当于除夕夜的大餐。在时兹苗与时兹婕为即将美餐一顿而欢呼雀跃之前,赵翠娥哼着电影《马路天使》中的插曲《天涯歌女》——"小妹妹想郎直到今,郎呀患难之交恩爱深",在厨房紧锣密鼓地忙碌着。时昭明冷不丁过去看看赵翠娥烹饪进度,顺便调侃道:"小妹妹早成老婆子喽,还觅哪家子知音哟?"

赵翠娥笑着瞥了一眼时昭明。时昭明忽然发现,赵翠娥瞥过来的眼神分明透着一丝光亮,那种光亮是从水汪汪的眼睛深处发出来的。

时昭明早年在上海与赵翠娥跳舞,到了情浓时分见过她这种散发光亮的眼神。上海人将这种眼神称作含情脉脉。对赵翠娥这个年纪的女人,蚌山人没有含情脉脉的说法,一般都叫"老来俏"。

"我的个乖乖!"时昭明暗自感慨,高兴到极致的老婆子今天老来俏,像放电一样,让人心里不免有些麻酥酥的感觉。

其实,时昭明与赵翠娥夫妇昨晚几乎彻夜未眠。

崇正正式发榜时间定在下午两点。会考结束后,毕业班学生都在家等待消息。不打算上大学的学生甚至无需再等,就业谋生就是了。时兹禾吃罢午饭便赶去学校看成绩。赵翠娥估计,即便与同学和老师说些告别的话,晚饭时分儿子应该可以回到家中。

时昭明下班后也推掉应酬,早早到家。夫妇俩坚信,儿子将成为时家第一代大学生。无论如何,全家都要聚餐庆贺一下。

晚饭时分,依旧不见时兹禾的身影。天气湿热难耐,赵翠娥担心饭菜发馊,不敢下锅,就催促时昭明去学校看看情况。时昭明叫了辆黄包车匆匆来到崇正,只见学校大门锁闭。时昭明好说歹说劝门房老头打开大门,进到校园以及教学楼搜寻一遍,自然毫无结果,只得返回家中。

赵翠娥急得如热锅上的蚂蚁,在屋里来回转圈,转着转着忽然呜呜地哭泣起来。时昭明急中生智,对赵翠娥安慰道:"忘记告诉你了,我顺便看了榜单,你儿子是头名状元呀!"

没想到赵翠娥听后更加伤心,竟然号啕大哭起来。

站在一旁饿得发慌的时兹苗说:"俺妈,你这是嘎的该？我要是俺哥,这会儿也不回来。"

赵翠娥抬起头,抹了一把眼泪,看着愣头愣脑的小儿子,问:"不回来弄幌子该？"

"同学一场,马上分手,俺哥成绩又好,还不得和大家痛痛快快地喝一次酒？"时兹苗说。

赵翠娥觉得言之有理,便收住哭声,马上去厨房做饭。做的饭菜与平时无异,仍然是一荤三素。

终究时兹禾未回来,时昭明担心赵翠娥挂念,跟到厨房,贴着赵翠娥耳边悄悄说:"还有一件高兴事告诉你。"

赵翠娥抬头看着时昭明,冷冷地问:"还有什么？"

时昭明硬是挤出笑脸,说:"肖财旺看来是王八吃秤砣,铁了心要把他家丫头许给咱家。"

赵翠娥拉下脸说:"过去的事情不要再提了。别说毛头不干,我也不愿意。"

时昭明故意卖了个关子,神神秘秘地说:"不是毛头,你猜猜是哪个？"

赵翠娥一愣,又问:"咱家几个儿子？不是毛头,难道是二毛？"

时昭明咧嘴笑了,"真让你说着了。人家愿意把丫头许给咱家二毛,条件和当初说的一样。"

赵翠娥惊讶地睁大双眼,"咱家二毛臼头深目,瘦骨伶仃,老肖家能相中？"

时昭明头一歪,说:"她家丫头若是如花似玉,这事就不用说了。"

赵翠娥想了想,说:"还不是搭上你的技术？老肖才不会干赔本的买卖。"

时昭明又笑了,说:"毛头他娘,咱一辈子不就是凭技术吃饭嘛！"

赵翠娥仍然疑惑,"那丫头大毛头两岁,毛头大二毛两岁,说起来比咱家老二大四岁,管吗？"

时昭明笑眯眯地说:"哪个讲不管？老话说得好,女大一,抱金鸡;女大二,抱金块;女大三,抱金砖;女大四,抱如意。"

赵翠娥"哼"了一声,"再大就不是做媳妇了,干脆找个妈,可好？"

时昭明哈哈笑了起来,"女大五,赛老母。毛头他娘真有见识!反正都是抱,大得越多,抱得越好!"

交锋

时昭明的宽慰并没有真正打消赵翠娥的担忧,当夜色与黑云交加,闷雷声频频响起的时候,赵翠娥紧紧抓住时昭明的手,颤颤巍巍地说:"他爸,如果明天中午毛头还没回家,我们就去曹山湖警所报案,可好？"

时昭明刚一点头,瓢泼大雨骤然而至。时昭明吓了一跳。

次日,太阳越过门前那棵香樟树的树梢,眼看就要挂到当头,心绪紧绷的时昭明夫妇相伴着走出家门。赵翠娥脸色苍白,两眼无神。时昭明搀扶着妻子,眼睛却四处观望,他突然看到一个熟悉的身影朝这边走来。时昭明脸上露出了笑容。

赵翠娥还没弄明白为什么丈夫拽住自己不再走的时候,时兹禾来到他们跟前,站在了家门口。没等赵翠娥愤而发作,时兹禾的第一句话就让她怒气顿消,继而喜出望外。

时兹禾说:"俺妈,我想好了。我要去上海考大学!"

赵翠娥先是又惊又喜,继而喜极而泣。

在时兹禾的记忆中,这是他生平第一次真正撒谎。他深切地感受到，原来要将每件事情都做得完全符合他人心愿是一件多么不容易的事情。时兹禾已然虚龄二十，"他人"在他的生活中也不算很多——

时昭明、赵翠娥、时兹苗、时兹婕、布鲁托、肖慧仙……桂兰是不是也可以算上？俺妈想着我去上海，俺爸想着我进烟厂，弟弟妹妹想着我给他们娶个满意的嫂嫂，布鲁托想着我能实现他的梦想，肖慧仙想着成为我的媳妇，桂兰想着……时兹禾卡壳了，他一时半会不知道桂兰想的是什么，或许她还想着黄一峰——一个与自己长相相似的人，这是唯一与自己相关的因素。

时兹禾现在只想像疤叔赵传勇那样，成为一名富有正义感的警察。他的这个念头很强烈，他想按照自己的意愿去尝试一下。他想起那天在学校图书馆桂兰跟他说过的话——"未来你想做什么、做什么最有意义和价值，是你做出选择的前提。"

时兹禾隐隐约约地觉得，桂兰这句话看似对他所讲，却极有可能是她自己的心声。说不定她正是按照这个心声从南洋回到故乡，在那个与自己长相相似的黄一峰大哥引领下，选择她愿意追寻的人生方向。

会考准备期间，除了省大各系科介绍，时兹禾浏览过许多外省大学的招生简章。或许是母亲反复叮嘱的缘故，他更关注上海各所大学的信息。其他地方大学映入他眼帘的只不过是一个个在书本上常常见到的地名——北平、南京、西安、武汉、重庆、成都……

唯有警官大学广州分校给他留下了一些印象，那张用于招生宣传的图片非常吸引眼球——几个身穿警服的学生神采奕奕，他们微笑着，目光顺着打头那个学生抬手指的方向看去，好像前方有什么东西令他们兴奋。

时兹禾记得最清楚的是，这所学校居然免除一切学杂费。他当时还觉得奇怪，为什么念这所大学无需支付学费呢？这会，时兹禾满脑子都是去广州报考这所与培养警察相关的大学。

时兹禾担心父母反对，尤其顾忌母亲的态度。他想暂且蒙混一段时间，一旦报考成功，再向父母详细解释自己的想法。

昨夜，时兹禾的经历惊心动魄。

与布鲁托在二马路东亚饭店话别之后，原本晴朗的天空瞬间暗了下来，不是因为黄昏突然来临，而是天空在一刹那被远方飘来的乌云所笼罩。

时兹禾目送布鲁托离去，尽管他步履匆匆，却仍旧多次转身挥手致意，直到消失在繁华街道的人流之中。此刻的时兹禾，那种因为会考名列榜首以及将要面见桂兰而产生的兴奋感荡然无存。那个曾经与他朝夕相处的洋人怎么像幽灵一样，说来就来说走就走呢？他有些失落。或许也和天气闷热相关，他有一种透不过气来的感觉。

布鲁托差不多与时兹禾同时来到崇正，几乎相伴六年。时兹禾记得很清楚，布鲁托第一次带他上百货公司买泳衣，津浦铁路闸口的护栏上还插着日本旗，如今日本投降已经整整三年。漫长时光的重复，使得时兹禾生出错觉，以为如此这般的生活没有尽头，就像每年夏秋时节，布鲁托总会在泳池中指导他训练。时兹禾完全没有心理准备，会考、毕业以及布鲁托的离去竟使这一切戛然而止。

时兹禾觉得布鲁托是一个奇特的存在。他教着发音奇怪的英文课，讲着貌似纯熟却漏洞百出的中国话，偶尔说一两句没人听得懂的意大利语，在教堂的"天国"与学校的"俗间"来回穿梭。所有人都知道他是神父，而每天看到的却是在泳池边指手画脚的俗人——时兹禾眼中的布鲁托纯粹就是世俗社会顽皮的大男孩，率性而机敏，自负而孤傲。

时兹禾实在想象不出布鲁托穿上教袍会变成什么模样——威严端庄，还是滑稽可笑？在好奇心驱使下，时兹禾好几次在周末随着做礼拜的人群来到教堂,可是每当他透过教堂大门看见里面高大幽暗却又色彩斑斓的空间,便会生出胆怯之心,总觉得教堂里面的肃穆带着某种诡异的气氛,便转身退出。时兹禾想起祖父说到父亲小时候惧怕祠堂,甚至因此做过噩梦,难道他遗传了父亲身上的某种特质?

时兹禾越发清楚地意识到,布鲁托让他看到了一种与蚌山的琐碎、市侩、俗气、封闭却充满人间温情的生活不尽相同的人生。

布鲁托的离去让时兹禾产生了联想:桂兰是不是也已经离开了学校?布鲁托说她请了长假,时兹禾现在想来,那多半是布鲁托担心自己考前分心而编造的敷衍之词。任课老师确有请假情形,事假一天,病假或许数日。哪里有什么请长假一说?他不知道自己在桂兰心目中扮演什么角色,但他确信桂兰在自己心中占有重要位置。至少,桂兰与布鲁托都是他愿意与之交往的朋友。

想到这些,时兹禾心里感到了释然。无论是告诉桂兰自己在会考中的成绩,还是与桂兰进行一次真正的告别,时兹禾都觉得此时去曹山桥的桂家小院是非常必要的。

时兹禾在胡思乱想中不知不觉已经骑车绕过了曹山湖。借着曹山桥路口微弱的路灯光亮,时兹禾在远处隐隐约约看到一些身穿制服、手拿长枪的人正在向镇子另一个方向走去,间或传来他们的声音——

"各位,搜查已经结束!"

"路口封锁撤销!谢总队长下令,谢万昌带几个人留下,其余人回撤!"

"看样子要下雨,动作快些!"

时兹禾赶紧下车,躲在路边一处土丘旁边观望。

吆喝声在旷野中传得很远。时兹禾觉得,谢万昌这个名字好像在哪里听到过,但一时又想不起来。透过幽暗的光亮,时兹禾从装束上辨认出那些人不是军人,也不是警察,应该是保安队的人员。不一会,那些人消失在夜色之中。时兹禾不知曹山桥发生了什么,不免有些担心,没敢继续骑车,便推着脚踏车慢慢地朝前走,并紧紧盯着镇子的方向。

进了曹山桥,时兹禾没觉着有什么异常。只是他感到有些奇怪,平时这里白天人欢马叫,晚上挨三顶五,可这会街面上静悄悄的,连纳凉闲逛的人影也看不见,只是从巷子深处偶尔传来一两声狗叫。刚才那帮穿制服的早已不见踪影。路边窗子里透出的光亮与路灯的灯光交相辉映,街面上比环湖小路亮了许多。时兹禾知道,这里距桂家小院不远了。

"站住!你是哪个?"几十米开外的巷子口突然蹿出几个身穿保安队制服的人,恶狠狠地朝时兹禾吼道。

时兹禾吓了一跳,赶紧站住,怔怔地望着对方。

只听有个人冲着巷子里喊道:"老谢,这儿有个人!"

一个头发稀疏、瘦骨嶙峋的男人从巷子里跑了出来。

那人正是谢万昌。时兹禾顾长的身材一下子引起谢万昌的注意——他认出了曾经来过桂家小院的时兹禾,虽然他并不知道时兹禾的名字,但他固执地认为,时兹禾就是桂兰返乡后结识的相好。

"就是他!抓住他!他就是藏匿的共军。"谢万昌突然一声号叫,迅速朝时兹禾扑来。

时兹禾完全不知道对方在做什么,也不知道自己为何引起这几个荷枪实弹的保安队队员的注意。眼前突发的情形容不得时兹禾多想,他立刻将脚踏车横挡在路上,转身向身旁黑黢黢的小巷跑去。他本能地想到,假如掉头骑车跑走,无论骑行得多快,都架不住人家手中有枪,街面上的亮光会让自己成为活靶子。

时兹禾在曲里拐弯的巷子里拼命奔跑,夜色给他提供了遮掩,而作为崇正的运动高手,他凭借自己奔跑的速度很快与那些追赶他的人拉开了距离。

他听到后面有人拉动枪栓发出的"咔咔"声，接着又听到叫喊声——

"站住，再跑就开枪了！"

"哎——别开枪，上峰有令，抓活的！"

时兹禾的心情紧张到极点，狂跳不已的心脏仿佛要从嗓子眼蹦出来。他知道，只要向北奔跑，无论经过哪条巷子，都可以抵达曹山湖边，凭借自己的水性，一旦跳进湖中，就一定能够摆脱这些人的追赶。

刚刚从一条小巷拐了出来，时兹禾眼前出现一片有路灯照亮且路面稍显宽阔的地方，他知道必须尽快从这里再进入另一条巷子，一旦让追赶者看到他的身影，危险随之就会到来。

时兹禾奋力狂奔的时候，目光突然扫到了一处熟悉的地方，一户人家的大门旁边矗立着一棵槐树。时兹禾心里一动：那不就是桂家小院吗？院子的围墙很高，他看不见里面是否亮着灯光。无论如何，时兹禾不能停下脚步，他在心里默念着："桂姐，你还安好吗？"

这时，天空响起一声炸雷……